魂断阿寒湖

阿寒に果つ

渡边淳一 著

文洁若 芳子 译

青岛出版社
QINGDAO PUBLISHING HOUSE

目录

序章

怎样的死法才能使遗容保持最姣好的状态呢？

吃安眠药、煤气中毒、溺水、剖腹，自杀的方法多种多样，不过死后仍能保持生前容颜的时间却非常短暂，无论采用哪种方式，死后一两个小时后尸体便会发黑，呈现死后僵直状态，到最后甚至还会散发出尸臭味儿。虽说人都要死了，大可不必为此烦恼，但是一想到死后早晚还是会被人发现，而那时如果自己的样子变得丑陋不堪、惨不忍睹的话，终究心里不太好受。在这些自杀方式中，唯有煤气中毒会由于扩散到血液当中，令死者脸颊呈现玫瑰色的红晕，但好像那也只是暂时现象而已。如果自己所爱之人能够在脸色尚且红润的时候赶来，找到自己的尸体倒也罢了，不然就只能将自己发黑的丑态暴露于众了。

能够使自己的容颜比活着的时候更美丽、娇艳的死法只有一个，就是那种清澈凛冽的死亡方式。

莫非纯子也知道这一点？她那么年轻，在她死的时候，真的能够连这种结果都经过深思熟虑、了然在胸吗？

今年春天我利用回札幌的机会再一次见到了已经时隔二十年的时任纯子的遗照以及她留下来的画作。照片上的纯子身穿大衣，头戴贝雷帽，可能是由于光线太强的缘故，她微微皱着眉头。当然啦，她照片上那张脸和二十年前没有丝毫变化。

"我每天都看着这张照片，纯子真的一点儿都没有变。"

纯子的母亲如此表述出了我的内心感受。我点了点头，抬起身子为她上了一炷香。

"阿纯最喜欢这张照片了。"

"她的确时常会做出这种表情。"

"我不太喜欢她皱着眉头的样子，可是因为她说过，如果她死了挂这张照片就好，所以才选了这一张。"

"是她自己说的？"

"也不知道是真的假的，有时候她喜欢像开玩笑似的说这种话。"

二十年前的那个疑问就是这时又重新浮现在我的脑海当中的。

纯子会不会知道她选择的那种死法最美，才有计划地去赴死的呢？

这个疑问和眼前这张纯子的照片一点儿关系都没有。

只是忽然间冒出来的一个想法而已。不过这种疑念一旦形成便在我的心中扎下根来，令我耿耿于怀。

为什么自己会对这种想法如此笃定呢？我在为自己的想法脱缰先行而感到困惑的同时，也终于弄清楚了一点，那就是这二十年来，这个问题其实一直都潜藏在我的内心深处，时隔这么久，我自己一直对此无法释怀。

　　毫无疑问，她选择的确实是冰冷而孤独的死亡。是终极式的、不为任何人所知的死亡。但是话又说回来，死亡对于任何人而言都是一种孤独的行为，无论临终前得到众人守护，还是只有独自一人魂断荒山野岭，死亡都只能属于即将死去的那个人。

　　没有必要去同情她死时的孤寂，因为那是所有面临死亡者的共性。纯子也算不上什么特例。不仅如此，她的死不仅不值得同情，甚至还应该予以憎恨。因为她的死太华美、太光彩夺目了。或者可以说，她的死既傲慢又专横，而且还自私而任性，精心策划的程度令人厌憎。

　　难道说二十年的光阴赋予了我能够客观看待时任纯子的思考能力了吗？

　　面对眼前的纯子遗照，我感到自己头脑异常清醒，清醒得连自己都惊愕不已。

　　可是不管我现在头脑多么清醒，过去所发生过的　切却依然是那么刻骨铭心。

　　一九五二年四月十三日。

　　二十年前的这一天，纯子从积雪的覆盖中露出了身影。

地点就在针叶林已经绝迹的钏北山坳的一角,从那个位置透过光秃秃的树干可以俯瞰整个阿寒湖。

冬季里的阿寒湖覆盖着积雪,看上去也只像是白茫茫的一片平坦的雪原。不过进入四月以后,覆盖在湖边的厚厚积雪已经开始融化,湖周边临岸处的冰面上也开始出现道道裂痕,蔚蓝色的湖水隐约可见。湖上已经开始严禁滑冰,从摩周湖方向吹来的北风中也开始能够感觉到一丝春天的气息了。

能够俯瞰阿寒湖的钏北山坳是从阿寒湖通向北见相生的必经之路,每年十一月份开始到第二年的五月份,整整半年时间道路都会被积雪所阻,无法通行。在这期间,踏足这一区域的只有营林署的巡视员或者爱弩族樵夫,而且还需要利用雪橇,选在降雪比较少的风和日丽的日子里才能成行。湖畔常驻的营林署巡视员就是看中了冰雪开始消融的好天气,才准备进入山坳巡视的,于是很偶然地发现了纯子的尸体。

发现她的时候,纯子的头朝着阿寒湖那边,呈微微侧卧的状态倒在地上。在她周围是低矮的簇生山白竹,外围则是稀疏的虾夷白桦树和山毛榉混生林。

最初映入营林署巡视员眼中的是纯子身穿红色外套隆起的背部以及她身侧微微露出来的左手手背。她双手抱胸呈左肩沉下的状态,所以左手才从右肩肩膀处露了出来。

在一片银装素裹、静籁无声的山坳里,皑皑白雪中点缀着一抹红色,这简直就像一幅西洋画般不可思议而且鲜艳夺目。营林署巡视员最初没想到那是衣服,只感觉到了那抹红色的存在而已。在这万物枯萎、积雪覆盖的山坳里,这种颜色的存在本身就极其不合理。他还以为自己产生了错觉看花眼了呢。

从大路上下来,踏入积雪的树林,来到从雪中探出头来的那簇山白竹前面的时候,他才真正意识到那抹红色是件外套,旁边露出来的则是一个人的手。那只手稍微有些浮肿,紫红紫红的。他紧盯着那具尸体,一动不动地呆立了好一会儿。不是因为好奇,而是因为害怕。

周围除了春日里积雪融化的"沙沙"声外,听不到任何其他的声响。枯裸的树木立于积雪之中,展现在眼前的则是如同倒扣在那里的白色脸盆一般的阿寒湖。

营林署巡视员从寂静无声的山坳狂奔而下,通知了住在湖边的户籍警察。等他们把铁锹和草帘子放在雪橇上再回到这里的时候,时间已经过去两个小时了。当他们找到纯子尸体的时候,悬挂在天空正中的太阳已经偏西,移到了雄阿寒岳的山脊边缘,将虾夷白桦树的树影长长地抖落在雪地上。

营林署巡视员和户籍警察在一道赶来的两个村民的守护下开始一点点铲除她周围的积雪。营林署巡视员这会儿已经对周围的沉寂不再感到害怕,反而对积雪下将会展现出来的物体感到无限恐惧。

"别把铁锹插太深。"

从露在外面的背部隆起已经基本上能够判断出尸体的大致情况,但是现阶段还不太清楚她手脚所处的位置。他们二人从较远的地方开始铲雪,然后再逐渐缩短与尸体之间的距离,最后干脆改用双手清除周围的积雪,将整个尸体从雪里挖了出来。

纯子的身体向左边微微侧卧,头朝着湖的方向卧伏在地上。

大腿微微弓着,长裤下穿了一双白色皮靴。左手从胸前绕过伸到肩膀处,右手则放在耳边。不知为什么,她的姿势看上去就像她正在倾听着戴在手腕上的手表似的。她身上那件红色大衣暴露于阳光下的部分稍微褪了色,但其他部分还保持着原有的鲜艳色泽。大衣上的帽子把整个头部都遮盖得严严实实。

"把她的身子翻过来吗?"

"不,还是等钏路那边的验尸员来了再说吧。"

听户籍警察这么说,营林署巡视员不禁再次观察了一下尸体周围的现场情况。

以尸体为中心呈顺时针排列散落着一只手套、"光"牌烟盒、雄阿寒饭店的火柴、手绢以及左肩处的高效安眠药的空瓶。

"看样子应该是自杀。"

"是啊,好像还很年轻。"

"一月末曾经有过三个人从札幌到这里来找人,没找到就回去了。说不定这就是他们所要找的离家出走的那个人吧。"

"要是那样的话,她从那个时候开始就一直在这里?"

"是啊,算起来有两个多月了。"

户籍警察一边检查着散落在尸体周围的物品,一边在手册上做着记录。等他做完登记的时候,一个年轻人从山坳下方爬上来。他身上穿着消防团的黑色制服,头上戴着一顶配套的帽子。

"钏路那边怎么说?"

"是这样的,他们说今天负责验尸的那个人出外勤了,等他回来后再赶到这儿来的话,就得到晚上了。所以他们说让我们今天只确认一下尸体,先放着别动,等明天再说。"

"这样啊。"

户籍警察点头表示明白了,然后对营林署巡视员说:"如果是这样的话,我们还是先确认一下她的脸比较好。看情形她肯定是自杀,让她翻过身来应该不成问题。"

营林署巡视员正要动手,户籍警察阻止住他。

"等一下,给她翻身之前先照张相。"

说着他掏出一架旧相机,从头顶和左右两边共拍了三张照片。营林署巡视员这才蹲到尸体的侧面,拂去尸体肩头上尚存的那点儿积雪,把手插进被压倒的山白竹之间。

"已经变硬了。"

"肯定是冻住了。"

"那是肯定的。不过只要人死了,不冻也会变硬的。"

营林署巡视员搬着她的肩,户籍警察抱住她的腿脚,把她的尸体翻了过来。

纯子的脸庞从雪中缓缓露出。就在看到她的相貌的那一刻,所有在场的男人们都一下子紧张起来,随后不由得悄悄咽下口水。

纯子的脸上毫无血色,简直就像连最后一滴血都凝冻了似的。

惨白的前额上垂落着几根头发,紧闭的双眼隐在长长的睫毛之下。小巧圆润的鼻子白皙得仿佛透明,而稍微有些兜齿的双唇则呈紫色。可能是她自己咽气前无意识中拉开了衣襟,丰满的胸口裸露着,同样也是一点儿血色都没有。

在透过树枝斜射进来的夕阳映照下,她右半边的脸颊处于阴影里。这令她的面容看上去不但美丽而且更显出稚气、娇嫩。虽然大家都知道她的死已是不争的事实,但是她的样子实在令人不由得感到她是在彰显自己还活着。好像自从她埋在雪中后时光就此停滞不前,这两个月时间完全没有任何损耗一般。她的的确确比活着的时候更漂亮、更艳丽夺目。

"没错,就是这个女孩儿。"

"你看过她的照片?"

"是啊,以前。"

"长得真漂亮啊。"

"如果我记得没错的话,他们说她今年十八岁。"

"才十八呀……"

男人们在雪中围成一个圆圈看着纯子。而纯子则好像知道会有这一刻似的,闭着眼睛,鼻尖微微上翘,仰卧在那里。

"因为一直埋在雪里,所以样子一点儿都没变。"

沿着纯子的身形,周边的雪被堆成了一个人体模型,现在表面的雪已经有些冻结了。

"要是发现得再晚点儿的话,雪一化,说不定就该烂了。"

那只露在雪外面的已经变色肿胀的左手充分证明了这一点。虽说日照时间尚短，但白天山坳里的阳光毕竟已经显示出了春天的来临。

"幸亏她趴着，脸没变。"

"是啊，幸亏她的头是朝着山谷一侧的。"

死的时候，纯子是否将这些都计划好了，对此已经无从得知。但是有一点很明显，纯子绝对是故意将手套、香烟、火柴、手绢、安眠药的瓶子等这些身上最后带的一点东西扔在自己周围，然后才趴在其中的。可能她就是用这种方式来缓解独自一人上路的孤独无奈的吧。

男人们将纯子的身体重新还原成刚才俯卧着的状态，然后再把她稍稍露出来的右脸颊用山白竹下面的干燥的雪粉埋上。

"还是用草帘子盖上点儿好吧？"

"也是。"

营林署巡视员往尸体上扬了一层雪，然后把用雪橇拉来的草帘子盖在上面。纯子的身体基本上都被草帘子盖住了，只剩下脚上白色皮靴的一角还露在外边。

"好了，明天再来。"

户籍警察好像对纯子也像对在场的男人们说道。他们四个人站起身来准备往回走，重新又转回头来看了看雪中的草帘了。太阳已经躲到雄阿寒岳的山脊那边去了，夕阳的余晖将雄阿寒岳上的积雪表面映成鲜红一片。

"需不需要做个什么标记？"

"不用了吧。"

"可如果今天晚上再来一场雪的话，说不定还会被埋住。"

"已经四月中旬了，不会下那么大的雪了吧？"

"就在这棵大白桦树上方的位置。记住这个就行了。"

他们四个人一起看向伸展在山谷一侧的白桦树那弯弯曲曲的树枝。树枝尽数伸向树木稀疏的山谷一侧，树冠下就是湖面半遮半露的积雪覆盖的阿寒湖。

"走吧。"

男人们一个跟着一个摘下帽子向纯子的尸体行了个礼后走上山道。

"她为什么会寻死呢？"

营林署巡视员一边走一边小声嘀咕着。

"可能是因为男人吧。"

"来找她的人说过，虽然她还是个学生，不过是个画画的。"

"那说不定是因为哪个方面遇到了什么问题。"

"不清楚。"

他们边说边走，并不时回头看向山坳。

"明天几点开始验尸？"

"据说她的家人今天晚上要坐夜行车从札幌那边出发，明天一早到钏路，然后再坐吉普车上山，估计怎么也得到明天中午前后才能赶到这里。"

"她的家长看到了那种情况肯定会吓一跳。"

山坳深处一群鸟结队振翅飞翔着。黑色的阴影遮盖住与山坳相连的山脊。

"那些讨厌的鸟,会不会去啄她的尸体?"

"已经盖上草帘子了,不会出什么事儿的。"

大家点头表示同意这种推测,拉着雪橇朝着湖畔走去。

第一章　年轻作家之章

一

　　二十年前,时任纯子接近我是有她的道理的。那还是我后来听纯子的姐姐亲口告诉我,我才知道的。因为她说过:"我们班里有个特别严肃、认真的讨厌男孩儿,我一定要去诱惑他试试。"

　　兰子告诉我纯子当时是这样说的。现在想起来,这句话的确就是纯子的调调。但在当时,我根本就没有注意到她有这种企图。

　　作为一个刚满十七岁、平凡无长的高中二年级学生,我当时没发觉那是纯子作怪、捉弄人也很正常。而且就算最初的起因确实如此也无关紧要,因为在我们交往过程中,纯子和我的关系已经不再是简单的恶作剧性质了。

纯子给我那封信的时候，恰恰就在我年满十七岁的那一年秋天。事情过去二十年了，我还能记得如此清楚是因为那件事情就发生在我生日的前一天。

虽然提前了一天，但祝你生日快乐！

明天就是你的生日了，我想向你表示祝贺。

下午六点，请来米莱特。

纯子

我是在下午第一节上国语课的时候发现这封信的。它就夹在我的国语教科书里。

信纸是带红色横线的稿纸，稿纸正中间印有时任兰子的名字。纯子告诉我说那是她姐姐的名字已是在一个月之后了。

刚看到这封信的时候我有些摸不清这封信的真正含义。而且就连落款处的"纯子"，我都不清楚到底是谁。重新又读了一遍，这才想起来明天是十月二十四日，是我的生日。而在中午休息的时候，时任纯子曾过来借我的课本说她想看看我的国语教科书。

我这才理解了信中所写的内容，赶紧慌慌张张地朝斜前方时任纯子的座位看去，却发现和我隔了两排的纯子的座位是空的。我趁老师不注意的时候环视了一下整个教室也没有发现纯子的身影。纯子肯定是在午休当中回家了。

纯子经常请假。她的脸色总是白皙得几乎透明，头发发红。尤其是在冬天里穿上深蓝色校服的时候，即使在皮肤白的孩子较多的北国，她的皮肤的白皙程度也显得格外突出。

"她呀，是痨病。"

纯子的好朋友宫川怜子悄悄告诉我说，紧接着她又补充道："肺痨就是肺结核。"

不管纯子是第三节、第四节的时候才来上课，还是不到午休的时间就提前走人，老师们对她都会网开一面。在老师和同学们当中似乎已经形成了某种默契，因为纯子既是肺结核病人，又是天才的少女画家。她这样做被认为是无可指责。

因为收到了纯子的那封信，我在上国语课的时候精神迟钝、坐立不安，老师说的话什么都没听进去。

当时正值我们从旧学制向新学制转换的时期，从高中二年级开始我们学校变成了男女共校的形式。札幌市原有的三家公立男子高中和两家女子高中先行合并在一起，然后再按东南西北四个区域平均分配学生人数，重新组合，就近上学。

我家住在札幌市西南方向的山脚下，继续到由原来的第一高中改名而来的南高中上学。而时任纯子则由道（北海道）立札幌女中转到了就在她们家附近的南高中来了。

没想到上到高中二年级的时候会突然改成男女共校，我们大家都为这一变化而感到有些不知所措。过去只有男生的毫无色彩的校园里突然转进来几乎同等数量的女同学来，这令教室以及上课时的气氛都突然间有所改观。一向以体魄强健、刚直不阿为校训,行为举止粗野蛮横的男生们突然间变得乖巧起来,为了给女同学留下好印象,有的说话口吻变温柔了,有的则较以前更努力地投入到学习当中去了。当然也有的为了故意装酷,表现出不把女同学放在眼里的强硬态度。

女同学的情况比较复杂。她们基本上分成了两大派,其中一派是从道立女子高中转过来的,另一派则是从市立女子高中转过来的。一般认为道立女子高中比市立女子高中档次高一些,因此在她们身上可以看出有些自恃才气、傲气十足的劲头儿。纯子和宫川怜子也属于从道立女子高中转过来的那一拨儿。

不过年轻人总是比较容易适应环境。最初的一两个月当中,男女生之间还都感到不自在、不习惯,但是很快就互相熟悉起来,相互打趣开玩笑,上学放学的路上一起走的情况多起来了,甚至还出现了一块儿商量作弊的现象。当然也有互相萌生好感的情况。

夏天过后,男女共校这种事情对于我们来说已经变得平淡无奇。即便有人开始议论谁跟谁好,谁喜欢谁之类的话题也已经不觉得特别新鲜了。

尽管如此,对于我而言,从女同学那里收到信还是破天荒头一次。在那之前我放学的时候曾经和住在我家附近的一个叫圆部明子的女同学一起走过两三次。圆部明子是个圆脸、恬静的女孩子。在班里属于性格内向、成绩也不怎么突出的人。但是她那种默默无闻、老实胆怯的模样反而吸引了我的注意。

光彩照人与默默无闻,纯子和明子正好形成了鲜明的对比。我听说过纯子似乎在绘画方面具有超常的天赋这种说法,但那只不过是间接的道听途说。

收到她的信那天傍晚回到家里,我找出了一个月前的一份晚报。那上面有一篇题目为《十七岁的天才少女画家》的文章,就是介绍纯子的。报道中写她十五岁的时候在北海道举办的画展上获奖,紧接着跻身协会画展以及女画家的作品展,而现在着手进行的是准备参加自由美术画展的大作,可称之为女流画家的希望之星。在文章报道的同时还刊载了一张纯子头戴贝雷帽、身穿校服站在尚未完成的裸妇像前的照片。

天才艺术家的头脑中会考虑什么样的问题呢?

我时而会带着这一疑问去看纯子,但是却从来没有和她态度亲切地交谈过。

纯子不怎么来学校上课,即便来了也很少说话。偶尔和女同学说几句话,但也仅限于宫川怜子等屈指可数的几个人,和其他人则很少搭话。她那么冷漠,眼神中仿佛在说:"他们的话题档次太低,而她自己早已厌倦了此类孩子气的话题。"

尽管如此,进入暑假之前我还是和她有过两次单独交谈。

第一次是在夏初时节。当时我担任班里的班委委员。放学后,当大家都开始准备回家的时候,我告诉她说我想跟她谈谈。纯子仔细看了我一眼后,点头答应了。

纯子家就在出校门后右手边上,边走边谈也不太方便。可是因为值日生已经开始打扫卫生了,教室里也待不下去。没办法我只好请纯子一块儿到连接教学楼和图书馆的走廊尽头处去谈。我担任着图书部委员的职务,所以在那里和纯子谈话也不会显得怪异。

"你听说昨天开班会时讨论的事儿了吗?"

站的距离一近,我便闻到纯子胸口那儿散发出一股淡淡的香水味儿,所以故意把视线从她身上转开一些,开口问道。

"没听说。"

"宫川她们什么都跟你说吗?"

"没有……"

走廊里有一道通向校园的门,已经开始凋谢的洋槐的花瓣儿飘进走廊。

"实际上是这么回事儿。会上提到了关于你的问题。"

"什么问题?"

纯子睁着大眼睛直视着我。

"这有点儿像缺席审判似的,话有点儿不太好说。会上有人提出了这样的意见,说希望你上学就像个上学的样儿,不上就不上,干脆点儿。最好别像现在这样三天打鱼两天晒网的。"

我一口气说了这么一大堆。

"听宫川她们说你在原来的学校上学的时候也经常请假,但现在转到这里来,这里还有男同学,觉得你不应该再那么散漫才是。"

"是户津老师说的吗?"

户津是我们班的国语老师。

"说这话的时候是在班会结束之后,只剩下同学们商量事情的时候,老师并不在场。"

纯子面对我站着,眼睛却望向窗外。

"正上着课的时候你走进来倒也罢了,可上课中间擅自走出教室可就不太好了。"

"为什么?"

"难道不是吗?如果换成别人这样做的话,早挨批评了。不过老师好像对你总是网开一面。有人觉得这种对某一个人特殊照顾的做法实在说不过去。"

"这是你的想法吗?"

被她一针见血地点中了要害,我感觉连自己的声音都有点儿走调了。

"总之,大家责成我转告你一下,班里有这样的意见,希望你能予以考虑。"

"我明白了。你想说的就是这些吗?"

在纯子的注视下,我赶紧换了一种说法。

"倒也不是要指责你什么,只是想转告你大家有这种看法罢了。"

"好吧。以后我请假的时候会正式提出来,然后好好去休息。"

"我们并不是要你别来上学。"

纯子说完这句话以后,夹着书和笔记本就从走廊上的那道门走了出去。

另外一次单独和纯子谈话是在一次物理考试之后。

当时我们的理科课程允许每年从物理、化学、生物、地理当中任选一门自己喜欢的科目。二年级的时候我选的是物理,纯子也一样。和其他必修科目不同,我们上这种课的时候一般都是两三个班合在一起后再重新分班,而且需要移动教室。不过一般情况是同班同学会扎堆儿,尤其是考试的时候,这种现象更加明显。那次考试我和纯子坐在一起纯属偶然。因为我进教室晚了,看了一圈儿,只有纯子旁边还有空位子,就过去坐了。

离考试结束还有三分之一时间的时候,纯子就率先交了卷。我当时也已经基本上做完了试题,但还想再重新检查一遍,看纯子交卷这么早很是意外。因为女同学理科学得好的人很少见,所以她的这一举动一时在班里也引起了不小的轰动。大家都在议论像她这样经常请假还能学得那么好,那么快就做完题交卷,实在是天才。不过大家很快就明白了自己的推测是错误的。

“你可真够坏的。”

第二天临放学回家的时候,纯子悄声对我说道。

“我坏?”

“是啊。你都看见了吧?”

“看见什么了?”

“我的物理试卷啊。知道我一点儿都做不上来,你也不肯告诉我。”

“我怎么知道你是这种情况?”

"撒谎！你就是不想让我看你的答案才支着胳膊肘挡着的。"

纯子气呼呼地盯着我的左胳膊肘。

"你不是提前交卷了吗？"

"是啊，可我交的是白卷。都怪你。"

"这怎么能怪我？"

"我前一天晚上必须完成一幅画，根本顾不上复习准备考试。"

我突然生起气来。她画不画画与我毫不相干。为了画画她自己愿意熬夜，不能按照原计划考试，没法作弊交了白卷，反而把过错推到我头上，这实在太过分了。

我用最具讽刺意味的口吻对她说："既然绘画那么重要，你不如干脆到能教你画画的学校去上学好了。"

虽说曾发生过这样的磕磕碰碰，但我并不怨恨纯子。不仅不怨恨，反而比任何人都对她感到好奇和崇拜。我之所以采取这种比较冷漠的态度对待她，实际上正是我的这种心态的另一种体现。

尽管是因为话赶话说到了这个份儿上，但我心里还是相当后悔这样对待纯子。总觉得应该还有更好的表达方式。可后悔归后悔，我的自尊心又不允许自己这会儿再去讨她的欢心。纯子和各种各样的成年人以及艺术家们都有交往，就算我再怎么努力，她也不可能把我这种一无所长的小毛孩子放在眼里。对于纯子，我只是远远地看着便已经产生了要打退堂鼓的挫败感。

可是现在，纯子却给了我一封信，我兴奋得哪还顾得上细想纯子是来真的还是要捉弄我。

那时候我还从来没有一个人到过咖啡馆或者荞麦面馆去过。战争结束后不久，整个札幌市的咖啡馆也屈指可数。我只和朋友一起去过一次车站前的那家叫"紫苑"的店，连咖啡是什么味儿，什么叫咖啡香都不懂。甚至连往咖啡里先加糖再加牛奶都是照葫芦画瓢似的看着别人的样子做的。对于那些喝着咖啡欣赏名曲的人们，我只感到不可思议。店里的氛围显得那么高雅、温馨，但实际上，那种气氛反而使我如坐针毡，感觉很不是味儿。相对来说，我还是喜欢和同龄人一起吃碗热汤面，或者坐在街边的长椅上啃老玉米。

但这一次却容不得我矫情。这一次我是要去咖啡馆和女生约会，而且那家"米莱特"更是画家以及报社记者等文化人最喜欢聚集的地方。不仅如此，我还是和札幌艺术家们眼中的新星——时任纯子在一起。

面临着十七岁生日的到来，我心中充满了不安与期待，一直到凌晨都不能成眠。

二

"米莱特"咖啡馆位于札幌车站前面那条大街上靠近薄野十字路口的地方。

第二天下午六点五分我到达那里的时候纯子还没到，我找了个靠边的空包厢坐下来，点了一杯咖啡。

店门口附近有个吧台，右手共有近十组包厢。椅子全都是带靠背的细长的木椅子,看上去就像欧洲电影里才会出现的那种十七八世纪的风格。客人几乎都是中年人,而且看起来都像是这里的常客。

纯子出现在店门口的时候已经六点过十分了。她头戴贝雷帽,双手插在红色大衣的口袋里,推开映着街道夜景的玻璃门走了进来。看到她的那一刻,我欠起身来,坐在吧台边上的客人们也都一齐望向门口。纯子在众目睽睽之下目不转睛地直朝我这边走来,根本没朝吧台那边瞧上一眼。她的动作灵巧优雅,就跟她上学迟到走进教室时一样。

"等了一会儿了吧?"

"嗯……"

一边应答着,一边感觉到客人们投向这边的视线,我不由得脸都红了。

"来这儿的路上顺便送了一趟稿子,就来晚了。"

"稿子?"

"是报社的专访。"

纯子坐下来,轻轻撩了一下垂在贝雷帽外面的刘海儿,对走过来的服务员说:"乞力马扎罗。"然后抬起头来,从正面直视着我,问道:

"那封信,意外吗?"

"嗯……"

"什么时候看到的?"

"下午上国语课的时候。"

纯子点了点头,把身体靠在椅背上,解开了大衣两侧的纽扣。

"我还担心你不肯来呢。"

"为什么?"

"因为你好像很讨厌我啊。"

"怎么可能。没那回事儿。"

在咖啡馆这种地方与纯子面对面坐着,我无论如何也感觉不出纯子是和我同年级的女高中生,我不自觉地用词也变得郑重起来。再加上坐在吧台那边的男士们仍不时把视线投向我们这里,令我相当紧张、不自在。但是纯子好像根本就不在意他们似的,把糖放进咖啡中搅拌了一下,然后轻轻举起杯子。

"祝你生日愉快!"

看到纯子轻轻微笑,我也不好意思地回报了一个微笑。

"你今天晚上没有约明子见面吗?"

"明子?"

"当然是圆部明子啦。"

纯子调皮地眨了眨黑色的大眼睛。

"没有……"

"那就太好了。"

纯子似乎连我对圆部明子有好感这件事都知道,我突然觉得纯子是个极其难以捉摸的女人。

"过了生日你就满十七岁了。"

"是的。"

"我是六月份的,所以你还是我弟弟呢。"

纯子说着又微微笑了一下。

纯子不再说话,我也没什么话好说,于是便默默喝着咖啡,无所事事地看着涂成淡绿色的墙壁,或者望望远处的玻璃窗。

隔壁包厢的客人走了,紧接着又进来两位男客,他们两个人也在落座的同时把视线投向我们这边。与系着绿色围巾、身穿红色大衣的纯子相对比,我则只是在学生制服外边套上了一件夹克式短外套而已。我对自己的装束深感不妥,不过值得庆幸的是他们的视线主要都是投向纯子的。

"你常来这里吗?"

"平均起来的话,一天一次吧。"

"我是第一次来。"

"这里的咖啡是札幌最好喝的,你不觉得吗?"

我糊里糊涂地点了点头。

"这家店不错吧?"

"嗯……"

嘴里附和着,心里可早就想从这里逃出去了。宁静、高雅的氛围对于我这个高中生来说反而是一种沉重的心理负担。

"今天晚上还有别的事儿吗?"

纯子似乎觉察到了我有些心神不宁。

"没有啊……"

"那你怎么啦?"

"我们走吧。"

"也好。"

纯子歪着头略微思考了一下，说了声"等我一下"，便起身走向吧台那边。

吧台那边有几位中年男士从刚才就一直注意着我们这边。虽然从我这个位置只能看见他们的背影，不过我看到其中有一位三十岁左右的男士头上戴着贝雷帽。纯子就站在那位男士面前说着什么。我故意装出毫不在意的样子坐在那里等纯子，可实际上却不时偷瞥一眼那边的情况。

我看到他们其中的一个人笑了起来，把手搭在纯子的肩膀上。纯子也跟着笑了。我的内心深处感受到莫大的屈辱，低下头去不忍再看。

过了大约四五分钟，纯子走了回来。

"是你认识的人？"

"对，是我的绘画老师。"

我不禁再次偷瞥了一眼那位头戴贝雷帽、戴着眼镜的中年男子，只见他的胳膊肘支在吧台上，正抽着一支烟袋锅。

"那是自由美术协会的浦部先生，你不认识？"

我故意装作不感兴趣的样子回答说："不认识。"

"他可是比较有名的哦。"

"他周围的那些人呢？"

"左手坐着的那个人是报社记者。他们都是这里的常客。"

我再次看了一眼那些谈笑风生、悠闲自在的男士们。他们当中无论谁都比我成熟，都比我懂得绘画，这一点是确定无疑的。望着他们的背影，想到他们懂得自己这个高中生遥不可及的未知世界，我突然间自信心丧失殆尽。

又过了二十分钟左右，快到七点的时候我们俩一起走出了"米莱特"。虽然是从咖啡馆出来了，我却没有明确的目的地，不知接下来该如何是好。

"我们走走吧。"

我和纯子沿着站前大街并肩朝北走去。过了四町目的十字路口，来到繁华的大街上。在这里纯子白皙的近乎透明侧面颊在红色大衣的映衬下更显得突出了。街上和我们交臂而过的行人看到她一律都会回首，其中有的人还会轻声嘀咕一句："那就是时任纯子耶。"

纯子似乎对这些视线已经习以为常了。她毫不在意地伴着我继续前行。人们看看纯子，然后再看看我。眼神中流露出明显的疑惑，仿佛在说："她旁边的那个男的到底是谁呀？"我一边躲避着人们的视线，一边禁不住感到有些自豪。

走过与站前大街交叉的南一条，我们不约而同地向左边拐去，那里，宽敞的公园大道笔直地向山脚下延伸过去。夏天这里的街道中央修有花坛，现在已经十月末了，花草已经枯萎、泛黄。人行道两侧的夹道树也已经枝枯叶落，只剩下秃枝在夜空中摇摆。

行人接踵、商贩云集的地域仅限于站前大街那一段，隔着三百米，这里却是一片寂静，唯有电车驶过时发出的声音时而划破深秋的夜空。

大部分天空都被乌云遮住了，几处从云层中露出来的地方在月光的映衬下看起来就如同从海岸礁石中窥视到的大海一般深邃而清澈。忽然脚下席卷过一阵冷风，鼓动着枯枝落叶。

"好冷啊。"

纯子靠紧我，肩膀碰触到我的胳膊。

"你不喜欢那家咖啡馆？"

"那倒也不是……"

"你没必要在意那些人的。"

我又想起了那位头戴贝雷帽、戴眼镜的男士。

"你是怎么看我的？"

"什么怎么看？"

"比方说喜欢啦，讨厌啦什么的。"

"……"

"感兴趣吗？"

"那当然。"

"是吗？"

纯子悄悄把右手伸进我的衣袋里。我犹犹豫豫地碰了一下她的手。纯子却反过来握紧了我的手，我全身一阵发热，偷偷看了纯子一眼，却发现纯子白皙透明的脸部正中那双黑而大的眸子正直直地凝视着我。我慌乱地转过头来，握紧纯子的手，连呼吸都感到有些困难。

"哎，我送你回家吧。"

"回我家？"

"是啊,不方便?"

"那倒不是。只是太远了。"

"没关系,只要是和你在一起,远我也不怕。"

我再次感到激动,但是我却不懂得该如何表达自己的心情,只好再次握紧纯子那只柔软的小手。

宽敞的街道在十町目那里终止,再往前便是法院用石头垒起来的院墙。我们从法院南墙外走过,到了二十町目往左拐,路旁处处可见白桦等参天大树,树梢上方的云朵不断变换着形态。路上几乎不见行人,只偶尔能听到远处传来的警车鸣笛声。当时札幌的车和人都没有现在这么多,完全不可同日而语。

我们俩几乎没有进行交谈,时而纯子说句什么,我回答之后便又失去了话题,再次陷入沉默。但是我依然握着纯子的手,满脑子都是纯子。

我家位于札幌市西南的圆山,从那里正好可以从正面看到那座名副其实的半圆形的圆山像只倒扣着的大碗。

"这里就是你家?"

纯子仰视着亮着门灯的二层楼建筑。

"你在哪里学习?"

"就是那个房间。"

我指着大门右手那扇亮着灯的窗户告诉她说。

纯子呆呆地看了一会儿,然后好像突然回过神来了似的回头对我说:

"好了，你进去吧。"

"那你怎么办？"

"我会一直看着你走进去。"

"可是……"

我再次使劲儿握了握她的手。

"我送你回家。"

"不用送。"

"可现在是晚上……"

"不必替我操心。"

黑暗中纯子微微笑了笑。路的另一头传来轻轻的木屐声，渐渐向我们这边走来。我拉着纯子的手躲到路边上。一个女人从我们身边走过，好像是刚刚洗完澡回来。

"我在这里看着你，你赶快进去吧。"

"……"

"快呀！"

我左右为难地站在那里不动，心里感到就这样分手好像差了点儿什么。虽然很不确定，但就是觉得缺了点儿男女之间理应发生的动作。可是想归想，可要说到具体该怎么做，我却又茫然不知所措了。心里干着急，身体却僵在那里动弹不得。身体虽然没动，脉搏的跳动却在加速，脸上也冒出汗来。

"好了……"

纯子轻轻从我口袋里抽出手。我从灌木丛的空隙里看着照亮自家门前的门灯，想到父亲、母亲就在那扇门的里面，这才勉强压抑住了自己激动不已的情绪。

"晚安！"

"再见！"

最后看了纯子一眼，我逃也似的离开纯子身边飞快跑进大门。进门后关上门长出一口气后回头看去，厚厚的磨砂玻璃外边什么都没看到。

我急忙脱了鞋，回到自己位于大门右手的房间，打开了窗户。因为树木枝叶凋零，使我能够从窗口看到部分街道，不过街灯下、树篱旁都没有看到纯子的身影。我重温着刚才一直紧紧相握在一起的手的余温，忽然感到纯子离去的方式太过于干脆了。

三

就是从这个时候开始，我感觉到时任纯子和自己很贴近，并开始爱上了她。这种感觉来得那么突然，仿佛就在某一日一下子就来到了你的面前，令你措手不及。事情的起端完全与我的主观意志无关，但实际上，在我的内心深处或许早已奠定好了基础，只要在我心中投下一颗火种，爱情的火焰便会熊熊燃烧起来。

若非如此，我突然倾心于纯子的情感就来得过于快速、过于简单了。就算是纯真的高中生，那也未免太脆弱、太不堪一击了，总应该多少有些迷惑或者犹豫不决才对。

我到底是渴望得到爱情呢，还是渴望得到纯子这个人呢？

至今我仍然会时不时回过头去考虑这个问题。可无论我怎么思来想去，都只能得出同一个结论，那就是我渴望得到的还是纯子这个人。如果不是这样的话，两个人第一次单独漫步时，是不可能体验到那种令人窒息的悸动的。还有更关键的一点，如果那时候我只是渴望得到爱情的话，那么对象完全可以不必是纯子。有男女共校这样的便利条件，我们根本不缺乏谈恋爱的对象。

在接近纯子之前，我曾对圆部明子有过好感。看到她在一群热闹喧哗着的女生中间一直保持沉默寡言、悄然生息的模样，自然引发了我作为男人的好奇心。

看到孤独羸弱的女孩子便自发自愿地想去帮助她，这纯属于大男人的英雄主义在作怪。当然，我们两个人之间的关系也仅限于上学放学的时候同路，边走边谈一些朋友身边以及家庭中发生的一些事情而已。

和明子在一起的时候完全没有和纯子在一起时的那种紧张感。和明子在一起总是我说话她点头，主导权一直掌握在我自己手中。这种形式的交往虽然暂时满足了我的虚荣心，但很快我便开始厌倦了这种单调无味的交往模式，既然是谈恋爱，那么我还是希望在两个人之间能够有一些激烈的争执以及纠缠不休的热情。在这一方面，为人老实、别无所长的圆部明子已经无法满足我的要求了。

从这一意义上讲，纯子接近我真是选了个最佳时机。在纯子身上有太多明子所不具备而又是我所热切企求的要素。在结束了恋爱游戏的第一个回合之后，纯子准确地捕捉到了一颗少年的心。而他则刚刚意识到恋爱本身可能蕴含着更多、更可怕的奥秘。

的确，对于我来说，纯子就是一个谜，是一个不可捉摸的女性。她身上充满了一个少年男孩看不透、摸不着却又充满诱惑的东西。虽然已经感觉到那里面隐藏着某些令人恐怖、害怕的东西，但是我这个懵懂少年却无法把目光从她身上挪开，甘愿涉险、沉沦。而纯子的确值得我去冒险。我之所以被纯子吸引、不能自拔，正是由于纯子强烈地刺激了我内心深处刚刚萌发的冒险欲望。

和纯子单独走在一起只有那么一次，我的头脑中便充满了纯子的倩影。在家想，在学校想，她的一举手一投足以及每个眼神、动作都牵动着我的心。

可是第二天，纯子却像把我们前一天的事情都忘了似的，照例和往常一样到了下午才像一阵风似的飘进教室，只上了下午的课，便又像一阵风似的飘走了。再接下来，校园里边再也找不到她的身影了。

到了第三天，我实在忍不住了，便去问宫川怜子。

"时任同学身体哪里不太好吗？"

"我也不太清楚。可能是又发烧了吧？"

纯子隔三差五就经常不来上学。是身体不好还是作画太忙，不管理由是什么，任课老师和同学们都不会在意，但是现在情况却大为不同。

只过了三天，我就已经开始怀疑起自己和纯子在一起漫步的那一夜会不会是一场梦了。身患肺结核的纯子握着我的手，一直把我送到山脚下的家门口,那一晚简直就像是一场不愿醒来的美梦。

会不会我被纯子骗了?

一边上着课我心里一边七上八下地胡思乱想着,前方斜对面属于纯子的那个空位子在我眼里也变得那么可憎。

可是第四天午休的时候,纯子又像一阵风似的出现了。然后临走的时候,她走到我面前,把一本书放在桌子上,说了声"还给你"后就走出了教室。

我不记得自己曾经借给过她什么书。我想可能是图书馆的书,可左看右看也没发现上面有学校的标签或者印章。那是一本岩波出版社出版的便携版书,封面上印有《巴马修道院》[①]的字样。我赶紧站起来追了出去,可走廊里早已不见纯子的身影了。而就在这时,我悟到了一件事。

书里果然夹着一封信。和上次一样,信是用带有"时任兰子"字样的横格稿纸写的。

再见

谁先说出这句话

谁为胜者

落于人后者

下场最为悲惨

虽深明此理

---

① 法国著名作家司汤达 1839 年发表的长篇小说。

现在

若要说出"再见"

却心痛不已

哪怕悲惨的结局会降临

仍拖延下去为幸福?

还是

趁心灵尚未受伤害

将所有的火焰

彻底扑灭

才美好?

我不知道

同样是火焰

奥林匹克的圣火

火柴棒擦出的星火

如同命运之光般迥异

现在

看着眼前的火焰

不知它属于前者或后者

欲作出预言

唯剩恐惧

我收到这封信的第二天,下了那年冬天的第一场雪。我们俩再次漫步在银装素裹、容颜尽变的大街上。我已经不再怀疑纯子了,我心无城府地相信了纯子的解释,她说她这三天没来上课是因为感冒了,一直在家休养。

雪飘下来,融化掉,再飘下来,再融化掉。经过多次反复,北国冬季的气候才会最后稳定下来。

可是从十一月开始直到十二月,我都没机会再见到纯子。因为这段时间属于各种美术展的旺季,她请了一段时间的长假到东京去了。

四

十二月初,再次出现在教室里的纯子看上去好像又变得成熟了许多,我很担心纯子去了趟东京会不会已经把我忘得干干净净了。

但是事实证明我的担心是多余的。

三天后,午休的时候纯子来到我面前,小声说:"今天晚上七点,我们到丰平川堤坝台阶那儿的那棵白桦树下见面好吗?"

放学以后我先到街上看了场电影以消磨时间,六点半走出电影院的时候发现外边已经下起雪来了。我一边心里嘀咕着纯子还会不会来,一边准备回到堤坝下的那棵白桦树下去等她。

我赶到那里的时候还差一点儿不到七点钟。雪已经下得很大了,隔四五米远就什么都看不见了。

我一动不动地站在纷纷扬扬的雪中,打算就这样等着她,哪怕要等半个小时、一个小时也绝不退缩。

可实际上我等了还不到十分钟，就突然看见一片白茫茫的雪雾中出现一个黑色的人影。那个人影快速朝这里跑来，紧接着，纯子便出现在我的面前。

"俊……"

纯子呼唤着我的名字，像个大雪球似的扑进了我的怀里。她扑得太猛了，我被撞得向后退了两步才站稳脚跟，展开双臂抱住了她。

纯子把头贴在我胸前，然后又慢慢抬了起来。她的脸庞就在我眼前，大片大片的雪花落在她额头上，融化后顺着脸颊滚落下去。

我心中涌起一股无以名状的激动情愫，迫不及待地一下子吻住了她的双唇，感受着纯子冰冷的面颊和火热的柔唇，我闭上了眼睛，封住了耳朵，什么都看不着也听不到了。

我们不知道拥吻了多长时间，忽然我感觉纯子的舌头在我口中轻轻动了动。我虽然不知道那个动作意味着什么，但却感觉到了伴随着这种行为的甜蜜而淫靡的气息。我不懂该如何配合她的动作，只是使劲儿闭上嘴，防止这种感觉会无端跑掉。

最后轻喘着首先分开嘴唇的是纯子。

"我送你回家。"

纯子说出了与两个月前完全相同的一句话。

"不要……"

我就想这样继续站在这棵树下。

"不行。"

"为什么？"

"你得回家。"

她像规劝我似的说完，拍了拍帽子和大衣上的雪，率先迈步向前走去。

"还是下雪的时候好。谁也看不见我们。"

纯子一边走一边愉快地说，可是我却仍然没有从接吻的兴奋中冷静下来，情绪激动不已。

"你在东京的时候都干什么？"

"看展览啦，和各种人见面啦，也就是这样。"

"各种人是什么人呀？"

"有画家，也有报社记者。"

可能是因为下雪的关系吧，店家都提前打烊了，连电车铁轨都快被雪埋住了。

"下次我们什么时候能见面？"

"嗯，大概下礼拜一吧。"

我发热的头脑中算计着，今天是礼拜二，那么算起来就是五天以后了。

"照这样一直下的话，明天电车可能要停了。"

雪雾中，路旁人家透出来的灯光显得绰约朦胧。我们顺着电车大街左拐，再沿着九条大街向西走，走了大概二百米，纯子站住了，用手使劲儿拍落大衣肩头上的积雪。

"我忘了我还有事儿，很遗憾今天晚上不能送你回家了。"

"什么事？"

我毫不掩饰自己的失望。

"是件比较重要的事情。"

"要去哪儿？"

"离这儿不远，走到这儿才突然想起来的。"

纯子把目光移向雪雾中的街灯。

"那我送你去那儿吧。"

"离这儿不远，我自己一个人能行。"

"可这里是屯田大街呀。"

"我知道。"

我很想跟她分手时能有些温情，但纯子却已经率先迈出了脚步。

"好了，我们就在这儿分手吧。"

"星期一真的能见面吗？"

"是啊。"

"很快就要放寒假了，放假前想再见你一面。"

"我知道了。"

我这才终于放心了，目送着纯子跑远，消失在远处的小路上。

可实际上，那次约会却成为那一年我们最后的一次相见。因为从那个周末开始纯子又请假了，紧接着又开始放假了。

进入假期以后便失去了和纯子相见的一切希望。除了等纯子主动和我联系之外，我要想和她联系就只有给她写信了，可是她父亲担任教育委员会委员的要职，我根本就没有勇气给她写情书。

没办法,我只有一直等,等到过了年,等到正月初三,可纯子却仍然音信全无。

实在忍不住了,初四那天我特意从纯子家门前经过去了趟学校,尽管我到学校去根本就没有任何事情要做。

经过纯子家门前的时候我看到她家门前的雪打扫得干干净净,大门口摆放着迎春的松竹装饰,厨房烟囱里冒着烟。面向小路一侧的那间纯子用作画室的房间窗边上积着雪,窗户上拉着红色花布窗帘。

一月二十一日,当一个月的寒假结束后,我迫不及待地上学去了。可在学校里却没有见到纯子的身影。我非常失望,最后甚至开始考虑是否应该就此停止对纯子的追求。但这种想法转瞬即逝,看到手中实实在在的书信,回想起雪夜中的亲吻,我又重新鼓起了勇气。

如果她不喜欢我是不会做出那种事情来的。

我不断安慰、鼓励着自己,告诫自己要耐下心来等待纯子的出现。

我的期待没有落空。当第三个学期开学后的第五天,纯子一大早便夹着书本出现在教室里。而在第一堂课下课的时候,她便来到我面前打招呼说:"你还好吧?"

我强自压抑住久别重逢的喜悦,故意装作不高兴似的点了点头。

"你出去了?"

"是啊,去了趟阿寒湖那边。"

"大冬天的……"

"没错，我去那里写生。"

纯子说完，看了看我身边靠走廊一侧的座位，问道："下堂课上社会课的时候我可以过来这里坐吗？"

社会课也是选修课，两个班一起上，我们选的是日本历史，不需要换教室，就在自己班里上。

"你真的要过来？"

"当然是真的。我现在就去把东西拿过来。"

纯子拿着教科书和笔记本过来坐到我旁边。上课的时候我心里害怕老师会不会因为我和纯子坐在一起而感到奇怪，只是一味紧张地盯着黑板，一个劲儿地做着笔记。

"你看……"

课上到一半儿的时候，纯子用胳膊肘轻轻碰了碰我。我转过头去一看，只见纯子正举起左手对着阳光给我看。

"那是怎么啦？"

只见她手背中央部分有一处圆圆的黑色斑点。在她那白皙的能看见静脉的皮肤上，那块黑斑就像镶嵌着一块黑石般闪耀着光彩。

"这是刺青。"

"刺青？"

"我用铅笔尖儿刻的。"

纯子缩了缩脖子，继续用铅笔尖儿扎着黑斑周围的皮肤。

"别扎了，再扎真的褪不下去了。"

"没事儿。"

纯子的笔记本上只画了一张老师的侧面像,其他一片空白,课堂内容什么都没记。我感觉到老师正在看着我,赶紧转回头去看黑板。

可是过了没几分钟,我又感觉到窗外好像有个人影。起初我还以为有什么人从旁经过,可还不到一分钟,那个人影又从另一个方向从窗外闪过。虽然我也不能确定第一次和第二次走过的是同一个人,但不知为什么就是觉得那个身影像某个人。我继续直视着黑板,注意力却转到了进入余光范围的窗口。

玻璃窗外又有个人影在晃动,而且这次还在窗外停了下来。趁老师往黑板上写字的机会,我转过头去看了看。

一张男人的脸突然闯入了我的视线,而那个男人的视线正投向坐在我身旁的纯子身上。我好像还看见纯子也看着那个男人点着头。我慌忙将视线转回黑板,调整了一下呼吸,老师正往黑板上一条一条地写着德川幕府崩溃的原因。

那个男人穿着西装,扎着领带,面颊消瘦,鼻子长得比较高。因为只是偷瞥了一眼,看得不是特别真切,但我总觉得他是上次在"米莱特"吧台边和戴眼镜男人在一起的人当中的一个。

难道他们两个人是隔着窗户打招呼的吗?

为了确认这一点,我再次转过头去看的时候,窗外已经人影全无,纯子也全神贯注地用铅笔继续往白皙的皮肤上刻画着。

有关那个男人的事情在其后一段时间里一直留在我的记忆中。但不知为什么,我对他的印象只有那张白色的五官端正的面孔,却怎么也想不起任何其他方面的具体情况。

因为只是瞬间发生的事情，记不清楚也在所难免。但是心中只留下一个模糊印象，记不起任何具体细节这件事令我感觉相当怪异。这种感觉就如同梦醒后只剩下冷冰冰的心境却回忆不出梦境时的情况一样。

我真想问问纯子那个从窗外走过的男人到底是谁，但是还没等我开口说话就下课了，我也就失去了问她的时机。

而且不知何故，我觉得这件事好像是不能开口询问的，因为那时的情形隐含着某种秘密的味道。我有种预感，只要我一开口，恐怕我和纯子的关系就会瞬间土崩瓦解、烟消云散。说不定正是由于我的这种预感和我对那个男人的印象重叠在一起了，才会使我对那个男人感到害怕。

不管怎么说，这次如果称之为事件未免有些夸张，但这件事进一步确定了我对纯子的认识。因为我再一次感觉到纯子身上具有某种我捉摸不透的地方。想到那个男人，我的内心深处越发感到不安。不过这种不安并不是此时才产生的，自从与纯子相识之后，它便无时无刻不在我的心海里荡起微澜。我一方面被这种不安所困扰，一方面又为这种不安所吸引。甚至我的理智已经告诉我，只要继续保持与纯子之间的这种关系，那么与这种不安相伴就将是不可避免的。

除了这件突发事件之外，高中第三个学期对于我来说应该基本上还算是比较令人满意的。其根本原因就在于纯子仿佛忘掉了那个男人的影子一般进一步接近我，我们之间的关系在这一时期也朝着巅峰发展着。

<h1 style="text-align:center">五</h1>

从高二那年春天男女共校开始,我就加入了图书部。进入高二第三个学期之后,三年级的成员为了准备参加高考便很少在图书馆里露面了。

一月末,图书部举行了继任图书部部长的选举,我被选上了。我们部的顾问仍然还是由先前的英语老师濑户担任。

图书馆在另一栋二层楼的小洋楼里,和教学楼之间以长廊相连接。一楼是阅览室,二楼是书库以及一间十平方米左右的图书部活动室。平常在图书部活动室里有一位从 F 学院大专毕业的叫斋藤惠子的图书馆管理员负责图书管理工作。她当时虽然才刚满二十三岁,但是我们这群喜欢恶作剧的学生们就已经给她起了绰号,把"欧巴桑"这个词缩略为"欧巴"来称呼她。

我们这些图书部成员要负责的工作其实很简单,就是凑在一起商量进些什么新书,制作外借图书者名册以及一年整理几次藏书而已。而且这些工作都是由管理员牵头做,所以真正需要干的活儿并不多。再加上图书部成员有顺便借阅图书的特权,对于喜欢看书的人来说,图书部实在是个理想的地方。

高年级同学一退出,我们就更加轻松自在了。一放学大家便聚到活动室里去谈天说地,渐渐的,这种聚会便成为我们的一种习惯了。虽说房间面积只有十平方米，不过房间中央放着火炉，还备有桌子和茶具，因此这里便成了我们绝好的聚集场所。

图书部有近二十名成员，其中和我同年级的有男生五名、女生四名，而女生中就有那位和纯子关系非常密切的宫川怜子。因为我当上了部长，再加上宫川怜子也在这里的关系，纯子便时而也到活动室来玩儿。她每次来的时候都是身穿女学生装，腋下夹着两三本书悄然出现。

在这群喜欢看书、自以为对文学多少有些领悟的图书部成员面前，纯子表现得非常热情开朗，简直和她在教室里时判若两人。她一来就连比我们年长的"欧巴"都会加入到我们当中，互相开玩笑，高兴的时候还会放声大笑。我就是这个时候才得知什么巴黎节①、情人节等等。

纯子在这里一边不断和大家说笑，一边不时将充满热情的目光投向我。

我一方面为纯子能够轻松自如地出入这里、愉快地享受这里的氛围而感到满足，但另一方面却又因为她的视线而感到狼狈、担心。

一月末，午休结束，当我们一起从图书馆返回教室的时候，纯子小声对我说："今天晚上六点，我还想和你在图书馆见面。"

"六点？"

"对呀。那个时候别人都不在了嘛。"

---

① 指法国国庆节，7 月 14 日。

我们下午三点半放学。就算在那之后图书部成员都耗在活动室里，六点以前也都回去了。因为五点半的时候工人会到这里来，清理炉子里的灰并熄灭炉子里的火。

"可是一到六点图书馆的大门就被关上了呀。"

"大家离开的时候你最后一个出来，先别还钥匙不就行了吗？"

"……"

"整理图书以及开会讨论事情的时候不是经常会晚些才走吗？谁都不会产生怀疑的。而且学校里有那么多房间，有一两把钥匙没还回来，校工也不会注意到的。"

校工办公室的墙上挂着一排钥匙，除了图书室的之外，还有音乐室、绘画室以及理科试验室等各处的钥匙。

对于这种冒险行为我虽然心里充满了不安，但这是女孩子先提出来的，我怎么可能临阵退缩呢？何况可以两个人单独在密室中见面，这种冒险似的快感撼动了我的心。

这一天，我和"欧巴"他们一起最后走出图书馆。把门锁上后，我跟大家说了声"我把钥匙还到校工办公室去"，然后就和大家分手了。走到校工办公室门前，目送着大家的身影全都消失在积雪的回家路上，我这才重新回到图书馆里去。

回到刚刚由我亲手锁好的大门前，周围已经渐渐黑了下来。我停住脚步，确认了一下附近没人，这才打开锁。随着一声沉重的咯吱声，门开了。我再次环视了一下四周，然后关上门，蹑手蹑脚地走上楼去，来到图书部活动室。

房间里尚留有一丝微温的气息,已经熄灭了火的炉子已经变凉了。

北国的冬季里,一过五点就已经入夜了。我没有开灯,也没脱大衣,就那样站在窗边等着。下午开始下起来的雪已经停了,月亮出来了,映得房间里相当亮。

如果老师来了可怎么办?

现在这个时间的话,只要回答说为了整理图书回去晚了就行了。可能老师会对我一个人在这里又不开灯感到奇怪,但只要告诉老师说自己正准备回去也就不会引起怀疑了。

可如果是在纯子来了之后呢?

如果两个人在房间里独处这件事情被老师知道了的话,事情就不那么简单了。夜晚男女同学独处密室这种事情一经败露,我和纯子将受到什么样的惩罚呢?是警告还是停学?总不会被勒令退学吧?虽说是由于一时把握不住,我现在开始对于自己即将踏足危险境地而感到害怕。

这时,我听到一声轻微的咯吱声,接着是上楼的脚步声。我离开窗口,走向房门。脚步声停了下来,门把手转动起来。

门终于静悄悄地被打开了。纯子侧着身子钻了进来,又用背在身后的手关上了门。

"等了我一会儿了?"

"是啊。"

周围虽然没有一个人,但我们说话的时候还是压低了声音。

"下边的门关上了吧？"

"没问题，放心吧。"

我这才抱住纯子，以稍微熟练了一些的方式吻住她。

"哎，冷吧？"

纯子主动脱离开我的怀抱，从大衣口袋里掏出一个威士忌的小酒瓶。

"能喝吧？"

我点了点头，可实际上我顶多也就是过年的时候陪父亲一起喝两三杯清酒，威士忌可还是第一次喝。当时在我的印象中，威士忌纯属带有异国风情的时髦饮料。

"给。"

纯子比了一个干杯的姿势，将自己的杯子和我的杯子轻轻碰了一下，扑哧一笑，端到嘴边去了。

热乎乎的液体直落腹底，我的喉咙好像一下子被烫伤了似的，脸也一下子红了。

"好喝吗？"

"嗯……"

我辛苦地回答。纯子放下酒杯，坐到椅子上，从口袋里掏出一盒"光"牌香烟。

"你抽烟吗？"

"抽啊。"

"我每天要抽两盒。"

我以前只是闹着玩儿抽过两三次,但每次都被呛得直咳嗽。再加上我听说抽烟会影响记忆力,所以我原来一直下决心在考上大学之前不抽烟的。

"你一天抽几根?"

"四五根吧。"

我虚张声势地回答说。纯子叼着香烟,擦着了火柴。突然周围一亮,纯子把脸凑近我。

"这里真好。"

纯子慢慢吐出了一口烟雾,环视着房间说:"现在没人知道我们在这里。"

"以后我们就每天晚上在这里见面好吗?"

与雪夜中漫无目的的漫步相比,现在这种形式的幽会的确是一大进步。可能是因为喝了威士忌的关系,我也渐渐变得胆大起来。

"那可不行。"

"为什么?"

"我还有各种工作。而且每天见面的话会让人发现的。"

纯子说得没错。我又喝了一口威士忌,再次吻住纯子的双唇。这一次我们在椅子上相拥而坐。纯子的舌头灵巧地撩动着,准确地刺激着我因为喝酒而发热的感官。但是我却仍然只是一味地吻着她的唇。虽然我也大概明白男女之间进一步下去该做的事情,但若要提到具体该怎么办却突然丧失了自信。

说实在话,我当时并没有进一步的欲求。接吻的那一瞬间确实感到有一些冲动,但却害怕更加深入的动作。我感到如果我提出要求,而纯子又爽快地答应了的话,那么结果一定会非常狼狈不堪,会遭到纯子的耻笑和蔑视。这种不安令我畏缩不前,保持住了少年的清纯。

做坏事的时候就是这样,做过了之后,那件事情便失去了神秘的色彩。当我尝到了相拥接吻的味道的那一刻,我自我感觉自己似乎比其他同年级的同学们变得伟大多了,而在图书馆里幽会这件事更增添了我的自信心。

我感觉自己就像是个恶徒,并为此暗暗感到自豪。如果有人问起所谓恶徒的具体含义,我真想用一个晚上的时间讲给他听。但同时我又为把这一秘密藏在心里、假装镇定自若而感到快意。

从这天晚上开始,我们一有机会便在图书馆里幽会,并且频繁地交换情书。我们约好把信就放在从图书馆二楼通向屋顶的螺旋楼梯口那张废弃的桌子抽屉里。

纯子给我的信字迹圆润,依旧用的是印有"时任兰子"字样的横格稿纸。

我在那个抽屉里大概平均两三天就能收到一封纯子写给我的信,而当我们在活动室里和大家闲谈的时候,我便能够通过纯子递过来的眼神得知这一信息。

宫川怜子以及"欧巴"他们已经对我们的事情有所觉察。而我们也借此放纵自己,在图书馆里的时候便不再继续掩饰、假装正经了。我们本能地感觉到他们是站在我们这一边的,不会破坏我们之间的关系。不过尽管如此，好像还没有什么人觉察到我们晚上也在幽会。

我像往常一样六点多又拿钥匙开了门，回到图书馆的图书部活动室里等纯子。过了不到半个小时纯子就来了。我们像往常一样，一起喝威士忌并亲吻着。

可能是因为喝醉了，我们相拥在一起并没有感到寒冷。窗外能看到深深积雪之中居民家的灯光。而那一切又都显得死寂一片，毫无生气。

不知道过了多长时间，我忽然听到楼下大门发出了吱咯声。几乎同时纯子也听到了。

"会是谁呢？"

我们对视了一眼，猫下腰，屏住了呼吸。

楼下传来脚步声。

这种时候会有谁来这里呢？是图书部的成员还是校工？又或者是值班的老师？黑暗中我已经吓得魂不附体了。又听到门发出的吱咯声。有什么人已经进到图书馆里边来了，这一点已经确定无疑。

那个人最后还上楼来了。

"赶紧藏起来！"

我突然想起书库后边靠墙的地方有一点儿空隙。

"过来！"

图书部活动室和书库之间有一道门相连。我悄悄推开那道门，带纯子来到书架后面。

"虽然这里很窄,不过忍耐点儿,千万不能动。"

纯子侧身钻进书架与墙壁之间的空隙里,我正要爬进去的时候想起威士忌的酒瓶和香烟都落在活动室里了,于是又进去拿上了这些东西,也藏到书架后面去了。

"千万别出声。"

黑暗中感觉到纯子点了点头。脚步声顺着楼梯上来,楼梯的铁架子发出"咯噔、咯噔"的声音。

我的心脏急速跳动着,连自己都能听到心脏的鼓动声。

如果被发现了会是什么结果呢?

没想到我的这种顾虑竟然变成了现实。警告处分、留校察看、勒令退学? 所有不好的预感一下子都涌入了我的脑海。我害怕了,后悔了,我们的这种做法的确很不应该。

那个人好像已经到了楼上,脚步声就停在门外。可能那个人正观察着四周的动静,过了一会儿,书库的门被打开了。我不由得一下子握紧了纯子的手,纯子冰凉的手也使劲儿握住了我。

那个人好像在巡视书架,脚步声由右向左移动着。突然,一束光线透过书架与书架之间的缝隙掠过我胸前。我差一点儿就叫出声来,赶紧悄悄移动身体,避开光束。

我看出那是个手拿电筒的男人。

随着脚步声的移动,那束光也跟着移动,接着响起了开门声,好像是那扇通向活动室的门。

"有人吗?"

通过这一声问话我知道了来人就是图书部的顾问濑户老师,他肯定是在值班,过来巡视来了。

现在活动室那边肯定全部笼罩在手电筒的光柱中。我闭起眼睛,一心祈祷能够顺利过关。感觉上好像过了很长时间,但实际上可能并没有那么久。

"真奇怪。"

我听到濑户老师嘀咕了一句,光柱再次划过黑暗,然后便听到关门声和他下楼的脚步声。直到脚步声消失、楼下的门被关上的声音传过来为止,我的心跳一直平静不下来。

"走了。"

我声音沙哑地告诉纯子。黑暗中感觉到纯子点了点头,紧贴着书架的身体放松下来。

"俊,可以出去了吗?"

"小心点儿,别弄出声儿。"

纯子又点了点头,真是柔顺得可爱。我拉着她的手从书架后面挤出来。重新审视了一遍书库,发现这里和我们藏起来之前别无二致。

"弄了一身灰。"

纯子掸了掸衣服,再用手绢擦干净手。

"吓坏了吧?"

"嗯……不过挺刺激、挺好玩儿的。"

我有点儿被捉弄了的感觉,一屁股坐到了椅子上。

纯子则再次拿出杯子,问我:"喝吗?"

"不喝了……"

我早已没有喝酒的精神头儿了,一心只希望从这个让人吓破胆的地方尽快逃出去。

"我们走吧。后门被锁上的话,我们就出不去了。"

"真要是那样的话,我们就得在这儿过夜了哦。"

"别开玩笑了。"

我大吃一惊。要真的出现那种情况,我们家里会闹翻了天。可纯子却一副满心欢喜的模样。

"刚才那是值班老师九点钟的例行巡视。"

借着月光,我看到活动室墙上的时钟正好指向九点十分。

"走吧!"

我们把喝剩下的威士忌倒进下水池,用水壶里已经冷却了的水洗了杯子,然后放回原处。这样即便"欧巴"他们明天来这里也不会发现我们曾经在这里幽会过。

"说不定老师还在这附近的什么地方呢,我们走路要小心一点儿……"

我牵着纯子的手下了楼。楼下和连接教学楼的走廊里都不见一个人影。

走廊里通向校园的那扇门白天开着,但到了晚上也都被关上了。而我们只有从这里到操场,再由操场边上学生出入专用的后门出去这唯一的一条途径。我们快步从操场边上穿过,来到后门。后门那两扇对拉的大木门还没上锁。我从内侧使劲儿把门拉开。随着沉重的木门开启声，门被拉了一条三十厘米宽的缝儿，从那里可以看到雪后的夜空。

"快出去！"

我的话音未落便听到操场尽头传来一声严厉的吆喝。

"谁？"

紧接着一道手电筒的光柱兜头照在转回头去的我的身上。

"快走！"

大门的空隙只够一个人通过，我赶紧推着纯子的后背催促道。

"再见！"

纯子轻声说完便侧身从那个空隙挤了出去，像只兔子似的快速朝雪的世界狂奔而去。而正准备随后跟出的我却已经完全暴露在手电筒的光柱下。

"是谁？"

我只好放弃了逃走的打算，等待拿手电筒的人走过来。我安慰自己，现在只有我一个人在这儿，可以找借口蒙混过去。同时我也为自己能够让纯子单独跑掉而心满意足。那束光柱已经迫近距离我三米远的地方，准确地罩住了我的头。

"咦，这不是田边君吗？"

濑户老师很困惑似的看着我。

"你怎么这个时候还在学校？"

"我想起来忘了关图书馆的门，就回来了。"

当手电筒的光柱越来越迫近的过程中,我勉强编好了这个故事。

"这是图书馆的钥匙。"

"是这么回事呀。"

濑户老师一边从我手上拿过钥匙一边仍疑惑地盯着我。我则拼命装作若无其事的样子。

"已经这么晚了,赶快回家吧!"

"好。"

我敬了个礼,转身走出校门。刚下过雪的地上有一串儿新的脚印伸向前方。

那是纯子逃走时留下来的。我一步步踩着她的脚印迈步向前。过了一会儿,听到身后传来校门关闭的声音。

清新的积雪,皎洁的月光,令我的视野非常开阔。可是却遍寻不到纯子的身影。

不知道是因为她家离学校近,她这会儿已经到家了,还是她又到别的什么地方去了。总之,月夜已经吞噬了纯子,只留下一片寂静。

六

札幌的二月份比一月份下雪还多,西高东低的冬季气压槽分布到了二月份渐渐开始势力减弱,而压过来的低气压则取而代之,带来较多的降雪。不过,这同时也缓解了冬季的严寒,虽然春天还比较遥远,但似乎已经让人看到了春天来临的脚步姗姗。

从十二月起就被积雪覆盖住的操场上在进入二月后积雪量进一步增加，靠近西侧夏天里修建花坛的一角竖着的积雪测量标柱上的80厘米刻度线几乎都快被埋住看不见了。每次下过雪后都会融化掉一部分，堆积下来的雪只是其中的一部分，所以如果按照每次降雪量累计计算的话，积雪厚度应该远不止两米。

　　整个冬季我们几乎都不用操场。不过当男生们对室内体育场打排球或篮球感到厌倦的时候，他们偶尔也会跑到操场上去玩玩儿所谓的雪中橄榄球。这时候，他们就会用他们的脚把操场上的积雪踩实。只是过后再下一场雪的话，整个操场便又恢复白茫茫一片了。

　　在大雪覆盖的操场上，只有一条斜向的勉强够一个人通过的小径却是无论什么时候都是畅通的，即使下再大的雪也无法将其封锁。那是因为住在操场对面方向的学生们完全按照三角形两边之和大于第三边的几何定律，自然而然踩出来的一条上学捷径。

　　我们班教室在二楼，从窗口望出去正好可以清楚地看到这条小路。雪后的清晨，我们喜欢从窗户里探头出去看从那条路上过来的同学们。有时候还会发现在那条小路上很规律地排列着戴着黑帽子的男同学的头和留着长头发的女同学的头。

　　"你们要迟到啦。快点儿吧！"

　　"赶快跑吧！教导主任已经从办公室出来啦！"

　　教室里的学生冲走在雪中小径上的同学们喊着、催促着，就这样从窗户往外看便可以基本搞清楚每天上学谁来得早、谁来得晚。

　　刚下过大雪的第二天早上，我们管第一个沿着那条小路来上学的学生叫"除雪车"。后来的同学沿着由"除雪车"辛辛苦苦踩出来的足迹前进,积雪逐渐被踏实、踏宽,最后便再恢复了那条小径的原貌。我从来没有那么早到校过,所以也就从来没见过当了"除雪车"打头阵的同学是怎样从那里经过的。不过我估计每次抽中这支倒霉签儿的恐怕都是做事比较认真的女同学们。

而就在高二的那年冬天,我们学校决定搞一场雪雕比赛。这项活动的具体方式就是每个班在操场上做一个雪雕,然后由老师当评委对大家的作品进行评比。

札幌的冰雪节是从昭和二十七年(一九五二年)开始举办的,因此从历史年代上来看,我们学校的雪雕比赛比它还要早一年。当然我们学校同学所做的雪雕都是靠用铁锹一点点把雪堆起来以后做的,高度顶多不超过三米,规模和现在的札幌冰雪节根本无法相比。现在札幌的冰雪节可是动用自卫队的力量建成十多米高的大型雪雕。

不过尽管我们学校的雪雕规模比较小,但做起来却也是相当不容易。

二月份我们班召开班会的时候也讨论了由谁牵头做雪雕这项议题。与其他班级进行的热烈讨论不同,我们班很快就做出了决定。因为我们班很简单,那就是由时任纯子牵头,具体构思也完全由她决定。

纯子痛快地答应下来了,不过她对于这项决定既没有表现出格外的高兴,也没有表现出不情不愿的态度。好像由她承担这项任务是天经地义、理所应当的。然后就是说好在必要的时候,大家自愿去配合她的工作。

做雪雕的具体工作步骤就是先堆雪做一个一米见方的台座,接着再往台座上堆雪做一个足够做一个大雪人的雪堆,然后再用铁锹和铲子从雪堆的外侧削削补补,将其雕塑成像。

纯子准备做的雕像是罗丹的《接吻》,她的这一方案在班里虽然也引发了一番争议,有人说这个题材不太符合高中生的形象,但由于是纯子这位艺术家牵头做,班主任户津老师还是批准了这一方案。

第二天开始,课间休息以及放学后便有五六个男生从家里带来铁锹开始堆雪。堆完以后临回家前再往上面倒水,这样一来等晚上结冰以后再雕塑起来就可以比较容易些。

跟着纯子一起做雪雕的男人们,要么是情愿作为纯子的仆人听她使唤的,要么就是把这件事情看作是班集体的荣誉认真参与的,他们在纯子的指挥下堆雪、铲雪。

只是这些人鼓足干劲、努力工作也只是最初的两三天,从第四天开始去帮忙的也就只剩下两三个人了。看样子他们对于只是听命于纯子、给纯子打下手这项工作也开始厌倦起来了。

自从开始制作雪雕以后,纯子放学以后也几乎把全部精力都投入到工作当中去,不再往图书馆跑了。和其他班级多人参与、热热闹闹的工作情形完全不同,我们班只有纯子一个人身穿红色大衣趴在雪堆上,独自一人专心致志地进行着雕塑。这种时候,她的模样显得是那么孤独、寂寥。

尽管如此,经过五天的精心制作之后,已经大致上可以看出那尊雪雕的轮廓了。那是两个面对面相互拥抱在一起的人"接吻"的形象。

到了这个阶段,依旧是纯子独自一人在工作。因为现在别人去帮忙反而会显得有些碍手碍脚的。不过毕竟还是需要有人帮她往雕塑上泼泼水、递递雪什么的。可是那些原定要去帮忙的男同学们却往往临阵脱逃,最后只剩下吉田和山寺两位做事认真的同学还不时过去帮帮忙。只有他们在的时候,纯子才得以勉强专注于雕刻而不至于分心。

既然在班会上大家说好了要去帮忙,干到一半就退缩实在太不像样子,必须得有人去协助她工作才对,可是我虽然明知如此却一次都没去。我只是从教室窗口向外望着独自一人在冰天雪地里努力工作着的纯子的身影,然后若无其事地背起书包回家去了。

我到现在仍然弄不明白当时自己的心态。但有一点是再清楚不过的了,那就是我那么做绝对不是由于简单的想要偷懒。

说实在的,首先我对于"接吻"这一题材就感到害羞。我总觉得我要是去和纯子一同进行这一题材的创作,那就太厚颜无耻了。虽然没有人知道我和纯子之间发生过的事情,这种说法有些牵强,但是在我内心深处还是有些感到胆怯。再加上我对于像个小喽啰一样听命于纯子去工作这种形式本身也略觉无趣,尽管我也清楚纯子是大家公认的艺术家,在绘画、雕塑方面的天赋远远在我之上,正因为是这样,我们才把这项工作全权交给她去负责的,事到如今不按她的指示去做于理不通,但我依然不愿意对她唯命是从,觉得那样做太有损我的男子汉形象。

随着工作的进展，随着人们对纯子认真的工作态度以及她作为艺术家不同凡响的工作成果的评价不断提高，我的这种出于男子汉自尊的固执心态越发变得顽固，不知不觉间我已经在心里暗暗发誓，绝不去帮她的忙。

对于我的这种态度和做法，纯子什么都没讲。她只是时而用探询的目光看看我，仿佛要看透我的内心深处一样，然后照样一放学就马上到操场上去继续她的工作。在临近评比的一个星期里，我们就在这种别别扭扭的气氛中度过，相互之间没有说过一句话。

进行评比的前一天，天气非常冷，气温至少低于零下十五度。空中笼罩着灰色的云层，云层很低，夹带起北风横扫过学校的操场。

放学以后，我从教室的窗口向外看，在最右边的白色雕塑处今天依然只有纯子一个人在默默工作着，连平时去帮忙的吉田和山寺也都不知跑到哪里去了。看到确实没人帮忙，我突然特别想过去帮她一把。无论最后评比结果如何，今天都是最后一天了。虽然不知道什么时候才能收工，不过我知道在她最后完成工作之后都必须在雕像上泼上水浇固冻牢才行。而这最后一项作业对于女孩子来说未免太艰苦了。

我打算下去帮她了，下去跟她说一声"我帮你"就好了。虽然不好意思，但机会仅此一次。我鼓励自己说"去吧"！

不知道是否出于偶然，就在我下定决心准备行动的那一刻，纯子回头望了一眼我所在的教室。虽然只是一瞬间，但纯子确确实实看到了我。我们俩的视线在空中发生了激烈的碰撞。

只是由于对上了纯子投过来的视线,我准备过去帮忙的热情便毫无来由地迅速丧失殆尽。

　　不过我又对自己不去帮忙反而在窗口支着腮帮子看热闹这种做法感到后悔了。我心里明白自己做的事是错的、不应该的,我想马上过去向她道歉。可实际上我采取的行动却又与我的真实心情恰好相反。因为我接下来的举动就是双手插进裤袋里,兴高采烈地吹着口哨晃到图书馆去了。

　　过了不到十几分钟,宫川怜子慌慌张张地跑到活动室来了。

　　"纯子吐血了!"

　　"吐血?"

　　"对呀,她吐血了。"

　　"在哪儿?"

　　"现在还在雕塑上。雕塑都染红了。"

　　我一把推开靠门口站着的宫川怜子,一口气跑下楼去。

　　在宽敞的操场上,只有一尊雕像上一个人都没有。等我跑到那里的时候,大概有十来个同学围在那儿,忐忑不安地向上边望着。

　　"出什么事儿了?"

　　我大口喘着粗气,问其中一个同学。

　　"时任君刚才就靠在那个地方吐血了。"

　　隔壁班的一个男同学指着雕塑说。

　　罗丹的雕塑是一男一女相拥在一起。女的微微扬着头,上身微微向后仰着,接受着男人的亲吻。就在被拥抱着的女人丰满的胸部染着鲜红的血色。可能是已经被吸入了雪中，那块红色不足一个巴掌大，周围还有飞溅起来的一些细小的红点儿。

在白茫茫一片的操场上，那块红色是那么小，却又是那么鲜艳夺目。

后来当别人发现纯子死于阿寒湖的时候，纯子身穿红色大衣，她身边散落着红色的手套、红色的"光"牌香烟盒，正好形成了与这雕塑上的血痕相同的画面。

"我们大家都没注意，所以具体情况我们也不太清楚。只是当我们无意中回头看见她的时候，她正好就趴在那里，就是那个女人雕像的胸部那里。"

"雪铲已经从她手中掉下去了。看到她脸贴在雕像上一动不动的，我们这才感到事情有点儿不对劲儿。"

隔壁班的男同学们七嘴八舌地述说着当时的情况。

"那她现在在哪儿？"

我声音嘶哑地发问道。

"正好赶上笹森老师过来巡视，看到这种情况就赶紧把她背回家去了。"

"……"

"这几天这么冷，可能她的病又恶化了吧。"

操场已经被暮色所笼罩。我望着创作者已经消失不见的雕像发呆。回想起刚刚纯子还在那儿回头看我的情景，我不知道那时纯子为什么会抬头看我那一眼。总之，那会儿纯子确实就在那里和我对视过。雕像上留下来的那一点红色更雄辩地证明了她确实曾在那里存在过这一事实。

可是现在，雕像上全无一人。离最后落成只差一步的染着鲜血的雕像默然地伫立在寒冬中，显得那么困惑无奈。

第二天清晨开始天空中又飘起了雪花。到校一看，操场上的雪雕都被刚下的雪给盖住了。学生们都拿着扫帚清扫着上面的积雪，为下午即将进行的评比做准备。当中只有纯子那尊尚未完成的雕像依然披着薄薄的银装，孤立于一旁，仿佛已经被人遗忘了一样。我走近去凝视着昨天被血染红的那一点，而那里也被新鲜的积雪所覆盖，只有特别注意去看才能发现积雪下面隐约透出的淡淡的红。

我已经对那尊雕塑夺魁与否完全失去了兴趣。因为无论纯子创作的雕像水平再怎么高，尚未最后完成也就无法参赛。那尊染血的雕像已经被排除于评比对象之外了。

不用说，纯子从这一天开始又请假不来学校了。

以前就患过结核病，而现在又在雪中吐了血，病情好转自然也就没那么容易。不知道纯子下次什么时候才能出现在校园里。我暗自琢磨，也许会是十天后、一个月后，甚至一直到第三学期结束都说不定。对于完全不具备医学知识的我来说，根本就无法预测事情会是什么结果。

从那以后，我每天往返于学校路过纯子家门前的时候，都会去想象纯子脸色苍白、闭起双眼、长长的睫毛投下一道阴影的面容。虽然在我的头脑里纯子的形象一直都显得很成熟，但此刻浮现在我脑海中的形象却是那么温柔、可爱。尽管我无法去看她,但这一形象带给我很大安慰。

不过这并不等于说我如此便满足于无法与纯子相见的状态中。如果可行的话,我特别想去探望一下她的病情,特别想当着她的面对没有去帮助她工作这件事表示道歉。我想告诉她,我并不是存心不去帮她,而是因为喜欢她又不善于表现自己的情感才闹别扭没去的。

但是我却没有主动上门去看纯子的勇气和自信。我怕因为我去看她会使她的家人感到意外,进而给纯子添麻烦。而且我敢肯定,在纯子身边一定有比我更成熟、更有成就的人们陪伴,这是我所远不能及的。在这种时候我只有故作冷淡才能勉强维护住我的自尊心。

过了半个月,到了二月下旬,我实在忍不住了便去找宫川怜子打听她的情况。而这时我问询的方式也与我的本意恰好相反,我脱口而出的竟是这样的一句话。

"只不过吐了点儿血而已,她竟然休息这么长时间。"

宫川怜子看着我,沉默了好一会儿,这才有些意外地问:

"俊,你真的什么都不知道吗?"

"什么叫真的不知道?"

"纯子现在住进了协会医院呀。"

"什么时候住进去的?"

"已经有十天了吧。"

"那她的情况相当不好,是吗?"

"不过听说她很快就能出院了。"

"都吐血了,那么快就出院行吗?"

"我也不知道。"

"她身体虚弱,不好好保重可不行。"

我说话的声音不由得提高了许多。不过宫川怜子只是望着窗外纷纷飘落的雪花,什么都没说。

宫川怜子当时保持沉默是出于不愿伤害到我的"好意",而我了解到这一点却是在五年以后我与宫川怜子在东京重逢的时候。在那之前,我一直认定她是个说话不得要领、故作矜持的女人。

虽说当时我只有十七岁,但本应该不至于愚钝至此的。之所以表现得如此呆滞,完全是由于我只能以纯子与自己的关系这一角度出发去看待纯子所致。

不过反过来也可以说,正是由于我的愚钝才使我获得了心理上的安慰。我当时了解纯子的程度不用说完全彻底,哪怕只了解到和宫川怜子同样的程度,我肯定无法体验到初恋的幸福。正因为我的单纯和愚钝,在我的青春时期才能心无旁骛地对这段关系感到自我满足。

七

的确如宫川怜子所说的那样,三月初纯子就返回学校上课了。从她创作雕塑吐血那天算起来,正好过去了三个星期。

时隔这么久再见到纯子的时候,我发现纯子的脸颊较先前略显消瘦,头发颜色更淡了,已接近金色。我心想一定是由于吐血消耗太大的缘故,才夺走了纯子圆润的脸蛋儿以及头发里的色素吧。

班里其他同学也都以若有所感的目光远远地注视着这位久别重现的少女。因为他们对于把全班做雕像的重任都推给了纯子一个人这件事感到内疚而不敢近前,另一方面也是由于他们不愿意去惹纯子不高兴。

暂且不论每个人都有自己的好恶、判断,纯子这么长时间休假在家,现在刚回来上课,但总的来说,纯子依然是班里的女王。

看到纯子我一直担心她不会再像以前那样主动接近我,对我表示出友好、亲切的态度了。因为无论理由如何,在她雕塑雪雕的过程中我所表现出的态度都是无法取得她的原谅的。

但事实证明,我的这种担心完全是多虑了。

因为她上学来的第一天,午休的时候她就走过来悄声对我说:"今天晚上六点到那个房间去吧。"

所谓"那个房间",指的就是图书馆的活动室。

我有点儿不敢相信她的话。她刚出院第一天来上学,怎么可能晚上再从家里溜出来呢?可是到了我们约好的六点钟,纯子却像以前一样无声地推开门走了进来。

"你的病已经没事了吗?"

两个人单独见面之前我心中有千言万语想要跟她说,可实际见面之后我首先说出的却是如此平淡无奇的一句话。

纯子点了点头,坐到靠门口的椅子上,掏出一支"光"牌香烟点着火。可能是由于病刚痊愈的关系吧,她白皙的脸庞更显苍白,略显消瘦的脸颊上透出不属于少女的妖艳味道。

"我原本想去看你的……"

"那就来好了。"

"可是我不认识你家里的人。而且我怕还会有其他人在。"

"在也没关系呀。"

"上次你做雪雕的时候,我本来想去帮忙的……"

"过去的事就别提了。倒是你,一直都还好吧?"

"还好,就是很无聊。"

"为什么?"

"因为你没来上学。"

"是吗?"

听到我勉强说出口的近乎于爱的表白,纯子满意地点了点头。她熄掉香烟,来到我面前。

"哎,吻我吧。"

就在这时我突然想起纯子得的病是结核,而且三个星期前刚刚吐过血。

我凝视着眼前的双唇,在她苍白的脸色衬托下,她的双唇显得格外艳丽红润。

会不会传染上结核病?

一丝疑虑掠过我的脑海,但我的犹豫片刻即逝。

"快呀!"

当纯子微微嘟起双唇的瞬间,我已经主动吻住了她那过于红艳的柔唇。

我们激情无限地拥吻在一起,我心中的疑虑也随之消失无踪了。现在我的心中已经完全没有对染病的恐惧,取而代之的是渐渐蔓延开来的自暴自弃的情绪。管它会怎么样呢,我豁出去了。唇舌轻轻纠缠、牙齿微微碰撞,纯子身上的结核病菌确定无疑地转移到了我的身上来。少年沉醉在甜蜜的想象之中,连同纯子的美貌以及体内潜藏的恶魔一并接受下来吧。想到如此一来我真的和纯子融为一体了,我便激动不已。

不知道过了多久,我们喘息着分开了双唇。可能接吻使纯子感到疲惫了,只见她坐到身后的椅子上,双臂无力地自然下垂。

温润湿滑的感觉仍然留在我的嘴唇上。我想擦拭一下,想喝口水漱漱口。因为当我们分开的那一刻,我又想起了患病的恐怖。

但是我不仅没有漱口,连擦都没去擦。因为我知道如果我那样做的话,只能令纯子感到悲伤。我咽下了混合有纯子唾液的温湿的口水,然后若无其事地坐到她面前的椅子上。

“你知道我吐了血这件事吗?”

“宫川君告诉我了。”

借着积雪反射进来的微光,我看到纯子听到这话后轻轻笑了。

不知道是否这件事情成为了契机,总之我们之间的恋爱关系再次迅速复原。

纯子给我写信,我也给她写信。午休的时候我们在一起,放学以后又到图书馆相见，夜晚则不断偷偷拥吻、亲近。随着春天的脚步临近，我每天也会像所有陷入热恋中的少年一样得意洋洋而又小心翼翼。

纯子丢失了我给她写的情书那件事就发生在我们之间的关系得以恢复后的第三学期临近结束的时候。

"糟了，你给我的信不见了。"

下午第六节课下课后，纯子在通往图书馆的走廊里告诉我说。

"我放在信箱里了，你没拿到吗？"

我们称图书馆楼梯旁边那张旧桌子的抽屉为信箱，约好把给对方写的信先放在那里，然后再由对方去取。

"我昨天午休的时候去取出来了以后就夹在这本书里了。"

纯子把手里那本《世界美术全集》中的一册翻给我看了看。

"我把信夹在这里，然后就回教室了。等上完课想拿回家去看的时候，却发现没有了。"

"不会是掉在教学楼的楼道里了吧？"

"我是书背朝下拿着的，应该不会掉才对。"

"会不会掉在你家里了？"

"我也找了好半天，还是没找到。"

"你在教室上课的时候，是把这本书放在课桌里的吧？"

"是啊，就是茄子和灯笼的课上。"

茄子是生物老师的外号，灯笼则是绘画老师的外号。

"茄子上的是生物课，没有移动教室。上灯笼课的时候，我去绘画室了，书就放在课桌里没带。"

"会不会就是那个时候被人偷走了呢？"

"应该是练习写毛笔字的那一组用我们班教室来着。"

如果是闲置无人的教室倒也罢了。教室里有老师还有同学，我想不会有人在这种情况下打开别人的书桌，从里边的书中偷走情书。

"上灯笼那堂课的时候，我真想溜走不上了。如果不去上那节课，就可以早点儿发现信没了……"

担任绘画课教学的保田老师因为纯子在上自由题材绘画课的时候画了一张全幅的灯笼图而严厉地批评过纯子。

纯子知道保田老师对她不满，所以很少去上他的课。而且纯子也曾经抨击过保田老师说，像他那样拘泥于具体实物形象作画的方式是属于没有才能的人所为。

"这可真是怪事。"

"我还没来得及看呢。你在信里都写了些什么？"

"写了很多呀。各种各样的事情。"

"我本来想好好看的……"

"如果捡到那封信的人能把它和垃圾一齐扔掉最好。上边可是写着我的名字的。"

"不是只写了俊一吗？"

"是写的俊一致纯子。"

只凭这样的落款别人会不会想到是我们确实值得怀疑。不过因为那是一封情书，大家肯定会很感兴趣的。

"这可麻烦了。"

署名比较成问题,而其中的内容更加令人担忧,因为我在信中还写了"想起我们的拥吻"等字句。

"如果被校方发现了,说不定会被勒令退学呢。"

"高中生谈恋爱又不是什么坏事。就算写封情书什么的,校方也没道理妄加干涉才对。"

"……"

"对不起,是我不小心弄丢了信,让你担心了。别生气哦。"

看我沉默不语,纯子温柔地把手放在我的肩上安慰说。

第二天,我在学校一直注意着别人的目光。只要哪个角落里有两三个人凑到一起说悄悄话,我便会十分警惕地关注着那里;只要听到别人轻笑出声,我便会怀疑他们是在谈论我们俩的事情。不过到最后我也没看出来他们当中有谁当真知道我们的秘密。

"咦?好像没人捡到那封信呀。"

"也许掉在路上被雪埋住了。"

过了一个星期也没发现什么特别变化,我这才稍微放下心来。

可是没想到,这件事情的影响却在完全出乎意料的地方显现出来了。

又过了两天,上完第四节课后,班主任户津老师对我说:"回头你到教研室来一趟。"

户津老师担任我们班的语文课教学,他的办公桌位于最里边,和其他语文老师在一起。我绕过教研室中央的火炉来到户津老师面前。

"您叫我来,有什么事吗?"

"是你呀……"

户津老师一看见我马上拉开办公桌中间的抽屉,从一堆资料下面拿出一张折叠好的纸片。

"你还记得这个吗?"

看到他把纸片拿到手里的那一刻,我简直不敢相信自己的眼睛。没错,那正是一个星期以前我写给纯子的那封信。

"写得不错。有两个地方有错别字,我已经帮你改过来了。"

我低垂着头,一句话都说不出来。我感到自己已经面红耳赤,简直就像要着火了一样。

"这种东西丢了可不成。小心点儿收好了。"

"……"

"我叫你来就是为了这个。"

我深深施了一礼,拿着信逃也似的离开了教研室。

我直接回到教室,立刻把纯子叫到楼道里,告诉了她这件事。

"会是谁交给老师的呢?"

"不知道。"

我像一只负伤的困兽一般低声说。

"竟有这么差劲儿的人。"

"真够糗的……"

"不过既然这封信是在老师手上,那么应该只有见到它的那个人看过。而且那个人说不定根本没弄清楚那是我们的东西,是在不知情的情况下交给老师的。总之，信已经回来了，这不是挺好吗？"

没想到纯子会这么乐观地安慰我。但是我仍然觉得好像自己做了一件无可挽回的错事一般心情沉重，难以释怀。

白昼渐长，操场上深深的积雪也逐渐在减少。由于大气不稳定，二月还时而会有暴风雪袭来。不过进入三月以后，势头明显减弱，倒是南方吹来的微风带来了温润的雨水。

稍早前抓在手上还会从指间散落而去的雪粒，现在也变得湿气较重，用手掂掂便可感觉到相当有分量。阳光吸去了积雪中的寒气，积雪的表面虽然看起来依然柔软、丰润，但是却已经因为含有更多的水分变得像镜面一般明亮耀眼，而且下面也已经可以看到有些地方积雪融化后形成了空隙。在明媚的春光里，山脚下以及田野里随处可闻沙沙的声音，那一定就是这些空隙上方的积雪陷落时发出的声响。

三寒四温，春天的脚步虽然姗姗来迟，但毫无疑问，冬天即将过去，春天已经来临。

三月中旬，我们学校利用五天时间进行了高二阶段的最后一次期末考试。考完试再过一个星期我们就要放春假了。

我们站在时隔四个月后重新裸露而出的大地上，相互问询、议论着考试结果。有的题押正了，有的题押偏了，也有的题不会做只是胡乱画上个圈却蒙对了。街道上的路面几乎都裸露出来了，只剩下北侧的墙根儿下以及小胡同里的积雪仍保留着一丝冬天的痕迹。曾经一度白茫茫一片的操场上积雪量也迅速减少，那条冬天里只能单排人行走的雪中捷径首先露出了黑黑的地表。

阳光较强的时候,裸露着地表处的小径周围会形成一层霭气,中午到傍晚这段时间里能够明显感觉到小径两边的裸土部分在不断加宽。两个月前只是在积雪中露出一个尖儿的积雪测量标杆那里的积雪现在也基本上融化了,只剩下标杆根部还有一些积雪,这样一来反倒显得标杆个头颀长。

考试一结束我们就真的变得无忧无虑了。虽然我们也明知道马上就将迎来三年级的生活,而且还有接踵而至的高考复习等麻烦事就在前面不远处等着我们,但我们并没有那种紧迫感,觉得这些事都还早着呢。

相比较而言,我们高中时代最后一个春假却已经摆在眼前了。

在考完试后一个刮着南风的夜晚,我和纯子在图书馆会合后,一起朝山脚下走去。

两个月前,我就是在那里等着纯子冒雪跑过来和我相会的。高高的白桦树直指夜空,而更遥远的夜空中随着春天的临近,星辰已经较冬天有所减少了。

我身穿短大衣,而纯子仍身穿她那件红色大衣。我们都把手插在衣袋里,没戴手套。

我们继续漫步却没有特别交谈。虽然不说话,行进的步伐却非常一致。住宅区的街道上只有街灯投下的光亮,周围不见一个人影。在黑暗的道路两侧,偶尔还有残留下来的积雪。只有经过那里的时候才会感觉到周围空气的凛冽,会令人意识到冬季尚未完全过去。

来到山脚下的时候,我感受到夜晚的空气中充溢着春回大地的气息。眼前隐约浮现出山体的轮廓。走到这里,周围住家的灯光已经相当稀少,更衬托出夜色的黑暗。

"俊……"

纯子忽然怯生生地止住了脚步,紧紧贴靠在我身上。

"怎么了?"

我用双手捧起纯子扎在我胸前的头,纯子白皙的脸庞上那双大而黑的眼睛直直地凝视着我。

"冷吗?"

纯子的身体微微颤抖着。

"你知道吗?"

"什么?"

"你感觉不到会有什么可怕的事情发生吗?"

"可怕的事情?"

纯子点了点头,然后好像要仔细辨别什么声音似的望着道路远方。黑暗中我只看见路旁残留的积雪那白色的影像。

"晚上雪也照样会融化呢。"

的确,初春的微风确实也给我带来这种感觉。

"吻我吧!"

"为什么突然一下子……"

"我好害怕。吻我!"

我依然无法理解纯子的情绪,不过还是凑过脸去。

"再使点儿劲儿,再使点儿劲儿……"

纯子一边喘息着一边使劲儿吻着我。最后当她开始轻轻转动舌头的时候,她的颤抖才终于停止了。

八

四月,新学期开始了。

在那之前,二年级的最后一天,我们提交了各自希望在三年级选修的科目,新学期将以此为参考进行排班。

除了英语、语文等必修课程外,其他科目都是按各自喜好自由选修。我和纯子都选了相同的科目,社会科学方面选的是人文地理,理科选的是地理学,数学则选的是代数Ⅱ。我们之所以这样做是因为考虑到二年级的时候我们就在一个班,而且现在也都选修同样科目的话,那么到三年级的时候就可以还在一个班里了。

可是新学期开学后一看排班情况,结果却完全事与愿违。我被分到了一班,而纯子却被排到了九班。三年级一共就有九个班,我们俩正好被分到了两个极端上。

我对此深感失望,终于认识到这种分法纯粹就是老师的阴谋。肯定是情书事件在排班问题上造成了影响。

纯子的想法和我不谋而合。我们作为当事人感觉并不明显,但似乎周围的人对我们的关系存在各种各样的议论,至少老师们认为我们的关系需要严密监视和控制才行。

我原本想就这一问题找以前的班主任老师理论一番,指出这种排班方式不合理。但是宫川怜子以及我的好友桥本他们虽然也都和我选修了同样科目,却同样也被转到九班去了,倒也不是只有纯子一个人被强行分开,在这样的情况下,如果我再去找老师理论,结果只能适得其反,反而会暴露我和纯子之间的关系,我也就只好作罢了。

一班和九班的教室位于长长的"3"型走廊的两端,尽管选修的科目完全相同,我们平时也根本就不可能在一起上课。

这样一来我们能够见面的机会就只有放学后到图书馆活动室里去的时候了。可是纯子本身并不是图书部的成员,与图书部完全没有关系的人出入图书部太过频繁也会令人起疑。如果纯子请假不来上学的话,我们就会完全失去联系。一想到这一点,我就忧心忡忡。

最后我们能够采取的唯一解决办法就是更加频繁地利用那个旧桌子的抽屉交换信件了。

在各方面交往条件都进一步恶化的形势下,唯一令我感到欣喜的就是利用学校组织学生出去旅行的机会,我有希望在东京与纯子见面。

我们学校组织的学生旅行一般安排在升入三年级后的那个春天里进行。具体内容就是利用一个星期的时间到东京、京都、奈良等地转一圈。这样安排是由于校方考虑尽快安排完这项活动后就可以让我们静下心来准备高考了。

俗话说"苦尽甜来",但我们知道我们所面临的形势与此恰好相反。令人郁闷的复习考试阶段就在前面等待着我们。尽管如此,我们还是不愿意为早晚会来到的灰色季节而苦恼,反而希望趁现在及时行乐。

四月十日,我们在冰雪消融的札幌车站前集合,一起登上了南行的列车。虽然山野田间还有些积雪未化,但我们的目的地是南方,所以大家都脱掉了厚重的大衣,只带上了一件较薄的外套。

三年级九个班共分成三批,纯子则一个人单独行动,比我们这批人先行到东京去了。

纯子起身去东京的前一天晚上,我们在图书馆见了面,定好了在东京的行动计划。

"你们是十四号到东京吧? 我那天有事儿没办法见面,不过十五号下午我会在上野的美术馆里。你到那儿去找我吧。"

"我一个人能找到吗?"

"肯定没问题。到了那里你就到女画家美术展的展厅,让负责接待的人到里边去叫我一声就行了。"

我有些担心,到了人生地不熟的东京,我一个人是否能找得到那里。不过纯子倒像是毫无疑虑似的,很开心地说:"在东京不用担心被别人看见,我们就可以放心大胆地在一起了。"

纯子的话平复了我不安的心绪,给了我很大的鼓舞。我点头表示赞同,暗暗给自己鼓劲,"船到桥头自然直",到时候总会有办法的。

在京都、奈良、大阪等关西地区转了一圈以后,我们坐夜行车于十四号一大早抵达东京的时候,天空中正下着小雨。在阴冷潮湿的细雨中,我们坐游览车在东京都内转了转。第二天下午是自由活动时间,我拒绝了朋友的邀约,等大家都出门之后,一个人去了上野。

雨虽然已经停了,但可能还是由于昨天那场小雨的关系,上野山上的樱花飘落了满地花瓣儿。不冷不热,温度适宜,但令人郁闷的云层却低低地笼罩住了春日的天空。

我按照预先看地图的印象,一边问路,一边朝美术馆的方向走。从上野车站走来,路途比原来想象的还要远,不过走在陌生的道路上自有一番不同寻常的乐趣。

当我终于在正前方看到一栋褐色建筑物的时候,我不由得停住了脚步。到美术馆这种地方看画展,这还是我有生以来第一次。

我站在远处看了好一会儿,这才走近前去,向招待处的人报上了纯子的名字。

"请您稍等。"

接待处的女士跟身边的人交代了两句什么,然后便消失在展厅里。

过了几分钟,纯子走了出来。

令我感到惊讶的是,纯子竟然穿着校服。她从来没有在学校以外的地方穿过校服。在这种地方看到她穿校服的形象感觉很怪异。

"这里好找吧?"

"还好啦。"

"我一直在等你。今天晚上晚点儿回去没问题吧?"

纯子完全不在乎接待处的人正看着我们,也不介意她说的话会被人听见。

"旅馆的晚餐时间是在七点钟左右。"

"别管那些了,不回去吃就是了。今天报社要求我非穿校服不可,我现在得回去一趟换衣服。你跟我一起到我住的旅馆来吧。"

纯子说着便率先快步沿着樱花不断飘落的街道朝车站方向走去。

纯子住的这家旅馆位于临近上野的御徒町。

在旅馆正门我正犹豫是否该随她一块儿进去,纯子却已经脱掉了鞋子跨了进去。然后催促我说:"快进来吧。"

我看了一眼右手那边的账房,对那位看起来像是这里老板娘的上了年纪的妇女轻轻点头示意后,随着纯子走了进去。

要说起旅馆,以前我也就知道这次学生旅行过程中经过的地方。和我们那间大家被褥相连、无处落足的大通铺相比,一个人独占一套房的纯子显得那么格调优雅、奢侈无度。

纯子住的这套房间除了一个小客厅外,里边还有一间卧室。在这两个房间的窗外还有一个阳台。阳台上放着一组当时很少见的藤桌藤椅。

"我马上去换衣服。你先在那儿歇会儿吧。"

纯子说着拉上了房间与阳台之间的纸拉门。

阳台下边一直到邻家石墙那里为止修了一个小花园。中间还有一个葫芦形的水池。这里也种着樱花树,黄昏的暮色中花瓣儿飘落到水面上。不知道是这家旅馆没住其他客人，还是客人都出去了没回来，总之，四周鸦雀无声、一片寂静。在这宁静的气氛中，我的听觉变得极其敏锐，就连轻微的衣物摩擦声以及拉拉链的声音都清晰可辨。

我知道她现在已经脱掉了学校的制服，身上只剩下内衣内裤了。

正当我为了摆脱这种想象造成的困窘而猛吞口水的时候，却听到纯子从里面招呼我道："俊，你要不要过来？这边看花园很漂亮。"

阳台沿着房间走势呈"L"型转向右边。纯子说不定没有拉上那边的纸拉门正在房间里换衣服吧？从我这里也能看到花园，可她偏偏叫我到那边去，这到底又是什么意思呢？不对，我不该胡思乱想，也许她这么说并无他意。

正当我犹豫不决时，纸拉门被拉开了。

"你干什么呢？"

纯子虽然已经穿好了深蓝色的裙子，但上身却只穿着花边内衣，右手拿着衬衫走了过来。

"啊，这边可以看到水池呀……"

纯子站在我旁边，探出身子望着下面的花园。她身上花边内衣的肩带就在我眼前。除此之外，我还看到了她丰满的前胸。

"有鲤鱼耶。"

纯子说着开始穿起衬衫来。她先伸进去左手，再伸进去右手。看着她的动作，我可以看到她腋下淡淡的腋毛。在暮色笼罩的房间里，花边内衣中溢出的前胸，白皙得近乎透明，而正中部分形成的深深的乳沟，令人联想到她胸部的丰满。

这里与图书馆不同，这里有榻榻米，而且是只有两个人的密室，只要我有那种愿望的话，就可以剥夺纯子的一切。说不定纯子也会答应我的，甚至说不定她已经等待我那样做了。

现在这一刻我完全能够实施这一步骤。

我这样琢磨着，但内心深处却感到有些不知所措、胆怯退缩。不知为什么我特别害怕，好像如果我现在再进一步的话就会遭到纯子的讥讽，就会遭到冷遇和疏远。即使现在凭着男人的蛮力征服她一时，但事后势必会被她嘲笑、唾弃。就算我强占了她，恐怕也只会看到纯子的冷笑以及怜悯、同情的目光。

我当时之所以表现的懦弱、无助，主要还是因为我尚未失去童贞，不解风情。这一点是确定无疑的。说实在话，在那一刻我连具体应该怎么做都根本不得要领。从那些比较早熟的同学们的交谈中以及偷看到的色情杂志中得到的那些预备知识，使我大致上也可以想象得出那是怎么一回事儿，但到了关键时刻才发现自己实际上毫无概念。

尽管如此，如果纯子在我这个男人面前表现出胆怯的神情，说不定我就要付诸行动了。可是在纯子身上丝毫不见一般少女所常有的忐忑与害羞的模样。虽然我自己对于性近乎于无知，但却本能地发现了隐藏在纯子背后的男人的影子。也可能是纯子过于大胆的态度以及丰满的胸部令我产生了这种感觉。这种感觉完全无法解释，只能说是凭直觉。

"这里很静吧？简直无法想象这就是在东京的市中心……"

"嗯……"

我兴奋得声音有些沙哑。纯子系上了衬衣扣子,轻轻笑了。我知道我的一次机会就这样消失了。

"让你久等了,我们走吧!"

手表的指针指向六点。不知道是不是旅馆密室这样一种条件完美的环境反而令我胆小怕事起来,总之,我们连已经习惯的接吻动作都无法完成。

"好像要下雨哦。"

夜幕降临了,仿佛要把窄窄的花园一口吞噬掉一样。

纯子在白色的衬衫领口处围上一条红色花丝巾。这样的打扮已经使她完全改变了身穿校服少女的形象,简直和刚才判若两人。

纯子率先走出房间。出了阳台,经过客厅的时候,我从纸拉门的缝隙间瞥见了里面的卧室。借着房间里微弱的夕阳余晖,我看见房间里的一个角落里挂着一件大衣。那是一件黑色长款大衣,很明显是男人的东西。我觉得自己看到了不该看的东西,赶紧低下头去,紧随在纯子身后走了出去。

街上的霓虹灯已经在细雨中闪烁起来。我们到上野车站附近的餐厅里一起吃了晚饭。

"俊要到东京来上大学吗?"

"我希望能考出来,不过谁知道呢?"

"我是想到上野来。"

"上艺术大学？"

"是啊。"

纯子放下餐刀、餐叉，点燃一支香烟。

"在美术馆的时候，你干吗要穿校服呢？"

"天才少女见报的时候，穿校服不是比较好吗？那纯粹是一种表演。"

我对她的话并不太理解。

"哎，接下来干什么？"

"什么干什么？我无所谓啦。"

"我想起来我还有一件急事要办，今天就在这里分手吧。"

不知道纯子为什么会突然改变主意。我虽然不太情愿，但还是硬着头皮爽快地答应了。

"好啊。"

"你自己一个人回得去吗？"

"到了车站就应该没问题了。"

"车站离这儿不远，我送你过去。"

纯子拿着账单站了起来。

"我来付账。"

"别客气。你现在不是还没有收入吗？我却不同，我已经挣钱了。"

纯子到服务台结账的时候，我先走到外边去等着她。

"明天离开东京吧？我到车站去送你。"

"可我们坐的车是晚上的。"

"一会儿到车站以后我们先约好明天见面的地点。你一定要记住了哦。我明天提前半小时到那里等你。"

我一边点着头一边心里想着那件黑色大衣的主人到底会是谁?

是纯子的父亲呢,还是曾经在咖啡馆里有过一面之缘的那位叫浦部的画家?既然纯子无意掩饰而让我看到了,那么直接问问她似乎也无妨。可是一直到我们在上野车站分手,我都没有机会问出口。

第二天,我们在列车出站前半小时在上野车站集合。我们要坐的列车是八点三十分发出的夜行车,预计第二天早上七点到达青森。为期一周的旅行就在这天晚上结束,我们的旅行袋里装满了各式各样的礼品。

整队点名之后,我装作要去买东西的样子离开集体,来到前一天晚上和纯子约好的见面地点。

那是通向地铁的出入口。左手有一家小卖店,再旁边有个擦皮鞋的地摊。周围人来人往,扩音器里传来列车即将出站的广播通知。我仔细在周围寻找了一圈也没有发现纯子的身影。

已经八点过十分了,我们这些团体旅客需要比一般旅客稍微提前一些进站。

可能她有什么急事来不了了吧?

是她特意指定见面地点的,不大可能会忘记这件事才对。不过纯子在东京除了与我见面之外,应该还有更重要的工作要做。

即便她不来,那也是无可奈何的事。

就算现在能够在这里见面,时间也只够说一句"再见"而已。反正再过一个星期,我们又可以在札幌见面了。

这样想着,我又看了一眼手表,决定返回队伍中去了。转身走开之前,我最后一次又扫视了一遍周围。

就在这时,我在右手的人群中看到了纯子的那件红色大衣。我收住脚步,确认那就是纯子之后,赶紧挤过人群跑了过去。

"我等了你好一会儿了。"

纯子喘着粗气说:"对不起。"

可能外边又开始下起雨来了,纯子头上的贝雷帽以及大衣都被淋湿了。

"我得赶紧走了。"

从柱子后面我看见我们的队列已经开始朝检票口移动了。

"大家都在耶。"

纯子透过人群看着远处显得很小的同学们,然后突然想起什么似的说:"你到底还是要回去了。"

"怎么这么说?"

"是啊,你是要回去的。"

纯子自言自语似的说完,好像终于理清了思路。

"被别人看见就麻烦了。我就在这儿和你告别了。"

"这样啊……"

我直视着纯子黑黑的瞳眸,纯子也直视着我。匆匆的行人在我们俩身边不断走过。

"再见！"

纯子双手插在大衣口袋里，小声说了这么一句，扫了一眼检票口，然后用目光示意我"赶快去吧"。

"那我走了……"

我再次回首寻找纯子，确认纯子的目光的确在盯着我看以后，我这才一溜烟儿似的跑向检票口。

当我赶上其他同学排在队尾后再回头去找，那里已经不见什么红色大衣的纯子的影子了，巨大的半圆形车站大厅里只有素不相识的人潮在流动。

在那之后纯子会到哪儿去了呢？

我坐在车上，眼望着窗外。我看见了对面的月台以及车站外边东京入夜后的街道。细雨中，车站工作人员手里拿着的红色信号灯骨碌骨碌转动着。看着那灯光，我忽然感到忐忑不安起来，害怕纯子再也不会回到我身边来了。

九

四月中旬一过，札幌市区的积雪已经全部融化了。虽然离樱花开放还有半个月左右，但春风拂过大街小巷，只有山坡上还剩下一处处积雪未融。

天气比较暖和的时候，即便脱了大衣，坐在尚未返青的草坪上也不会觉得冷了。阳光普照的初夏即将来临。

但是晴朗的天空并没有为我带来好心情。因为当初在东京车站分手时忽然涌上我心头的不祥预感，随着春意渐浓正不断成为现实，摆在我面前。

纯子比我们晚一步回到了札幌，而且半个月以后也已经返校上课了。就这一层意义上来说，我的预感并不灵验。但是就"她不会再回到我身边"这层意义上来讲，事实又恰好验证了我的疑虑。

不知道什么原因，纯子从东京回来以后就再也没有在图书馆里出现过，而且我们用来交换信件的抽屉里也一直都空空如也。

我硬充男子汉，忍耐了半个月，可事态并没有任何好转。一直到五月初，我实在忍不住了，就去找宫川怜子打听情况。

"时任君最近都在干什么呢？"

"她在准备参加北海道画展以及独立派沙龙美术展览会，好像非常忙，几乎不怎么到校上课。"

"不过，隔一天总还是能来一次的吧？"

"那可不一定。上次她就一连休息了五天。等她忙过这段工作也许就能来上课了。"

我只能相信宫川怜子所说的话了。

可是又过去了一个月，一直到五月底，我都没收到纯子的任何消息。也一直没机会见到她的面。处于这种状态下，我们被分在一班和九班这一事实所造成的影响就太大了。如果我们还在一个班里的话，无论纯子请多长时间的假，也无论她是多么刻意地躲着我，我至少都能知道她什么时候到学校里来了。利用她来学校的机会和她好好谈谈的话，也许就有机会拉近彼此的距离了。

不过我还是不明白纯子为什么会离我远去。那种感觉就如同不断涨满的潮水在某一时刻突然一下子退了下去一样，而我觉得潮涨潮落的分界正是我们在东京约会的那一刻。

在东京的时候，纯子故意给我一个可乘之机，而后晚上在上野车站她又对我低语过"你到底还是要回去"，或许这两次机会，纯子都在等待着我为爱情疯狂，能表现得不顾一切。而我却在这两次机会面前都胆怯退缩了，没能够作出主动追求的姿态。

纯子憧憬恶魔，而且自认为是恶魔的化身。对于这样的纯子来说，或许她从一开始就不需要我这样唯有纯情可取的少年为伴。

当她成功地将我这个学习成绩不错、又有些高傲的人吸引过去、征服为奴仆的时候，她接近我的目的便已经达成大半了吧。离开东京的那天晚上，她能够到车站送我，说不定已经是她给我的最后一点儿安慰了。

只不过我心里既摆脱不开这种想法，又忘不掉她和我之间的一点一滴。她曾让我吻过她，夜晚曾不辞辛苦一直送我到家，下雪的夜晚还曾到我的房外轻轻敲窗召唤过我等等。无论别人怎么讲，这些都是存在于我们之间的不可否认的事实。就算我在理智上想忘掉这一切，但我的双唇以及触感也会牢牢将她记住。

我用相信这一切的真实性来自我安慰、自我解脱。

初夏季节再次来临，札幌的街道处处弥漫着洋槐的花香。每逢黄昏，西边的山麓笼罩着一层薄薄的暮霭，只有山陵的轮廓在夕阳中显露出其棱角的分明。

课外补习结束后，我一个人走在晚归的路上，在心里默默告诫自己，我必须把纯子忘掉。

这样做不是因为不服气，而是由于迫在眉睫的现实问题。

因为从这时开始，我们已经被迫无奈地进入了高考前的冲刺阶段。在我眼里，争取考上大学比陷入与女生之间看不到希望的恋情纠葛要重要得多。

考上大学以后，谈恋爱的机会还多着呢。

我默默下定决心，同时也希冀着等我考上大学以后，纯子对我的态度能够有所改观，不再像现在这般冷淡。虽然很荒唐，不过这时我的确把考上大学当作是对纯子疏远我的一种报复手段了。

当我已经快要下决心忘掉纯子的时候，我却意外地接到了纯子生日晚会的邀请。

"她说如果你时间方便的话，希望你能来。"

我是从宫川怜子那里听到这一消息的。

"她是怎么安排的呢？"

"也就是大家聚在纯子的房间里热闹热闹而已。"

"都有哪些人参加？"

"有'欧巴'、幸子她们，好像阿温他们也会来。"

阿温是中井温彦的绰号，他也是图书部成员。邀请"欧巴"、幸子她们这些女朋友倒也罢了，但听说她连中井这样关系并不太熟的男生都邀请到了，我不禁感到不满。成年人我不敢说，但在男同学当中，我自负地认为我和纯子的关系最近。如果可能,我真希望只有我们两个人在一起。我相信那才是为她庆祝生日最好的方式。

但是事情到了这一步已经不允许我任性妄为了。虽说我已经准备放弃和纯子的交往了,但毕竟我对纯子感情上依然充满留恋。

而这种情绪由于她的这次邀请再次慢慢高涨起来。

星期六下午,我同中井、江藤两位男同学一起到纯子家去了,路上我甚至还故意问他们:"你们是第一次接到她的邀请吧?"那口吻就像我早已习惯于她的邀请一般。说实在话,我也只有通过这种方式来彰显自己的优势,否则真不知道自己的脸该往哪儿放了。

但是我的这种虚张声势一到纯子家便被彻底打败了。在纯子的房间里除了宫川怜子、幸子、"欧巴"这三位女性之外,九班还来了长岛、村本两名男同学。这两个人我早就认识,只是没怎么说过话。不过我也早就听说过他们俩都是天才,在模拟考试中名次都很靠前,而且还都是眉清目秀的美少年。

我和纯子已经有两个月没见面了,可是当她看见我的时候也只是轻轻点了点头而已,就如同和阿温、江藤他们打招呼时一样。

不仅如此,纯子还喝了葡萄酒,当席间气氛活跃起来以后,她还凑到长岛和村本身边,肩膀简直都快要碰到一起了,到最后她甚至还提议说想玩抽签游戏,谁中了签她就吻谁。

女人们不断起哄,五个男人则跃跃欲试地抽了签。我心里既希望自己中签,但同时又不断祈祷千万不要中签。这一方面是由于我的洁癖在作祟,不愿意在众人面前让大家看到我们俩之间的神圣画面,而另一方面则出于我不想把她让给任何人这种占有欲。

抽签结果是村本中了签。当谜底解开的那一瞬间,纯子以手抚胸,叫道:"我太高兴了!"

在大家的欢呼声中,纯子走到村本面前,说:"吻完了,大家可要鼓掌哦。"然后就闭起眼睛,献上了自己的双唇。她就这样和村本吻到一处了。

在短暂的静默之后,突然爆发出一阵热烈的掌声。大家齐声欢呼着:"万岁!"然后便开始随意的吃喝、漫无边际的交谈、兴高采烈的喧闹。

而在这个过程中,只有我一个人头脑保持着清醒。如果可能的话,我真想提前离开。就算是开玩笑,对于纯子在众人面前与其他男生接吻而且还强迫大家鼓掌这种行为,我仍然无法原谅。

再怎么看,她这么做都不像是在开玩笑,那纯粹是早就设计好了的圈套。

心里这样想着,我却没有拂袖而去。自己也觉得自己这么做显得很拖泥带水,但我仍然希望等聚会结束后纯子能给我一封信,或者悄悄对我说句"今天晚上图书馆见"之类的话。何况如果自己中途退席的话,反而暴露了自己输不起的心态。同时我也担心,如果我不在这里的话,不知道已经喝醉了的纯子还会做出些什么惊世骇俗的举动来。因此我压抑着心中的不快,一直忍耐到聚会结束。

聚会历时两个小时终于结束了。我们在大门口轮流跟纯子的母亲打过招呼后,穿上了鞋子。我有意慢慢起身走在最后。但是纯子终于还是什么都没对我说,只顾向前边走出门去的男生们挥手告别。

事情到了这个地步,我没有什么好再犹豫的了。从去年秋天到今年春天,我和纯子之间雪中培养起来的爱情也像融化掉的积雪一般渐渐消失得不见踪影了。

从初夏开始,我彻底摆脱了与纯子之间的爱情纠葛,全心全意地投入到了高考复习当中去了。不过,纯子和村本接吻时的情景依然会像噩梦一样时常浮现在我的脑海。

早晚那个男人也会被她甩了。

我期盼着,也坚信着这一点。

而实际上用不着我去祈祷,纯子和村本之间的关系在那之后并没有进一步发展的征兆。当抽签结果揭晓时,她脸上露出喜悦的表情以及闭上眼睛主动送上双唇这种行为,对于纯子来说似乎都只是一时兴起的儿戏,而且我还听说她现在正在和一个从东京转过来的叫殿村的男孩子交往。

我并没有因此而动摇,不知道是因为经过了一次历练我变得坚强了,还是我长大成熟了,总之在我看来,较之谈恋爱,考上大学更值得骄傲,在人生中更具意义。

就这样一直到了七月中旬。进入暑假以后,我们这些毕业班的学生为了参加考前辅导班的学习依旧每天到校上课。以前一直在一起玩儿、在一起说说笑笑的朋友们,现在也都变成了竞争对手。在这种意义上讲,村本如此,长岛也不例外。

北国短暂的夏季转瞬即逝，秋天踏着轻快的步履翩然而至。

当阳光普照的夏季结束之后，我们的心情反而平静下来了。随着秋意渐浓，我们也收回了被海洋、山川吸引过去的心思，一心进入来年高考前的冲刺阶段。

听到纯子和一个高个子男人走在一起的传闻，同时我也听说了那个男人就是那个叫殿村的美少年的哥哥。

只不过，我决心已经不再为这种传闻而发生动摇了。

纯子现在已经和我毫无关系。我不是甘心服输，而是真心这样想的。

十

台风虽然几乎刮不到北海道这里，但台风带来的秋雨却使秋意更浓。

十月末，当我过生日的时候，我很自然地又想起了纯子。回想起一年前在"米莱特"第一次喝咖啡时的情景，我重新翻出了纯子写给我的信。当初我曾经想过要一把火把这些信烧掉的，不过现在重温一遍反而感到很怀恋。

重读纯子写给我的信，使我重新认识到，对于我来说，纯了已经变成了遥不可及的存在。不过一想到她为什么竟然能够离去得那么干脆这一问题的时候，一切仿佛都一下子陷入了重重迷雾当中，令人深感困惑不解。

秋雨渐渐变成了雨夹雪,有时半夜的时候还会变成雪。

年终将近,寒假马上就要来到了。

铅灰色的阴云笼罩着天空,好像马上就要下雪了。为了舒缓压力,下课后我们便到图书部活动室去围着火炉聊聊天。同去年三年级同学在第二学期便辞去图书部会员一样,我们的任期也只剩下最后几个星期了。虽然大家谁都没有说出口,但每个人都为即将到来的高考而感到不安,同时也为即将面临的分离而感到伤感。

"纯子现在怎么样了?"

"欧巴"忽然提到了这个久违的名字。

"她已经有好长一段时间没来学校了。照她那样缺课还能毕业吗?"

宫川怜子有些担心地回答说。

"她不是要去上大学吗?"

"是啊,她说过要去上野的。"

"那儿的文化课考试很难的,就算实际技能再好恐怕也不行。"听到我突然冒出这么一句话,大家都沉默了。我很不愿意让大家以为我的这种说法是出于对纯子的憎恨,不过我也没心情为自己辩解。

随降随化的雪到了十二月末的时候终于变成了不再融化的积雪。新的一年来临了。

我们的高考复习也到了最后的冲刺阶段。傍晚从学校回到家里,吃过晚饭后休息一会儿,然后从八点直到午夜一点埋头学习已经变成了我每天生活的习惯模式。

一月十八日这天晚上,我学习到一半实在太困了,便伏在桌子上打了个盹。大门右手那间我用来学习的四张半的榻榻米房间里点着煤油炉子,暖洋洋的正适合小睡。

不太清楚自己到底睡了多长时间,忽然感到有风进来便醒了过来。我揉了揉眼睛,环视了一下四周,发现靠马路一侧的窗户开着一条缝,几片雪花从那里飘落进来。我感觉有些奇怪,站起来望向窗外,透过从檐下绕过那棵欧亚花楸直到二十米开外的街道上有一串儿脚印。那串脚印就和以前纯子心血来潮跑到我这里来敲窗户时踩出来的脚印一模一样。

我赶紧跑到外边巡视了一番周围,雪已经停了,街道在清冽的月光下早已结冻,但是却不见一个人影。

可能在我睡着的那会儿纯子来过了吧？可奇怪的是,她为什么现在突然又跑来我这里了呢？

第二天,我一到学校马上去找宫川怜子。

“时任君现在到校了吗？”

“没有,还没来。”

“你能不能帮我问问她在不在家？”

“你怎么了？干吗突然这么做？”

“我有点儿不放心。”

宫川怜子在这天午休的时候给我带来了回信。

“据说纯子两天前就不在家里了。”

“那她去哪儿了？”

"她家里人也说不知道。"

"怎么能说声不知道就算了呢？"

"也许是到东京她姐姐那里去了吧。"

怜子可能已经习惯了纯子这种忽然不知去向的情况，并没有表现出过多的惊讶神情。连她家人都说不知道她的去向的话，我就更无从寻找了。

管她呢，随她去吧。

雪中的足迹在我的窗外又留了两天，到第三天便已经被凌晨开始下的雪完全盖住了。

报纸上登出《天才少女画家在阿寒湖畔自杀？》这则报道是在那之后十天左右的一月末。

报道中引用她家人的话说，她十六日离家出走后便下落不明了。她在留下来的信中说，她身上带着七千日元现金，暂时不想再踏上札幌的土地了等等。

调查得知，在那之后的二十二日，她入住阿寒湖畔的雄阿寒饭店，二十三日她说去看阿寒湖瀑布出了门后便突然消失了踪迹，一直到二十七日都没有找到她。

紧接着在第二天的晚报上又登出了一则报道，说她在去阿寒之前曾经到过钏路监狱探视过她的爱人殿村知之并交给他所需的保释金。

报道中进一步说明，殿村是共产党的地方活动家，伪装成医生在钏路活动被发现后，已经被逮捕入狱。

这些消息在学校里又引起了一阵骚动,纯子一时间又成为众人的话题。

"好像就是你说窗户被打开的那天,纯子坐夜行车去的钏路。"

在图书馆,宫川怜子安慰似的告诉我说。

"纯子一定是去见了你最后一面。"

"如果她想死,就去死好了。"

我望着窗外飘落的雪花,想象着纯子和那个姓殿村的男人在雪中相聚的情景。

三月末,我考上了东京大学。

我感觉好像自己一下子变得非常了不起,在积雪开始消融的市内和朋友们到处喝酒庆祝。纯子依旧不知芳踪,不过我因为沉浸在终于摆脱了高考准备阶段艰苦的学习生活以及考上了大学的喜悦之中,纯子的事情也就渐渐从我的记忆中淡出了。

尽管如此,当我喝醉酒一个人走在回家的路上时,南风拂面,我依然会突然想起她来。准确说来,那不是我有意识地要想起她,而是南来春风醉人的触感勾起了我的回忆。

我停住脚步,望着残雪斑驳的道路尽头。

"晚上雪也会融化耶。"

那是一年前纯子胆怯似的在我耳边低喃过的话语。两个人紧紧拥吻着才好不容易止住了纯子的颤抖。就算没有任何人知道这件事,但却是存在于我们两个人之间不可否认的事实。

殿村那个家伙不过是纯子临死前偶然结识交往中的男人而已。

我自己如此安慰自己,迎着南来的微风继续迈开脚步。

纯子的尸体在俯瞰阿寒湖的钏北山坳的雪中被发现是在半个月后的四月十三日。

第
二
章

画
家
之
章

一

　　看过纯子遗照之后的第二天傍晚,在我住的札幌花园饭店的大堂里,我见到了画家浦部雄策。

　　见面前一天我打电话跟他说想跟他见面。那时我对他的情况知之甚少。唯一知道的就是他曾经是纯子的绘画老师,也是自由美术协会会员,和纯子有过一段恋爱关系,如此而已。

　　"要谈时任纯子的事情啊。"浦部稍做思考后才答应了我的请求说:"好吧。"

　　以前我曾经在"米莱特"那家咖啡馆里见过他一次,但那是在二十年前,而且当时只瞥见了他的侧脸,几乎没什么印象。当然他也不认识我。如果是两个陌生人初次见面，总应该事先打听一下他的相貌特征，或者有什么易于辨识的衣着特点等等，可是我却什么都没有问。

二十年前他就教纯子画画，而那时他已经是有妻室的人了。如此算来，他的年纪现在应该在五十岁上下。我一边打电话，一边心里盘算着。五十岁左右、具有艺术家气质的人，在不算太宽敞的饭店大堂里，我相信靠这两点我就能够认出他来。而实际上我同时也顾虑到，现在再去问他的长相特征不仅失礼，而且有点儿残酷。

当然也许这只是我自己太多虑了。他本人可能根本不会把这种事情放在心上，只要我询问说不定他就会很爽快地告诉我。

但是时过境迁，二十年的岁月流逝加之我曾经风闻"自从纯子出事以后，他非常不得志"这样的话，因此觉得现在如果问这种问题心里有些沉重。

我们约好五点钟见面。我提前五分钟离开房间乘电梯来到大堂。夕阳的余晖斜射进来，大堂里大概有二十来位客人。我看到其中有一位五十多岁的男士头发乱蓬蓬的，戴着黑框眼镜，身上穿着一件休闲式外套。他和一位比他稍微年轻一点儿的看起来像画家的人面对面坐着说话。我猜想那位年长者应该就是浦部。

果然不出所料，穿休闲装外套的男子正是浦部。他好像要确认一下似的看了看我，然后马上站起来说道："我就是浦部。"

"你们正在交谈，我就不打扰了。没关系的，我先到那边等您。"说着，我就准备到离他们稍远一些的地方找位子坐。浦部马上阻止我说:"不必了,不必了,我们也谈得差不多了。"

他接着又和那位画家朋友说了两句话之后便走了过来。这时我发现浦部的右腿有点儿瘸。

"您这么忙还要占用您的时间,真是不好意思。"

浦部交叉着双腿坐下来,将黑框眼镜往上推了推。面对面坐下来后,他那布满皱纹的脸以及塌陷下去的脸颊使我觉得他早已超过五十岁了。

"可能有些事情不太好说,不过我还是希望您能讲讲有关时任纯子的事情。"

浦部边点头边从外套口袋里掏出一盒香烟。

"关于我和纯子之间的事情,以前就有各种各样的议论……"

"我知道这个话题会令您感到不快,不过都已经过去二十年了。"

浦部用关节突出的细长的手指擦着了火柴,在这个过程中我看到他的手指在微微抖动,不知是因为动脉硬化还是轻度酒精中毒。

"可能我这么说有点儿怪。二十年的漫长岁月应该可以让任何事情都成为过去式了。"

"至今为止,我一直不曾提及我和纯子之间的事情。无论谁怎么说,我从来没有作过半句解释。虽然我心里有太多的话想说,但恐怕只会越说越走样。可是正如您刚才所说的那样。只要您愿意认真听我讲话,我就把所有一切都说出来也无妨。"

"当然,我绝不是出于猎奇或挖花边新闻才来找您谈的。我在电话里已经跟您说过了,我和时任纯子是同学,多少了解一些她的情况。而且二十年前我也曾经迷恋过她。虽然那个时候的纯子对于我来说只是一种妖艳、美丽的存在。可是今年冬天我去了趟阿寒湖，目睹了纯子死时所在的那个山坳，后来又看了她的遗照以及留下来的画作，我渐渐感觉到我所了解的纯子只不过是她的一个侧面而已。如果拿水晶来形容她的话，她具有多种不同的侧面，而我只是偶尔看到过她其中的一个侧面，而且她很快又从我的面前消失了。"

浦部手执香烟，凝视着茶几，陷入了沉思。

"我觉得纯子应该拥有各种各样的面孔。而那些都是我这个当时只有十七八岁的年轻人所无从了解的。不过也是因为过去了二十年我才能够如此坦率地承认这一点。如果是在二十年前，就算有人告诉我这些我也不会相信，就算用事实证明给我看，我也只能是愤愤不平罢了。但是现在就不一样了。现在我知晓实际情况后仍可以理解她，可以从另一个角度去缅怀她。二十年的漫长岁月给了我承受这一切的余力和勇气。我现在只不过是希望您告诉我过去我所不知道的纯子另一面，让我重新认识一下纯子这个女人。"

"我认为对纯子影响最大的人就是我。"

浦部突然抬起头来，口气坚定地说道："我想您一定也知道，除了我之外纯子还有其他男朋友。但是我认为，她直到最后心里想着的还是我。"

"是啊……"

"我早就想能够有机会把这件事情说清楚了。"

浦部喝了一口咖啡，隔窗望着外边的庭院，回忆起过去的那段岁月。三月的庭院中，树木根部还残留着雪块。由于受积雪压迫之苦，草坪在早春的阳光下泛着白光。

二

浦部至今仍然清晰地记得第一次遇见纯子时的情景。当时他三十二岁。

那一天，也就是一九四八年四月十日。浦部在日记中写道："小雨转中雨。中学三年级的女孩子来访。"日记中没有写那个女孩子的姓名以及来访目的，可见那件事情对于他来讲实在微不足道。

最先发现那个女孩子的是浦部的妻子知子。当时知子正在厨房里准备晚饭，中间打算出后门去扔垃圾。早春时节，天还比较短，再加上下午一直下雨，到了这会儿夜幕已经降临了。

知子把垃圾扔进塑料桶里之后正想从后门回到家中去，却发现自己家正门前站着一个女人。昭和二十三年(一九四八年)那会儿，为了节省电力街灯也都关掉了，正门口也没有门灯。知子在黑暗中极力辨认，但只能从发型判断出那是个女人。而且那个女人虽然身上穿着雨衣，却没有打伞，只是呆呆地站在那里。虽说刚近傍晚，但因为浦部他们家所处的苓似地区属于刚开发不久的住宅区，街上的行人还非常少，而踏着泥泞的道路冒雨来访的客人那就更加稀奇了。

"您有什么事儿吗？"

知子右手提着垃圾桶问道。

那女人听到了声音后回过头来,只见她的脸色就如同昏暗的暮色中浮现出一张白纸一样白。

"您是哪位?"

知子又问了一次。可是那个女人仍然只是看着她一声不吭。知子感觉有点儿怪异,害怕地回头又看了一眼后门,这才小心翼翼地走近她。

"我是这个家里的人,您是?"

待走到跟前,知子才发现那张惨白的脸的主人是一个身高只及自己肩部、留着学生头的小女孩。

"你到我们家来有事儿吗?"

"这里是浦部老师的家吗?"

可能因为长时间淋雨后着凉的关系,女孩儿的声音有些沙哑。

"这里的确是浦部家。"

"老师在家吗?"

"在家。你是?"

那女孩儿稍稍松了一口气似的点点头。

"我想见老师。"

"你说你想见他,那你又是谁呢?"

"我叫时任纯子。"

"时任小姐?"

"我想学画画。"

"在这里会淋湿的,还是先进去再说吧。"

知子从外边打开正门，轻轻推着女孩儿的后背，把她让进屋去。

可能是一直从雨中走来的关系吧，女孩儿的头发全都湿透了，雨水顺着她的脸颊滴落下来。知子递给她一条毛巾，让她把脸和头发先擦擦。

"来了个女孩子说是想跟你学画画。看样子也就是个中学生。"

"我没心思教什么女孩子画画。你把她赶走好了。"

浦部在厨房后边那间用储藏间改造而成的画室里，正抽着烟斗。

"她冒着雨好不容易才找到我们家里来了，你不见她一面就把她赶走总不大好吧？你还是见见算了。"

"是个什么样的女孩儿？"

"脸长得很白，眼睛特别大。"

几分钟后，已经擦干了头发、脱下了雨衣的少女出现在画室里。听妻子说她像个中学生，可是在浦部眼里她比一个普通的中学生成熟多了。

"你多大？"

"十四岁。"

女孩儿带着好奇的神情巡视了一遍狭窄的画室后，才大大方方地回答道。

"那是在上女中？"

"我在道立女中上三年级。"

当时还是战后采用新学区制之前，上完小学后的男生和女生分别上四年制的初中和女中。而这个女孩子说她刚开始上三年级。

"听说你想学画画？你倒是说说为什么要到我这里来？"

女孩那双大大的眼睛直视着浦部。

"上次我去看过老师的个人画展。"

"哦，是在大丸画廊吧？"

"我去看过三次。"

这时女孩儿说话的口气才显得兴奋起来。

"那真要好好谢谢你了。不过我现在可没心思教人画画。"

"为什么呢？"

"我现在自己作画就够忙的了，哪还有精力去教别人？"

一年前，浦部就是因为认识到当老师这种规规矩矩的职业与自己的性格不符才从私立中学辞职出来的。因为他自认为作画才是画家真正要做的正经事。虽说现在经济方面确实有些艰苦，但他还是想再坚持一下试试看。现在如果再教女中学生画画则实在于理不通。

"道立女中不是有个叫平川的老师教美术吗？"

"您认识他？"

"你跟那个老师学不就行了？"

"那个人不行。"

"不行？"

"我认为他没什么才能。"

"是这样啊。"

少女说出了自己心中的话，令他不禁对她产生了好奇。

"他尽描写一些平白直叙的画面。"

平川和浦部都是北海道美术协会的会员,但平川属于写实派,浦部则属于抽象派。

"可是话说回来,你看得懂我画的画吗?"

"非常喜欢。"

"那倒真够荣幸的……"

浦部觉得这个女孩很有趣,她竟然明确断定自己的美术老师缺乏才能。可事到如今,他只收这么一个学生也够神经的。

"我明白你的意思了。不过就算你要学画,等你长大一些再学不行吗?"

"无论如何您都不肯收我吗?"

"你来得这么突然……而且天都这么晚了,今天你就先回去吧。"

"下次我可以带我的画来吗?"

"你带画来,我也不能答应教你呀。"

一方面觉得这么一个小姑娘不够分量,另一方面浦部又为她看了三次自己的个人画展而且还冒雨专程来求师这种诚意所打动。

纯子第二次造访浦部家是在三天后的晚上。天空中同样下着雨,纯子也依然没打伞就跑来了。

浦部傍晚时分就进城去了不在家,是他的妻子知子出来为她开的门。

"那还得请您帮忙,等老师回来以后让他看看我的画。"

纯子说着解开包袱皮,拿出两张画来。

"不过，我也无法保证他是否会看，而且上次他不是已经明确拒绝教你画画这件事了吗？"

"没关系，反正我把画放在这儿就是了。"

知子此刻了解到这个少女脾气相当倔强。

"那我就先帮你收着。"

"请您也帮我求求老师。"

纯子有些蛮横地说完就冒着雨回去了。

浦部是在第二天的下午看到画的。那是两张标着六号和八号的油画。六号画的是餐桌上的沙丁鱼，八号画的是玫瑰花。虽说这两幅画的颜色还欠些火候，但从整体构图以及物体形态的把握等方面却相当有个性。他感到只要她再踏踏实实多做些素描练习的话，肯定能有很大的提高。

虽然浦部相当认可她的画，但是还不至于真的就想对她进行个人指导。

纯子第三次到他这里来是在五天之后的星期五的下午。当时浦部为了准备秋天的个人画展正在画一张二十号的风景画。当然所谓风景也只是他头脑中的一种抽象化的印象而已，只看画是根本无法弄清楚那风景原属于何处的。

浦部每天的生活习惯是中午起床，下午作画，晚上出去与朋友们一块儿喝酒、论画，直至深夜才就寝。那天下午他已经工作两个小时左右了，正准备对画进行细微处的处理时，却突然听到身后传来一声

110

呼唤。

"老师!"

因为画室是用储藏间改造而成的,所以与厨房相连,但同时画室后边还有一个独立的出入口。听到声音回头一看,只见那扇小门半开着,一个少女探进头来。

"是你呀……"

"我可以进来吗?"

纯子这么问的时候,人已经走了进来。这次她倒是没挨雨淋,不过身上还穿着与上次相同的雨衣,透过领口能看见她穿在里边的校服。

"你这不是要吓人一跳。"

"对不起。"

纯子轻轻吐了吐舌头。

"是上次我来的时候发现这边还有道门的。"

"上次?"

"是我送画来的那次,从外边察看到的。"

"好了,你先坐下吧。"

如果平时他作画当中受到干扰,他肯定会生气的,可现在对方是个小女孩,他也就无法说什么了。

"你的画我还给你。"

"您看过了呀!"

浦部从靠墙边立着的那堆画板中抽出了纯子的那两张画。

"画得相当不错。"

作为中学生能画到这种程度已经相当出类拔萃了，但浦部觉得不好夸奖太多。

"那您肯教我画画了吧？"

纯子说着脱掉了雨衣，露出了里边的学生装。

"你现在还年轻不必着急，等你再长大些再开始学也完全来得及。"

"可是我现在不学不行啊。"

"为什么？"

"因为我要往前赶。"

"赶着做什么？"

纯子沉默了一会儿，最后抬起头来说："我会一直来，直到您答应我为止。"

"那可不行。你不是也要去上学吗？"

"我会翘课。"

"今天也是翘课来的？"

纯子直视着浦部的眼睛点了点头。浦部看着眼前的这位少女竟产生了她是成年女性的错觉。

"好了，这件事让我先考虑考虑再说吧。"

口头上说得含含糊糊的，而实际上，浦部现在已经开始觉得收下纯子这个弟子也行。一个年龄只有三十二三岁、在地方上稍有名气的画家说什么收弟子之类的话会令人产生误会，认为他妄自尊大。

但如果只是简单地把它当作是指导她画画的话,也就没什么好奇怪的了。靠自己开绘画教室为生的画家也大有人在。他现在之所以迟疑是因为他当初曾经一口回绝过她,说自己不会教什么小女孩画画等等,所以只是为了面子他也不好立刻应承下来罢了。

"那我以后就可以经常来喽?"

纯子似乎已经看透了他的心思似的说。

"你愿意来就来好了,那倒不成问题……"

"请您多指教。"

纯子使劲儿低头行了个礼,然后看向画架上的那幅画问道:"这幅画您打算什么时候完成呢?"

"这是准备秋季举办个人画展用的。不过在那之前也许会先拿去参加什么别的地方的画展也说不定。"

"我也想参展。"

"再加把劲儿,你能行的。"

"真的吗?"

纯子朝坐在圆凳上的浦部身边靠近了些。

"你可以试着拿到秋季北海道美术展上去看看。"

"我太高兴了。"

不到十平方米的画室里又是放画架又是放煤油取暖炉的,几乎没什么额外的空间了。何况靠墙还立着一圈画板。虽说各自坐在圆凳上,但两个人之间的距离不足一米远。

浦部感到有些不自在。只有两个人独处密室的状态令他喘不过气来。如果清楚地意识到身边只是个十四岁的小女孩倒也就没什么了。事实上他也不认为纯子已经意识到了男女之间的性别差异,他觉得纯子只不过是个梦想当画家的身穿校服的中学生而已。

但是不知为什么,正因为她是个身穿校服的少女反而使浦部更加紧张。她现在身上穿的还是学校的冬装,领子上带白色装饰条的深蓝色水手服的胸前绣有代表道立女中的三条白色山形曲线校徽,纯子的脸上掺杂着少女青春期特有的苍白与稚气。只是当她凝神注视着你的那一刻,你会发现她的脸上会掠过一丝成熟女人的味道。

浦部已经年过三十了,而且娶了一个只比自己小一岁的妻子,因此在他眼里,纯子那种稚嫩的少女姿态显得格外新鲜、刺激。

"我去给你沏杯茶来吧。"

浦部仿佛想要逃离这种令人窒息的氛围似的站了起来。

"老师,不用了。"

"为什么?"

"您夫人不是也在家吗?"

纯子看了一眼通向厨房的那道门说。

"她现在应该在客厅里。"

"我什么都不需要。而且我没跟您夫人打招呼就直接进来了,所以现在也不想见到她。"

听她如此一说浦部也觉得有道理。让一个只有一面之识的女人不是通过家里的前门而是由画室的后门进来,这的确有些不正常。即便说是这个女孩子擅自闯进来的也照样无法拭去这层暧昧。

"我只要看看这些画就好。"

纯子随意抽出立在周围墙边的画板,端详着上面的画。看着她,浦部不禁为拥有只属于两个人之间的秘密一刻而感到些许欣喜和不安。

三

从这一年的六月份开始,纯子便开始比较正规地到浦部这里来学画了。每周两次,支付的课酬金额也在个别指导的合理范围内。

当正式决定收她为徒的时候,纯子的父亲随女儿亲自到访。浦部这时才发现原来她父亲是位在儿童文学领域造诣很深、相当著名的教育家。为此浦部多少感到有些沮丧,不过他还是暗暗鼓励自己拿出勇气来,反正自己教的是纯子,这和他父亲没有任何实际关系。

妻子知子因为听他亲口说过不会教什么女孩子画画的,所以不免稍带讽刺地说他:"你这个人也是很容易改变主意的嘛!"

"他们父女俩那么诚心诚意的来求我,我也不好一味地拒绝吧!"

浦部故意说得不情不愿似的,知子也就没再表示反对,只是在浦部的内心深处留下了一丝愧疚。

最初浦部本打算教纯子画素描来着。因为他觉得纯子的画在构图以及神韵的把握方面具有独特的敏锐感觉,因此只要加强基础训练,她的绘画水平就能得到相当大的提高。可是纯子却对枯燥无味、需要耐力的素描不感兴趣。交给她裸体躯干雕像让她画,她倒也会很认真地画，只是回家以后恐怕就不会再反复练习了。

"让我画点儿像样儿的东西吧！"

第二次来的时候，纯子便迫不及待地提出了这样的要求。刚开始浦部还不太愿意答应她，不过半个月后便允许她在画布上作画了。虽然表面上是浦部命令她改用画布的，而实际上却是因为浦部害怕再继续强迫她画素描的话，说不定她就会放弃不再来这里学画了。

一个月过后，纯子跟母亲要下了自己家靠街那面的一间六张榻榻米大小的房间做画室，从那以后她便把自己在那里画好的画拿去给浦部看，接受他的指导。

不过这种时候纯子依旧总是从后门进来。每次她都是把那扇小门打开一半儿，先招呼一声"老师"。她的声调是少女中罕见的平淡无奇，毫无悠扬顿挫之感，表现不出任何情绪化的内涵，既不显得喧闹，也不显得消沉。

到了纯子要来的那天，浦部虽然整天都窝在画室里，却频频看手表，一想到她就快要到了，他就会突然变得心浮气躁、神不守舍。心情雀跃地想象着她这次会带什么画来，两个人会谈到什么样的话题，而最后肯定又会去想象她那包裹在水手服里面的少女躯体。这是属于即将步入中年的浦部内心深处的甜美、神秘的幻想。

不知纯子是否了解浦部的这种心态，总之她在浦部面前表现得自由自在。夏季里她常常会嚷嚷着热，把领口系的丝带解开，摘下胸前那块加领。从大开的领口能窥到她胸部微微的隆起，能够由此得知她的胸部已经接近成年妇女了。浦部有意识地退后一些，以避免管不住的视线投向那里。可是退到后边来又有退到后边来的麻烦，那就是当纯子面对画布身体前倾的时候，水手服的背部会翘起来，露出她穿在里面的白色内衣。更有甚者，当开始使用油彩颜料的时候，纯子还会当着浦部的面，毫不在意地换上一件不怕弄脏的衬衫。

无论是面对面而坐还是退到她身后，只要两个人独处一室，浦部的眼中便全都是纯子年轻而有活力的身姿。

浦部感到再这样下去，总有一天自己会按捺不住自己。他们二人之间的关系是老师和学生的关系，一个三十二岁，一个才十四岁，仅年龄就相差十八岁。一方面是有妻室的成年人，另一方面则是不解风情的小孩子，在这样的两个人之间是不可能形成男女之间那种特殊关系的。正因为如此，妻子知子才不介意让他们俩独处密室的吧。而浦部刚开始的时候也曾认为纯子还是个孩子。但实际上，他之所以不断提醒自己、告诫自己两个人不合适，这本身就说明了他是把纯子当成女人看待了。

和纯子两个人在画室里独处对于浦部来说那实在是种痛苦的折磨。纯子不把他当异性看待，完全听命于他的指挥，这种柔顺的态度反而成为浦部精神上的重负。她要么再小点儿，要么再大些，无论哪种情况都比现在要好办些。就是这种上不上下下的青涩少女才令浦部感到痛苦难耐。

不过痛苦归痛苦，浦部可完全无意解除现在这种与纯子之间的师生关系。较之这种痛苦，和纯子每周两次的独处已经变成了浦部无法割舍的宝贵时间。

八月，为了准备参加秋季北海道美术展，纯子从暑假后半段便开始着手进行有生以来的第一次大制作。作品的题目根据纯子自身的氛围就定为《酸浆与日记》，重点要表现出少女那种特有的不稳定的心理特征。

　　自从开始创作以来，浦部都是亲自到纯子家去看她的进展程度并加以指导。他们师生间的教学方式便由学生到老师家里去变成了老师到学生家里上门送教的方式了。

　　九月末，作品完成了。那是一幅F4号的静物，既非抽象也非超现实的风格很忠实地表现出了少女富于幻想的心像风景。

　　"我觉得参展没问题。"

　　在浦部看来，虽然作品中还有些表现不够到位，而且构图上也存在一些缺陷，但作为一个刚满十五岁的少女之作，这已经是相当出类拔萃的了。就算拿不到特别优秀奖，入选展会应该没问题。

　　浦部的预测相当准。

　　纯子的《酸浆与日记》十月初入选了北海道美术展，被悬挂在M百货店六楼展览大厅的墙上。札幌的一家报社还以《最年轻的女画家》为题，刊登了纯子身穿校服在画布前作画时的照片，并征求了指导老师浦部对她的看法。

　　浦部稍事整理了一下思路后，评价道：

　　"她很有天赋，是可以期待的画坛新星。"

　　得知自己的画入选了展会时，纯子兴奋得不行。当天傍晚，她一口气跑到浦部的画室去报喜。

"我入选啦!"

她气喘吁吁地说完,一头扑到浦部的怀里。

"太好了。"

浦部拥抱着纯子,为第一次触摸到她那年轻躯体的触感而心荡神移。但是纯子待在浦部怀中只一小会儿,转眼间她便蹲下身子脱离了浦部双臂的环绕,用最爽朗的声音说:"我们去庆祝吧。请我喝酒吧,烧酒也行,什么酒都行。"

那天晚上浦部带着纯子去了那家位于薄野的"阿咂米"酒吧。

那家酒吧位于银行古老的砖墙和咖啡馆之间那条窄窄的小胡同的最里头。进门右手是呈"く"字形的吧台,左手则并列着四个勉强够坐四个人的包厢。

店里除了那位叫瑛子的老板娘外只有一个二十岁的女孩在帮助打点,这里是浦部他们这样的画家、文学青年以及当地的报社记者们喜欢聚集的地方。

浦部带着纯子在吧台旁坐下,点了两杯加了水的威士忌。

"喝过吗?"

"喝过一点儿……"

浦部还担心她喝不了呢,可是却见纯子毫不在乎地端起酒杯送到嘴边,先嗅了嗅味道,然后喝了下去。

在他们旁边还有和浦部面熟的两位男客。其中一个是编杂志兼写小说的男人,姓宗;另一个是姓首藤的报社记者。

他们对中年的浦部带来这么一位极不般配的长发美少女而大为震惊,捅了捅浦部的胳膊肘,问道:

"喂,那个女孩儿是谁呀?"

"是来我这儿学画的。"

"是这样啊。"

他们两个从浦部旁边探出身子,毫不掩饰地盯着纯子的侧脸看。看到他们对纯子如此感兴趣,浦部心里是既得意又不安。

"挺不错的嘛。"

"打算从现在开始调教吗?"

听他们俩故意说这种话给纯子听,浦部紧张得要命。可纯子却一副什么都没听见似的样子,丝毫不理会他们,继续喝着她的酒。

"第一次来这种地方吗?"

"以前我姐姐带我来过一回。我喜欢这里。"

纯子双手握住酒杯,很好奇似的看着正面那个摆满了酒瓶子的酒架。然后又点播了一曲《黑暗的星期天》,边听边随着一起哼唱着。

看纯子玩得挺高兴,浦部这才放下心来。不过看到刚才那两个男人还不断往他们这边瞧,总还是感到心里不太踏实。

"我们走吧。"

喝了两杯威士忌后,浦部催促着纯子想尽快离开这里。虽然来了还不到一个小时。

"这就走啊?"

纯子还想再待会儿似的,不过浦部不予理会,自顾自地站了起来。

从"阿嘔米"出来的时候,天空中飘起了细雨。

浦部穿好雨衣,撑起伞,让纯子躲到雨伞下面来。时间已过九点,胡同里很黑,行人稀少,只是明显的喝醉了酒的人多了起来。

"差不多该回家了吧?"

"老师您呢?"

"我还不着急。不过你再晚了恐怕不太好吧?"

"我,您就不用担心了。"

"那走吧,我们再去换一家。"

在浦部撑着的伞下,纯子双手插在雨衣的口袋里,点了点头。

浦部带她从那儿往北走,跨过电车铁轨,走到了狸小路二町目,在连接小路和大街之间的过道里挂着一个印有"炉畔"字样的灯笼。

店中央有一个一张榻榻米大小的炕炉,木板墙和天棚上吊挂着老旧的油灯以及雪套鞋等。

"这里可没有威士忌。"

"喝清酒也行。"

纯子举着宽门杯让浦部帮她斟上酒后,一口就喝下去了。

"你们还是怕你父亲吧?"

"他呀,老是耍威风。"

纯子借着纸灯笼的光亮打量着周围。只见四周黑乎乎的木板墙上挂着好多用毛笔写着沙丁鱼、鲽鱼、花鲫鱼等字样的薄皮子。

"你母亲脾气好吧?"

"她可是个善良的人。"

"那你除了哥哥、姐姐之外……"

"还有弟弟。"

"你哥哥现在是？"

"他是北海道大学的学生。"

像这样说着话，浦部仍然为自己带着个十五岁小女孩到处跑而感到心里有愧。

"那你姐姐呢？"

"我姐姐呀，我姐姐去年女中毕业以后就工作了。"

"只有你一个人喜欢画画？"

"我姐姐是诗人，画画的就我一个。"

纯子喝酒的时候一点儿都不推让，给她倒多少她喝多少，喝了也不醉。浦部想这恐怕是因为她还不懂得品酒的缘故吧。看她现在喝得这么急，搞不好过后酒劲儿一上来就会突然一下子醉倒了。浦部在替她担心的同时，也在想象着她醉倒的那一瞬间会是什么样儿。

可纯子现在考虑的却好像完全是另外的问题。

"老师，我真的具有绘画天赋吗？"

"是啊，没错。"

"比您以前见过的所有人都有才？"

在暗淡的光线下，纯子的眼睛一眨不眨地盯着浦部。

"嗯……"

浦部说得有些含糊了。

"明确说是！"

"是。"

"太好了。"

纯子这才终于松了口气似的干了杯子里的酒。

那天晚上，浦部把纯子送到家门口的时候已经十一点多了。四周围除了五十米开外有一盏电灯外，再没有任何光亮了。隔着狭窄的小路能看见对面学校里树影婆娑，从防洪堤那边传来由于秋雨连绵水位上涨的丰平川湍急的水流声。

他们二人停住脚步，相互凝视着对方。

"你父亲不会生气吧？"

"如果他生气了，您有什么好办法？"

"真要是那样，我也没什么好办法了。"

看浦部在为她担心，纯子安慰他说："我很擅长蹑手蹑脚走路，不会惊动别人的。再见喽。"说完扑哧一笑，灵巧地转身消失在装有门灯的玄关里。

四

过完年，纯了对绘画的热情更加高涨。她整天面对着画布画呀画的，始终不见她厌烦。

正因为这样，从春天开始她便一幅接一幅地把自己完成的大作拿到市民美术作品展、北海道民主美术展、北海道艺术展以及独立派沙龙美术作品展上去参展,九月还获得了全北海道学生美术展的最优秀奖,并被推荐为独立派沙龙美术协会的委员。

每次参展,当地的报社都会把她作为女学生画家进行报道,称她为"天才少女",连同她的照片一起登报。

纯子头戴贝雷帽,染着红头发,穿着红大衣,以极其醒目的姿态行走在札幌的大街上。在文化人的圈子里,纯子已经变成了无人不知无人不晓的知名人物,开始单独出入"阿咂米""炉畔"等场所,并且开始和浦部以外的画家以及报社记者等交往起来。

在这个人口只有三十万的小城市里,纯子俨然已经成为名人。

面对纯子的成长,浦部既高兴又担心。

绝大多数的人都知道浦部是纯子的老师,是发掘出她的才能的伯乐。报上每次报道纯子事迹的同时,也会对她的老师浦部进行介绍。人们都在议论,只要有纯子在的地方,都会看见浦部像个影子似的跟随其后。而且这时也已经开始有传闻,说他们两个之间的关系相当暧昧。

但实际上,浦部和纯子还只是亲密的师生关系,并没有逾越最后那条线。

说实在话,浦部对此相当焦虑。因为自己是纯子的老师,所以大体上能够掌握纯子的动向,甚至跟在她身后转也都不会显得太奇怪,但是却不能完全了解纯子的行动,并对其进行限制。

现在纯子已经渐渐开始把浦部晾在一边,一个人自由自在地混迹于文化人的聚会上以及文化人聚集的咖啡馆里。

因为浦部非常了解那些画家以及报社记者的生活毫无节制,所以看着纯子跟他们混在一起感觉很悬,紧张得不行。而那些男人们只要一发现纯子,便会争着抢着把她叫到自己那个圈子里去,灌她喝酒。他们一边讨好她一边灌她酒,跟她搭讪。而纯子则理所当然似的接受着他们的奉承,而且喝醉了酒以后还会无所顾忌地依靠在这种人的身上,让他们送她回家。真不知道她是天真无邪,还是根本就没把男人当回事儿。不过浦部看到纯子的这个样子,心里未免很不是滋味。

既然那么不放心,还不如干脆自己去牢牢抓住纯子算了。虽然纯子现在已经成为全城艺术家眼中的偶像,但和纯子有师徒关系的浦部毕竟还是处于他人所不可比拟的优势地位,如果再加上肉体关系的话,那就真的如虎添翼了。

浦部虽然有这种愿望,但是还缺少真正去实现这种愿望的勇气。

从夏到秋,浦部自己已经非常清楚地认识到自己已经爱上了纯子。直到春天那会儿,浦部还一直认为自己只是对这个有点儿才能的个性化少女感兴趣而已,可现在的实际情况却是,他已经彻底地爱上了她,完全被这个小姑娘牵着鼻子走了。这种感觉和六年前浦部在和夫人经过一场热烈的恋爱后走进婚姻殿堂时的感觉完全相同。

尽管如此,浦部仍然犹豫不决,不敢轻易出手。其理由很简单,那就是他还在拘泥于社会常识,顾虑到自己比纯子年长十八岁,而且还有为人之师这一层关系。

要说起来,年龄的差距和师徒关系等等,这些和恋爱都没有任何关系。何况作为一个自由职业的画家，又不像普通的工薪族那样有上司成天在耳边唠叨。就算个人生活放荡一点也照样还是艺术家，因此可以说这种事情在某种程度上是能够得到社会上的谅解的。

虽说是这样，浦部还是觉得无法直截了当地对纯子挑明。一个有妻室的三十多岁的男人竟然喜欢上了比自己小那么多，而且还是自己学生的小孩子，这种顾虑令他羞于启齿。

还有一个原因就是纯子在他面前表现得太不设防了。不知什么原因，纯子不仅对浦部，而且对所有男人，好像都没有任何恐惧、害怕的概念。如果是对男人了如指掌的成年妇女倒也罢了，可她还只是个高中一年级的女学生，所以才会显得她过于大胆。尤其在浦部面前，可能是因为把他当作老师看待的原因吧，纯子在他面前会毫无顾忌地脱掉学生制服，喝醉酒以后，还会扎到他的怀里小睡一觉。而这种举动反过来看，也可以说是她信任浦部的一种表现，好像她觉得浦部对她绝对不会有野心。

两个人在外边闲逛的时候，有好几次浦部都想就这样直接把她带到饭店里去。而实际上，只要浦部想那么做的话，似乎也能够很简单地就达到目的。

但是浦部对事后两个人的关系能否继续维持却毫无信心。现在纯子陪伴在自己身边，有什么事情都找自己商量，那是因为他们之间没有肉体关系，而一旦有了那层关系以后，他有种感觉，觉得纯子反而会变得跟他无话可说，渐渐离他远去。

纯子在自己面前不设防，对自己全盘信任，这种满足感也令浦部勉强压抑住了冲动。

但是这种忍耐终究是有限度的。

看到纯子身边品质恶劣的男人们越来越多,他也就有些沉不住气了。夏季过后,浦部便开始认真地考虑该如何将纯子变成自己的女人这个问题。

进入十月份以后,纯子开始着手准备参加来年春天由读卖新闻社主办的独立派沙龙美术展览会的参展作品。她这次要画的是一幅五十号的作品,题目叫作《罗密欧与朱丽叶》。这是纯子第一次要挑战的大型作品。

"我从很小的时候就一直想用绘画的形式表现他们两个人之间的爱情了。"

听她一本正经地说出这番完全不属于高中一年级学生的话来,浦部马上想到了一个计划。

"不过我现在只是心里干着急,还根本找不到一个合理的方案,不知道该用什么样的结构和形式去表现才好。"

这天晚上,浦部邀请纯子去了"阿哑米"。

纯子像往常一样,酒喝得很急。一个小时过后,她那双圆圆的大眼睛开始亮起来。纯子最近有个习惯,一喝醉酒眼睛就发亮,胳膊肘支在吧台上,撑着的下巴颏向前突出去。

"我们再谈谈你刚才说的要画《罗密欧与朱丽叶》的那件事吧。我觉得要想彻底表现出那个主题,你现在还是有点儿勉强。"

"为什么?"

“那是关于男女之爱的主题。要想描写爱,你一个处女是做不到的。”

“处女?”

纯子很奇怪似的回头望着浦部。

“您是说只要我不是处女,就能画出好画?”

“倒不是说只要不是处女就能画好,而是说,是处女的话,恐怕就画不好。”

浦部说着,自己都觉得自己的道理不成道理。看似那么回事儿,可实际上只是强词夺理罢了。

纯子瞪视了前面的墙壁好一会儿,最后才凑到浦部面前小声说:“老师,您是想要我吗?”

“不是,才不是那么回事儿呢……”

被她一针见血地拆穿了真相,浦部狼狈不堪地连忙否认。

纯子却像个没事儿人似的轻轻说了一句:“如果想要,那就夺走她好了。”

“怎么可能?”

“我是说真的。今天晚上就可以哦。”

按她说的,他们出了“阿喱米”之后,浦部就带纯子到薄野靠边上的一家情人旅馆去了。纯子跟着他,根本就不问他要带自己去哪儿,到了旅馆门口,看到“旅馆”招牌时停了一下脚步,但马上就听话地跟着他走进去了。

房间有八张榻榻米大小,中央放着一张小炕桌和坐垫,靠窗边铺着被褥。

如果可能的话,浦部本想和纯子在更好一点儿的房间里结合,可今天事出突然,他带的钱不够,也就只好将就着了。因为他怕说不定什么时候纯子又要改变主意了,而且实际上,他的目的在于夺得纯子,房间好坏对他来说并不那么重要。

纯子坐在小炕桌前的坐垫上,她那苍白的侧脸看上去比在酒吧时清醒多了。

浦部害怕再拖下去会失去这大好时机,害怕自己会像在画室里两人独处时那样拣些与恋爱完全无关的话题说个没完。

"只要你能画出好画,我就心满意足了。"

浦部像是要为自己的行为辩护似的说完,凑过去一把揽过纯子。纯子任由他把自己横抱过去,头发垂落着,上身仰躺在浦部怀里。

她那毫无疑虑、听话柔顺的样子,在浦部看来简直是可爱极了。

与胸部相比,纯子的腰部尚未发育完全,显得有些僵硬。浦部让她整个人都靠在自己腿上,把自己的唇凑近纯子微微张开的双唇上。纯子一下子闭起了眼睛,像在表示抗拒似的轻轻摆着头,摆动了几次之后,才最后找准了位置,两个人终于吻到了一处。

"我喜欢你。"

此刻,浦部感觉到自己怀中抱着的完全就是一个成熟的女性。她既不是自己的学生,也不是什么小姑娘,她就是自己朝思暮想、孜孜以求的女人。

纯子的吻还很生硬。与妻子那种经验丰富的娴熟动作相比,她的吻是那么单纯,只不过就是把嘴唇送过来了而已。但是浦部却为此心满意足了。既然现在要的是一个十六岁的少女,那么他所追求的就不是技巧与变化。只要在任何人都不曾触摸过的肉体上寻找出尚不可知的感觉,这种喜悦就足以令人满足了。

纯子丝毫不予抗拒,由于她太过柔顺,浦部反而有些不安,于是他悄悄睁开眼睛。

令他惊讶不已的是,纯子竟然睁着一双大眼睛。她瘪着双腮,任由嘴唇被他吸吮,同时却睁大眼睛看着他。

浦部似欲掩饰自己的狼狈相,搂过她的身体,撩起她的毛衣。纯子突然扭动了一下身体,但很快就放弃了挣扎。她的乳房出乎意料地丰满,两肋的肌肤也非常柔滑。

"哎,我好冷。让我进被窝去好吗?"

浦部照她说的把她抱进被窝里。一边继续亲吻、爱抚着她的胸部,浦部进一步解开她内衣的肩带,脱掉了她那小小的内裤。他们赤裸的肌肤重叠一处,他感觉纯子全身都是那么光滑细腻。

"你准备好了吗?"

听到浦部再次确认,纯子仍是睁着眼睛,微微点了点头。

五

从秋至冬,浦部与纯子之间的关系一直保持着稳定的状态。也就是说纯子依旧每星期到浦部的画室去两次,而且每次都注定要一起进城喝酒,同时也按这种频率到旅馆开房间。

纯子对进旅馆开房间从未刻意拒绝过,但是接吻的时候睁眼睛,性交过程中四下里瞧等怪毛病也一直改不掉。

对于纯子不太投入的态度,浦部多少感到气恼,可对方毕竟是年仅十六岁的小姑娘,浦部拿她也没办法。

性行为的具体内容倒在其次,浦部只为了解了纯子的肉体便已经相当满足了。

在酒吧、咖啡馆以及街头巷尾那些对纯子投注以炽热视线的男人们当中,了解纯子肉体的只有自己一个人。浦部倒不是要故意炫耀给别人看,但是他心里的那股得意劲儿很自然地就表露出来了。

"浦部那家伙好像跟纯子睡过了。"

朋友们当中有人故意用这种粗俗不堪的语言议论他们。

"你这个家伙,真的做过了吧?"

"随你怎么想。"

面对宗提出的无礼问题,浦部回答得相当模棱两可。

"怎么样?那个妞是不是和她的画一样,那个方面也很早熟?"

"那我可就不知道了。"

"你别一个人霸着她,也让给我们点儿机会嘛。"

浦部苦笑不已。说实在话,他也弄不明白纯子到底是早熟还是不开窍。不过单凭直觉的话,浦部感觉纯子和他第一次去旅馆的时候就已经不是处女了。

一般来讲,如果是第一次的话,女方都会叫痛,而且能够看到有少量出血。就此而言,纯子当时不仅没出血,而且也几乎没有叫痛。进入的那个瞬间,纯子也曾稍稍扭动了一下身体,微微皱了皱眉头。但那是任何女人在初次发生关系的男人面前都会有的小动作,并不是为了表现更强烈的感觉。她不仅不会退缩逃避,反而显得很无所谓的样子。纯子的态度中带有一丝冷淡,仿佛在说,你想要的话就给你好了,然后我倒要看看你怎么做。

浦部反复思考过她的那种态度到底意味着什么。

会不会是因为纯子真的接受了浦部提出的那个牵强的理由,为了画好《罗密欧与朱丽叶》,她才没有将他们之间的关系当作是忘我的性爱,而只是当作为了画画所需的性爱场面来观察了呢?而且当时,对方是自己的老师,这是不是也对她造成了一定的影响呢?因为对方是老师,而且目的是为了画画,这才使她提不起兴致吧?

可即便如此,如果身为处女的话,真的可以做到像她那样毫不抗拒并且以冷静的表情投入其中吗?动作结束之后,她还马上问了一句"已经好了?"那种话不可能出于受到侵害、被强暴后的女人之口,反倒像是怜悯、安慰男人的女人说的话。

她那种毫不介意的眼神令浦部不禁有些害怕。

可如果纯子的确不是处女的话,那她到底跟谁发生第一次关系的呢?浦部对此可就无从判断了。

纯子出现在浦部面前是在她十四岁那年的春天。自那以后的一年半时间里,浦部一直都在近距离接触纯子,但却从未感觉到纯子身边有男人存在的征兆。可是话又说回来,在和自己相遇以前,纯子也不大可能有过男人。照此推断，纯子已经不是处女的想法恐怕还是自己的错觉。或许她是因为太过震惊、太过害怕，不知所措才睁开眼睛的吧。或许应该认为她是因为太紧张才顾不上体会快感的吧。

可是他的这种推断似乎也有些问题。纯子的冷淡经过多次性交至今仍未改变。虽然觉得不可思议，但浦部却又为她那尚未开发、冷冷的少女肉体所吸引，为其着迷。

昭和二十五年（一九五〇年）来到了。

二月份，在读卖新闻社主办的独立派沙龙美术展览会上，纯子展出了她那幅《罗密欧与朱丽叶》，浦部也参展了一幅三十号的《舞女》。

他们师生俩一起展出大作，引起了很大的轰动。报纸上不仅再次对他们进行了报道，而且还刊登了他们二人面对画布作画时的照片。

不知道是否受益于和浦部之间的爱的体验，《罗密欧与朱丽叶》被挂到上野美术馆去了，这是纯子的画作第一次受到了首都人们的瞩目。

浦部陪着纯子一同上京，一方面向首都的画家介绍纯子，另一方面又想办法让纯子加入了女画家协会。至此，纯子的目标再也不是地方的学生美术展以及北海道美术展了，她的兴趣完全集中到了在首都举办的第一流的美术展。这样一来，浦部与纯子之间的关系也就成了在札幌那些画家同道当中人人皆知的公开的秘密了。

可是，纯子受欢迎的程度并没有因为他们之间的关系公开而有所减弱。纯子依然像精灵般出现在酒吧、咖啡馆里,听着那曲《黑色的星期天》抽着烟。和浦部之间似乎有关系,但又不被一个男人所束缚,她的这种态度让很多人感觉到她还没有被任何人所独占。

随后在四月里,由于高中统合,纯子从道立札幌女子高中转到了她家旁边的札幌南高中,开始了男女共校的学习生活。

和她一起转过去的还有她的好朋友宫川和鹫坂等。

这一年七月份刚进入暑假的第一个星期一,浦部首次带纯子出去写生旅行,他们去的是积丹半岛。

积丹半岛是位于小樽南部突出于日本海上的半岛,海岸线弯弯曲曲,富于变化,到处都是贫瘠落后的小渔村。半岛最突出的部分受山所阻,绕道一周的道路便在离海岸线稍远些的地方越过山脉与另一侧相连。

现在从札幌出发开车去那里的话只需要三个小时,可在当时那里可是个相当偏僻的所在。道路狭窄,而且没有铺柏油路面,要到达那里就必须从札幌先坐火车到余市,再从那里换乘农村的公交车才行。

浦部背着画板,拿上一个装有少量吃食的旅行背包,纯子则背着画板,提着一个装有替换衣物的书包从札幌出发了。他们最初计划在那里滞留四天,住三个晚上。

他们俩住进了距离半岛最尖端十公里处的入舸村的一家旧旅馆,打算在那周围写生。

虽说已经放暑假了,但几乎没什么人跑到这么偏远的地方来。住在旅馆里的客人除了卖药的就是卖布料的小商贩,整个村子都显得非常冷清。

浦部在旅馆登记簿上,把两个人的关系登记为"父女",要了一个房间,晚上则把被褥靠在一起,相拥而眠。第二天,两个人租了一艘小船,由一位休闲的渔民带着他们一直到海湾外边,欣赏了一番半岛最尖端的悬崖峭壁。

下午回到海滩上的时候,那些在海岸上晒网、整理船只的年轻人们一看见他们便同时起立,冲他们吹起了口哨。在这样的穷乡僻壤,身穿白色衬衫、红色牛仔裤、飘散着一头金发的纯子显得那么独特、扎眼。

"真不错,真不错,过来一下吧,送给你鱼。"

听到他们的喊叫声,纯子停下了脚步。

"喂,我们过去看看吧。"

"算了吧,瞧他们都是什么人呀。"

"可我想过去看鱼。"

纯子稍微犹豫了一下,但马上就脱掉了凉鞋,赤着脚跑向他们。

浦部在海滨的晒网棚前抽着烟等她。在夕阳映照下的海岸上,纯子的身影被挡在那群男人们当中,过了一会儿听到人群中爆发出一阵欢笑声。随着热烈的掌声响起,人群散开了,纯子跑了回来,右手还拎着一条足有五十厘米长的鱼。

"这是一条真鲽鱼耶,他们送我的。"

纯子把鱼举起来给浦部看。

"我们拿回旅馆去,让他们帮我们烤了吃吧。"

浦部冷冰冰地说:"那只会让旅馆的服务员觉得麻烦。"

纯子没理他,依旧拎着鱼在沙滩上往前走。那些男人冲着他们俩的背影又吹起了口哨。

浦部实在无法理解纯子的态度,她竟然一听到那些男人招呼就毫不犹豫地跑了过去。那些渔民不过是看到海滩上有一对陌生的男女,逗弄他们玩儿罢了。当然他也知道因为纯子是个美少女,这些人才显得格外兴奋,闹得凶了一些。

他只是远远地看着,不知道他们都说了些什么。但是看他们一会儿哄然大笑,一会儿鼓掌欢呼的劲头儿,肯定是纯子说了什么有趣的话了吧。

这个女人简直莫名其妙,难得带她来这里一趟,她竟和这里那些低贱的渔夫们交上了朋友。对于纯子轻率的举动,浦部有些感到气恼。

回到旅馆已经五点了。纯子马上去请服务员帮忙烤那条鱼。这样在晚饭桌上,纯子的面前便多了一盘烤鲽鱼。看到一个大盘子都快要盛不下的烤鲽鱼,纯子特别高兴,不过浦部却一口都没吃。纯子吃了不到一半儿就说吃饱了,结果还剩下了许多。

太阳下山后,在这样一个小渔村里完全无事可做。

"看电影去吧。"

晚上,浦部对寂寞无奈地看着窗外的纯子说。

"太好了,带我去吧。"

纯子离开窗前,扑到浦部怀里。

"那就赶快准备准备吧。"

纯子高高兴兴地坐到梳妆台前。看到纯子情绪转变得如此快,浦部也不由得忘了傍晚在海滩上发生的不愉快。

电影院在穿过渔村一直通到山脚下的十字路口边儿上。他们从旅馆借了木屐穿上,踏着沙石路走了过去。

电影院是一栋木结构的二层楼房,正面的房檐下有一个半圆形的装饰框,里边从右向左写着"大胜馆"三个大字。估计刚建成的时候一定是这个小渔村里最醒目的建筑物,不过现在已经相当老旧,墙上涂的红红绿绿的油漆已经在海风的侵蚀下褪了色,变得斑斑驳驳的。

这天上映的电影有两个,一个是历史题材,一个是喜剧,都是札幌一年多前上映过的。

"也就是这种片子了,看吗?"

电影院显得有些脏兮兮的外观以及往里走的那些男人们无聊至极的视线,都使浦部最初的兴致大减,可是纯子却回答说:"反正比在旅馆里发呆的好,还是看看吧。"

浦部不太情愿地买了两张二十日元的入场券,这个价钱也就相当于城里电影院票价的一半儿。

他们俩进去的时候,里边已经开始放映新闻片头了。为了适应场内昏暗的光线,他们先在门旁边站了一会儿,后来发现前边有空位,就走过去在第三排坐了下来。

那是一张长椅,够坐五个人的。可是坐下来后浦部就闻到了一股怪味儿,也不知道是坐在周围的那些男人带进来的海腥味儿还是电影院本身的气味儿。

上映的新闻片头虽然也是两个多月以前的内容,但是很少看电影的浦部还是第一次看到。他一边享受着抚摸纯子大腿的触感一边看着画面。当时事新闻和体育新闻播完之后,场内暂时亮起了灯。

一楼大概有近三百个观众席,虽然越往前边去越窄些,基本上呈长方形结构,二楼在一楼的后部伸出来大概三分之一,也将近有一百个席位。今晚的入场率有八成左右。

"这地方挺有意思的。"

"什么有意思?"

"那儿写着禁烟,可大家还是照抽不误。"

纯子很好奇地四下里看着。就在这时,从二楼右手的角落里传来一声喊。

"喂,漂亮妞,鱼好吃吗?"

随着话音又响起了口哨声。

"是下午见到的那些人。"

纯子凑到浦部耳边小声说。

"他们是在叫我呢。"

浦部想阻止纯子回头看,可是纯子却不予理会地站了起来,转身朝二楼望去。

"好耶!"

那些人一起鼓起掌来。

"别忘了,明天还送给你鱼。"

"还让你坐船。"

随着喊声、口哨声,又响起了一阵掌声。纯子挥舞着双手跟他们打着招呼。金色的头发随着她手臂的动作在肩头摆动着。

"别闹了。"

浦部忍无可忍地揪了揪纯子衬衫的下摆。

"坐下!"

浦部压低声音呵斥道。

纯子又挥动了几下手臂,最后竟把手指放到嘴唇上,朝那些男人抛去了一个飞吻。

"我太爱你了,小妞。"

又是一阵掌声响起。纯子回应着他们,自己也拍了几下手,这才坐了下来。

浦部真恨不得能从这里逃走。场内所有的视线都投向了他和纯子这边。随着一阵骚动,"我爱你!""我喜欢你!"的声音此起彼伏,紧接着又是一阵全场大笑声。浦部一个劲儿地缩着身子,盼望着电影赶快开演,好让场内的灯光赶快关掉。

"真是快乐的一群人。"

纯子笑着,又回过头去。

场内灯光转暗,电影终于开演了,这场喧闹才终于结束。

浦部简直快气死了。他眼睛盯着屏幕,心思却不知道跑到哪儿去了。那些男人看到电影中代表正义的主人公遇到危险就使劲儿吹口哨,看到有援军到就欢声四起、掌声雷动。完全被画面所左右的男人们简直太单纯、太幼稚了。在他们身上找不到半点儿智慧的影子,当然更不用说他们对艺术一窍不通了。当然,无论这些男人再怎么低俗都跟他浦部毫无关系。他并不是因为这个才气恼的。他生气是因为纯子行为轻佻,竟然冲这些俗不可耐的男人抛飞吻。

　　一直到电影结束,浦部一句话都没说。刚开始抚摸着纯子大腿的手也拿开了,只是目不斜视地盯着前边。他是想以这种方式向纯子显示自己的愤怒,可纯子却只顾紧盯着男人与男人争斗的画面看得入迷,也不知道她到底知不知道浦部在生气。

　　电影结束时已经九点多了。场内亮起了灯,二楼那些男人又在吹口哨,纯子这次只是对他们轻轻挥了挥手便走了出去。

　　从低矮的住家当中伸出去的小路远方传来了海的气息,不过并看不见大海。他们在夹带着潮汐味道的夜风中向旅馆走去。观众一下子涌出来的电影院门前人潮涌动,不过只离开三百米远,行人就已经非常稀少了,再拐进旁边的小路,则基本上看不到有什么行人了。挂着大招牌的店家都关了门,整个海边村落都沉入一片黑暗之中。

　　回来的一路上,浦部仍然一言不发。纯子跟在浦部身后脚步沉重地走着,看上去有些疲惫。他回头看到纯子老老实实地跟着自己走,不禁觉得她有点儿可怜。她不过就是回应了那些渔夫的欢呼声而已,没必要真的生她的气吧。纯子不过就是闹着玩儿罢了。就为了这么点儿事儿跟她生气,自己也太没大人样儿了。浦部想对她说点儿什么,可是只有两个人走在这寂静的夜路上,反而觉得不太好开口了。

旅馆的正门已经拉上了帘子,不过还没有上锁。他们并排脱好木屐,沿着正对面的楼梯上了楼。走廊两侧房间里的客人似乎还都没睡,从纸拉门的缝隙间透出丝丝灯光,各房间里也不时传出说话声。

房间里服务员已经为他们铺好了被褥。在十张榻榻米的房间里,两套被褥头朝里并排铺着,中间大概拉开了五十厘米的距离。浦部脱了衣服,坐在炕桌前点燃了香烟。纯子则坐在梳妆台前整理着头发。

浦部已经决定原谅纯子了。在电影院里生的气,随着这一路走来也已经消得差不多了,而且一会儿还要和纯子肌肤相亲,再这么生着气也不是事儿。无论再怎么说,纯子毕竟听话地跟着他到这么偏僻的乡下来了,在这人生地不熟的地方,一个刚刚十七岁的女孩子唯一能够依靠的也就只有他这么一个人而已。

他想招呼一声正在梳妆台前摆弄头发的纯子,靠近过去跟她说声"我没生气",可到底还是没有说出口。

"老师,您想不想喝茶?"

最后还是纯子先开了口。

"是啊,想喝口热的。"

"那我到下边去要点开水来。"

终于被解放了似的,纯子高高兴兴地站起身,走出门去。听着纯子的脚步声渐行渐远,浦部以为肯定是纯子对自己在电影院里的行为感到后悔,现在又想来哄他开心了,不禁感到有些哭笑不得。

浦部这样想着,刚躺到被褥上,就听到伴随着一声尖叫传来有人滚落楼梯的声音。

"怎么了?"

随着话音,人们都跑到了楼道里。浦部也把和服睡衣的前摆拉紧,拉开了纸拉门。楼道里的那些人已经一起朝楼梯口跑去了。

"有人摔倒了。"

"是个女孩子。"

客人们顺着楼梯跑了下去。躺在下面楼梯口那儿的人正是纯子。在楼下老旧的油黑铮亮的地板上,身穿白色衬衫、红色裙子的纯子就像被钉在那里的蝴蝶标本一样伸展着四肢,一动不动。

浦部慌慌张张地跑下楼梯,把纯子扶了起来。不知道是不是因为造成了脑震荡的关系,只见纯子闭着眼睛,微微张着嘴,一句话都不说。

楼上、楼下所有听到动静的人都跑了出来,很快把浦部围在了中间。

"没事儿吗?要不要请医生来?"

"拜托您了。"

浦部朝旅馆的主人点头施礼,请他帮忙叫医生,自己则用双手抱起纯子。

"赶快让她到房间里休息吧。我马上就去帮你拿凉毛巾。"

"麻烦您了。"

请跟在他身后的人帮忙拉开门,把纯子放到被褥上。这时浦部才意识到自己已经被卷入到一场大麻烦里了。

浦部此次临出门前只告诉妻子自己要到积丹去写生,并没有说要带纯子一起来。也不知道纯子是怎么跟家里人说的,她母亲倒还罢了,可如果这件事被她那位以严厉著称的教育家父亲知道了,那问题可就严重了。自己在旅馆的登记簿上是把自己与纯子的关系登记成"父女"俩的,如果出了事,那么他们在同一个房间里就寝这件事也就瞒不住了。不对,现在不是考虑这些问题的时候。

纯子的情况到底怎么样了呢?看她还在呼吸,体温也很正常,肯定还活着,可是她现在闭着眼睛,四肢无力,软绵绵地躺在那里,浦部也弄不清楚她是只碰到了头,还是造成了颅内出血。

"给她敷一敷吧。"

旅馆的主人端着一脸盆水、拿着毛巾走进房来。

浦部连句道谢的话都忘了说,赶紧拧干了毛巾。

"打扰大家了,这里已经没事儿了,大家都回去吧。"

旅馆主人请那些站在门外的客人们都回房休息去了。浦部看着纯子,把拧好的凉毛巾敷到纯了头上,想是要摆脱心里的不安似的闭起了眼睛。

浦部忽然感到很后悔。为什么要两个人一起来这里?干吗要让纯子一个人到楼下去要什么开水?为什么偏偏要来到这种地方?虽然他也搞不清这件事到底意味着什么,不过有一点他是清楚的,那就是他做了件无可挽回的蠢事。

人们终于渐渐散开了,房间里只剩下浦部和纯子两个人。浦部重新把毛巾沾上水,拧好。

"老师!"

浦部忽然间仿佛听到了纯子的声音。

"老师!"

纯子慢慢睁开眼睛,看着浦部。

"拉上门。"

纯子口齿清晰地说道。浦部按照她的命令,过去把纸拉门拉上。纯子看到门关上之后,才接着说:"我没事儿。"

"现在已经去叫医生了。"

"用不着叫医生,回绝掉好了。"

对于惊愕得说不出话来的浦部正眼都不瞧一眼,纯子自己拿掉额头上的毛巾,坐起身来。

"我这是在演戏啦。"

"演戏?"

"对,没错。今天晚上老师对我太冷淡了,所以我才要报复的。"

当着目瞪口呆的浦部的面,纯子站起身来,从旁边的书包里拿出带蓝色竖条纹的睡衣开始换起来。

浦部感觉到纯子的内心深处有自己无法控制的一面,就是从这个时候开始的。但实际上,这种情况并不是到了积丹之后才显现出来的。回想一下两个人相处的过程,就连第一次纯子造访浦部家,其后又偷偷从后门潜进画室,以至于在性行为过程中睁着眼睛等,这一切都是浦部所无法理解的。但是与那些情况相比,这一次她的做法实在太过分了。就算想吓唬他或者想向他表示反抗,至少也应该分清楚哪些事情该做,哪些事情不该做。

不过心里虽然这样想,但实际上纯子的这种令他无从理解的怪异之处,也正是吸引他的地方。虽然浦部也知道那是出于少女特有的敏感以及恃娇成性使然,他也无法真心怪罪她。还没等怪罪呢,先就觉着她可爱了。早已为纯子这种旁若无人的做法整治得没了脾气,浦部自己也在不知不觉间被她这种放荡不羁的做法耍得滴溜转。

浦部开始认真考虑和纯子正式结合这件事,就是在结束这次短时间旅行,从积丹回到札幌之后。以前浦部一直认为自己只是被纯子所吸引,并没有真正爱上她。他一直认为自己之所以总是在意纯子、关注纯子,单只是因为纯子尚且年幼,需要依靠自己,而并没有把这当成对等的爱情。但是到了现在这一步,他已经无法把纯子的一切置之不理了。

正如去年秋天,为了使纯子避免受到周围那些自己的恶友们的纠缠才和她发生肉体关系一样,现在唯有用结婚这种形式才能够真正抓住纯子的心。浦部只想到自己这样做是为了纯子好,却忘了他想要这样做的真正原因,其实正是他本身更深地陷入了对纯子的执着追求之中了。

既然要与纯子正式结婚,那么和他妻子离婚便成为首先需要解决的问题。妻子知子对于自己和纯子之间的关系虽然尚未确定但也多少有所觉察,只要纯子一到家里来,她就会有必要没必要的到画室里来,没话找话说。纯子有时会开朗地应对,有时也会沉默不语。遇到这种情况,知子就会说纯子是个傲慢任性、令人厌恶的小孩子,浦部对此只好不予理睬。浦部的家庭就这样逐渐地被纯子这个小妖精一点点蚕食、破坏掉了。

　　浦部想,如果自己跟知子提出离婚的话,知子肯定会被气疯了。不过另一方面他又心存侥幸地猜测,知子是个很要强的女人,说不定会很容易地就答应了呢。当然他也有些担心孩子,但既然已经和纯子结合了,事到如今做出这种程度的牺牲也在所难免。总之,和妻子分手的时候,只要浦部能够暂时忍受住知子的愤怒和谩骂,坚定不移地向前推进,离婚这件事就能够获得成功。真正的难题恐怕还在纯子这方面。

　　九月末,纯子成功地完成了准备在秋季北海道美术展上展出的作品《裸女》。这幅画的模特虽然是纯子自己,不过她以超现实主义的手法很生动地描绘出了裸女的风韵感。

　　最后完成这幅作品的那个晚上,浦部约纯子在"阿哑米"见了面。他们在那里喝了点威士忌,和画家同行们谈笑了一会儿后便离开了那里。

　　从夜空的高穹便可感觉出夏季已过,秋天已经来临。浦部提出要和纯子去饭店开房间,纯子和往常一样很自然地接受了这种酒后延续式的约会模式。

"我一直都想问你这个问题……"

当事情过后,浦部把眼镜放到枕边,趴在那里问纯子。

"你有没有跟我结婚的打算?"

"结婚?"

纯子裸露的肩膀露在毛毯外边,很不解似的盯着浦部的脸看了一会儿,最后轻轻笑了。

"有什么好笑的?"

"不好笑吗?老师您不是又有妻子又有孩子吗?"

"如果你愿意的话,我就和我妻子离婚。像现在这样继续下去不太好,首先也很不自然嘛。"

"我只要像现在这样就好。"

"为什么?"

"我也不知道,反正像现在这样就行了。"

说着,纯子全身赤裸地从毛毯里爬出来,当着浦部的面开始穿起衣服来。

也就是在这一年的秋天,浦部听到了纯子和 H 报社那位姓村木的记者关系异常密切的传闻。

浦部在酒吧曾经见过那个姓村木的记者好几次,认识他。年龄在二十七八岁的样子,人长得高高瘦瘦的。相貌很有立体感,高鼻梁,眍眍眼。浦部还记得,当时有人介绍说他是学艺部的记者,还跟他说过几句话。但是浦部觉得那个人有点儿装腔作势的样子,不太对脾气。

"听说你在和村木交往,是真的吗?"

十月末,时隔半个月再次和纯子肌肤相亲之后,浦部问道。

"那可是个著名的花花公子,口碑相当差。"

"不过,样子挺酷的哦。"

"那个家伙或许相貌比较英俊,但是脑袋空空,就会装腔作势。"

"那倒也是。"

纯子动作迅速地穿好内衣,然后把红色的毛衣从头套上。

"既然明知道他是这种人,你还要和他交往?"

"无所谓呀,反正也不是真的要怎么着……"

"你说不是,那是什么?"

"因为村木先生是我姐姐的那个呀。"

"哪个?"

"男朋友啦。"

浦部把嘴上叼着的香烟拿到手上,回过头来看着纯子。

"因为他是你姐姐的男朋友,所以你要和他交往?"

"当然啦。谁让我姐姐在我面前臭显摆来着。"

"你那么做,要是被你姐知道了怎么办?"

"说不定她现在已经知道了。"

"她已经知道了?"

"也许吧。"

"那以后呢?你打算怎么办?"

"那种事儿跟老师您又没什么关系,我们走吧。"

这个孩子到底在想什么呢?

浦部再次深深地意识到,自己原本以为对纯子已经了如指掌了,可实际上却什么都没有看透。

不过令浦部感到意外的事情还不止这些。当他们离开饭店,走在异常明亮的秋月辉映下的夜路上,纯子又兴高采烈地对他说:"老师,明天晚上六点要不要到'米莱特'来?"

"'米莱特'? 那儿有什么特别的事?"

"在那儿,我要见一个人。"

"是村木吗?"

"不是,不是他那种怪里怪气的人,是个可爱得多的少年。"

"少年?"

"是我们年级的同学,姓田边。明天是他的生日,所以我要请客,给他过生日。"

"那我到'米莱特'去干什么?"

"我和他到别的地方吃完饭以后还会回到'米莱特',我希望您能在那儿等着我。"

浦部虽然不知道纯子到底要干什么,但是他还是点了点头。事情总是这样,明知道按照她的想法去做很愚蠢,可到最后总还是会发现自己已经照着她的话做了。

第二天,浦部半信半疑地到了"米莱特"。看到有两个画家朋友也在,于是就和他们坐在一起,要了杯咖啡。几分钟后纯子就出现在那里。她一进门就直奔最里边那个只有一个男孩坐着的包厢去了。她和那个男孩聊了有二三十分钟，然后跟浦部低声耳语了一句"我们出去散散步，很快就回来"，就和那个男孩一起走出门去。

浦部对于他们两个在一起并没有什么特别不放心的。无论纯子做什么事，只要她明确告诉自己，那就没必要担心。正因为她爱自己才会满不在乎地跟自己说这些事，甚至故意让自己看到她和其他男朋友在一起时的场面。如果她不相信自己就不会据实以告了。表面上看起来好像她正在和其他男人调情，而实际上那正是她对自己的爱的佐证。

可是想到这里，浦部又被另一种想法迷惑住了。

如果纯子把她和自己的事情也告知了别的男人会怎么样？

换个角度去想的话，这种情况当然也完全可以成立。

如果她把自己和她之间的事情甚至告诉了那个装腔作势的村木以及刚才的那个少年的话……

浦部突然怀疑起自己会不会只是纯子操纵下的棋局中的一个小卒子。

疑虑一经产生便像长了翅膀似的膨胀起来。而且用这种怀疑的眼光去看的话，就连以前觉得很正常的现象也会变得疑云重重。

浦部从此开始更平静、更审慎地监视起纯子来。

这一年秋天，在第三届独立派沙龙美术展览会上，纯子展出的作品是《花》，浦部展出的作品是《纯子的脸》。H 报以《天才少女和鼓励她的老师》为题对他们进行了报道，刊载了纯子面对画布作画、浦部站在她身后指导时的照片,同时还刊登了浦部对纯子的评价。

"她很有天赋,不过今后的发展还在于她个人的努力。"

采访他们的记者们对他们之间的关系多少有些了解,但是却几乎没人注意到,浦部对纯子的评价中,已经失去了过去那种无原则的赞美之词。

六

雪季再次来临,新的一年又开始了。

这一年的一月中旬,浦部带纯子到阿寒湖去旅行了一趟。最初提出这个计划的当然是浦部,不过没想到纯子竟然二话不说地同意了。

这一次旅行的目的和上一次去积丹的时候一样,也是为了去写生,不过这一次还有一个目的,那就是到北海道东部去推销他们的作品。但是实际上,浦部的真正意图还在于利用寒假里的这一个星期和纯子单独生活在一起,而不必照顾任何人的情绪。

因为这一次要去的地方相当远,而且时间也比较长,所以无论对自己妻子还是纯子的家人都无法隐而不报。

当妻子知子听他说起要去旅行这件事以后,马上问道:"阿纯也跟你一块儿去吧?"

"是啊,还有其他朋友也一起去。"

"还有谁呀?"

"说了名字,你也都不认识。"

"没必要藏着掖着吧? 就不能老实说是你和阿纯两个人去吗? "

"不是两个人,你让我怎么说是两个人? "

"大家可都在笑话你噢。"

"笑话我什么? "

"笑话你色迷心窍喽。他们都在说,你都老大不小了,还勾引人家中学生,还说什么是为了艺术,真是好笑得很。"

"别胡说八道。"

"我是无所谓啦,反正我和你也没什么关系。"

"你是什么意思? "

"加把劲儿,努力给大家多提供点儿笑料好了。"

知子的语气冷漠而平淡,没有一点儿感情色彩。但越是这样越显示出她内心的愤怒。不过谴责他和纯子单独出行的话语倒还罢了,她所说的"反正我和你也没什么关系"这句话又是什么意思呢?

浦部不明白"没关系"这句话具体指的是什么,因为他一直主观地认为,斩断夫妻缘分的话应该是由自己的口中说出才对。

虽然他也曾期盼妻子那方面能够对自己不再抱有幻想,可是没想到现在这种期盼一经变为现实,这句话被妻子抢先说出来后,自己会感到如此气恼。

冷静下来以后,他不禁反思自己的这种心态,是不是自己既想摆脱妻子,同时对妻子又有所留恋呢?

这种心情影响他不过数日,在临出发的那天晚上,他和纯子先在

"米莱特"会合,然后一起登上了八点四十分发出的"球藻"号快车。

当时北海道还没有卧铺车,他们俩在夜行车里面对面靠窗而坐。

"你怎么跟你母亲说的?"

"我告诉她要跟老师一起去写生。"

"你母亲没说什么吗?"

"她就说让我路上多加小心。"

"只有这么一句?"

"只有这一句,不行?"

"跟你父亲说了吗?"

"没说。"

"没关系吗?"

"他肯定会生气的。"

"那怎么办?"

"我妈会想办法帮我。"

纯子望着漆黑的窗外。

"想喝点儿威士忌什么的吗?"

"不了,不想喝。"

"把脚放到这边来。"

纯子听话地把白白的赤脚搭到浦部的座位上。

"几点到达钏路?"

"明天早上六点半就到了。然后还要坐马拉雪橇才能到阿寒,还是趁现在睡会儿觉吧。"

"数九隆冬的阿寒，真是太棒了。"

纯子把头靠向车窗，脚就那么一直放在浦部腿上，闭上了眼睛。

他们俩在阿寒入住的是离阿寒湖两公里左右的雄阿寒饭店。虽然现在周围都是白茫茫的一片，不过这家饭店离雄阿寒岳的登山口很近，后边还有阿寒川清澈的河水流过。从大路上下来直到饭店门口的那条路有点儿下坡，两侧被白桦树、山毛榉以及枫树等树木环绕着，不过这个季节还呈绿色的就只有鱼鳞松和冷杉等针叶树种了。

沿着那条只够一个人通行的雪中小路顺势而下就能够看见饭店正面那古朴的大房檐儿了。

虽说这里名为饭店，实际上也就算得上是个温泉旅馆，完全没有一点儿热闹劲儿。大冬天的，几乎就没什么人来阿寒，在这里住宿的客人除了他们之外就只有两名来温泉治病的老人。

浦部经由住在钏路的画家 K 介绍，来过这里一次。这一次因为还需要他帮忙卖画，所以事先给 K 写了一封信，让他帮忙预约了这家饭店。

"跑到这么远的地方，就再也不会有人追来了。"

纯子透过窗户看着外边的积雪以及还掺杂着一些爬地松的绿色的雄阿寒岳的山坡说道。

"有人追？谁呀？"

"我是说如果离家出走的话。"

"不过要是知道你到阿寒来了的话，肯定还是会来找你的。"

"可如果雪再深点儿的话，就算有马拉雪橇也没那么容易到这儿吧？"

"原来你是想逃啊？"

"到底要不要逃呢？"

"纯子要逃的话，我也跟着你一起逃。"

"不行，我要自己一个人来。"

"一个人跑到这种地方来待着，很快就会因为孤独又想回去了。"

"那就让自己想回去也回不去不就行了。"

"那是什么意思？"

"别问了。反正也没人知道。要是那样该多么痛快呀。"

日落黄昏，周围一片寂静无声。他们俩像是要逃离这片静寂一样到温泉泡澡去了。这里的温泉浴池就在可以俯瞰清清河水的悬崖边上，现在河面两侧被雪覆盖住了，变成了河面不足两米宽的小溪。

"老师，您那边还有别人吗？"

越过隔开男女浴池的岩壁传来纯子的声音。

"只有我一个人。"

"那我也到那边去算了。"

紧接着听到她从水里出来的声音，赤脚走在地砖上发出的啪唧啪唧的声音，然后纯子就出现在男女浴池交界的窄窄的过道上。

"还是这边亮堂。"

说着，纯子拎着毛巾站到能够看见河流的玻璃窗前。

浦部泡在池子里看着纯子的背影。在午后明亮的浴池里，她那白色的躯体就像贴到了玻璃窗上似的。

"老师,您想看我的身体吗?"

纯子突然离开玻璃窗,直接朝浴池走来。

"这边的岩石真漂亮。"

快走到浴池边上的时候,纯子忽然蹲下身子,拿起放在旁边的小木桶,爬到了那堆不断涌出泉水的岩石上,摆好了一个骄傲的姿态。

"怎么样?"

浦部回过头来一看,纯子就在她的面前。在突兀嶙峋的黑色岩石的背景映衬下,纯子那白色的躯体令人感到炫目。

"这就是安格尔^①那幅《泉》的姿势。"

纯子微微一笑,用双手把木桶举至左肩,慢慢倒转。水很快从她的肩膀顺着前胸流了下来。水滴好像和她那油滑的年轻肌肤完全不相容,一滴一滴又从她的胸部滑过腹部,坠落到脚下的岩石上。

停止动作的纯子一动不动地站在那里。唯一动着的是她肩膀上残留的水滴以及她那含笑的双眼。

"怎么样?漂亮吗?"

浦部看着眼前的裸体激动得一句话都说不出来了。她那完全不像少女的丰满的前胸、腰肢,白色的隆起,还有中央翘立着粉红色乳头,纤细的胴体与四肢,还有那略带微笑的面容,似乎都在玩味着浦部的狼狈与无措。

---

① 安格尔 (1780—1867), 法国著名画家, 代表作有《泉》《大宫女》《瓦平松的浴女》《土耳其浴室》等。

"怎么了？"

"嗯……"

浦部仿佛要掩饰自己的亢奋般在浴池里站起身来。

"等等，别动。"

纯子说着从岩石上跳下来，扑进了浴池。

"喂，使劲儿抱住我。"

她从正面扑过来，撞得浦部脚下打了个趔趄。

"你怎么了？"

"为了别让我死去，盘腿坐好，把我紧紧抱进怀里去。"

浦部顺势坐到了浴池里，纯子就像巢穴中的小鸟一样直落他怀中。

为时一个星期的阿寒之旅，成为浦部终身难以忘怀的珍贵回忆。

而后来因为纯子绝命阿寒而使这一回忆更加鲜明、生动。不过那都是后来的事，浦部当时可是根本想不到会发生那种事情。

那个时候，浦部只顾享受着这次旅行所带来的快乐，心满意足。在这里再也不用担心有人会来骚扰他们。纯子也像三年前初次造访浦部家时那样，温情而柔顺。

不可思议的是，因为纯子变得格外柔顺，反而使浦部开始觉得和纯子结婚的事儿不必操之过急了。看到纯子在阿寒这一大自然的怀抱中随性而为、心情舒畅的举止言行，他甚至感觉到结婚这一枷锁似乎不太适合于纯子。

但这不过是处于喜悦之中暂时的宽容,不过是人在旅途而产生的感伤罢了。

七

返回札幌以后,纯子又回到了原来那种放荡不羁的生活当中去了。深更半夜还在街上到处喝酒、乱逛,醉得不省人事后便在伙伴家里过夜。就如同习惯于在城市这处人类的原始森林中活动的猛兽,在大自然中暂时恢复了温柔的性情,而当它再次返回到原始森林中时,它那傲慢的血液便会重新沸腾起来一样。

浦部也重新回到了被纯子牵着鼻子转的日常生活中。

好像昨天晚上她又到什么地方去喝酒了,好像又跟什么人到什么地方去了……

每当浦部听到此类传闻后便会赶过去追逐纯子的踪迹,一旦发现她以后,便坐到她身边,监视着那些凑近她的男人们。可是纯子一看到浦部出现,反而会故意给他出难题似的,在别的男人面前撒娇,往人家身上贴靠。这种时候,浦部便装作视而不见的样子继续喝他的酒。

男人们时而窥探一下浦部的面部表情,继续和纯子胡闹。纯子则交互看着他们双方的表情,闹得更凶。在表面上的游戏之外,还有更深一层的相互试探。

从阿寒回来后还不到一个月,浦部的心中便重新萌生了想用婚姻的枷锁绑缚住纯子的欲望。

纯子在校园里做雪雕的时候受寒感冒了,在家休息期间吃高效安眠药企图自杀这件事情发生在这一年的二月中旬。浦部第二天接到纯子母亲打来的电话得知这件事以后,虽然下午三点开始有一个聚会,但他还是放下电话就直接跑到纯子住的那家协会医院去了。

纯子住的内科病房在一楼,是个单间。当浦部闯进病房去一看,纯子的姐姐兰子正坐在纯子床边的圆凳子上。

"她怎么了?"

浦部交互看着他们两姐妹喊道。

纯子似乎在发烧,脸色潮红,头埋在白色的枕头里,紧闭着眼睛。兰子一言不发地站起身来,用目光示意浦部到外边的走廊里去。

"她吃的药量并不算太大,好像已经没有生命危险了。不过据说她的肠胃因此发生了溃疡。"

"原因呢?"

问完这话,浦部才发现自己的声音太大了,赶紧看了看四周。

"不知道。"

"可无缘无故的她怎么可能这么做?"

"她老早就说想死了。"

"所以我才问为什么?"

"老师,您觉得呢?"

兰子反过来问起他来。

"问我？"

兰子双手交叉于胸前，靠在门边的墙上。浦部眼睛望着兰子，脑子里却浮现出自己与纯子在饭店里发生过关系后那短暂的交谈场面。

是因为和自己之间的关系在纯子身上投下了阴影吗？是因为知子的存在令纯子无法承受，才痛苦得想寻求自杀吗？当他和纯子谈到自己要和妻子离婚的时候，纯子只是微微一笑说保持现状就好。她说这话时的表情是那么平静、自然，难道那是纯子故意装出来、演戏给他看的吗？

就像在海边旅馆里故意从楼梯上滚落下去一样，她真是个用复杂的形式表现爱情的女人。依此类推的话，说不定她此次自杀的举动也是另一种爱的表现呢。无论如何，事情的真相不问纯子本人是无法了解的。不过，抛开要负很大责任这一层不说，对于浦部而言，纯子是因为无法承受与自己的爱情重负才企图自杀的，这种想法还是令他感到很愉快。

"暂时还是先让她一个人好好休息休息吧。"

浦部点头表示同意兰子的意见，他看着病床上的纯子，突然感觉她是那么可亲可爱。

从那以后，浦部开始每天都往医院跑。每天他快到中午的时候起床后，马上就动身去医院。按照纯子的愿望喂她吃吃东西，或者用毛巾帮她擦擦脸什么的。有的时候还帮她换睡衣，甚至连大小便这类的事情他都包了。一个对事物具有判断能力的中年人在一个刚刚十七岁的女孩子面前如此唯唯诺诺,这种样子就算他本人不在乎,但在他人眼里却显得相当不正常。

"听说浦部那个家伙整天陪着纯子,像个下人似的伺候她呢。"

聚在"阿咂米""炉畔"等处的那些品质恶劣的朋友们半是羡慕、半是嘲笑地议论着他。纯子的家人们虽然对浦部对纯子的精心看护也深表感谢,但同时也因此而感觉出他们之间的关系不同一般。这一点,姐姐兰子以及哥哥喻他们以前就已经有所觉察,也还没什么,倒是一直不知情的父亲、母亲,现在也不得不认可这件事情了。

不管周围的人怎么想,浦部对纯子忠心耿耿,而纯子对于浦部的忠心耿耿也表现出坦然接受的态度。这样过了不到一个星期,纯子的家人反而把照顾纯子的事情完全交给浦部,并且对此情况也似乎习以为常了。

知子从别的画家朋友那里得知纯子企图自杀、浦部为此整天都在医院里陪着她这件事,自然是气得冒火、到处撒气,不过这些对于现在的浦部来说都根本不往心里去了。

虽然他整天都泡在医院里基本上没有作画,但是能够作为纯子身边最亲近的男人而得到纯子家人的认可,这反而更令浦部心满意足。接下来只待纯子恢复健康并且愿意考虑的话,他们结婚这件事也就不是完全没有可能。

浦部希望能找个机会问清楚纯子企图自杀的动机。如果是和自己之间的关系成了她心理上的沉重负担而造成她突发性的自杀行为,那么他认为他们就应该不再犹豫,干脆下决心结婚才是。

随着时间的推移,纯子的身体渐渐康复了,可是纯子却根本不想跟他说起她要自杀的原因。即便浦部装作无意间提起似的对此试探她,她也总是微微一笑,赶紧把话题转移到别的地方去。

渐渐的,浦部不仅白天整天在医院陪纯子,就连晚上也一直留在病房里到很晚才离开。纯子倒也不像是特别希望他一直陪在身边,不过他要是不在的话似乎又确实不太方便,每次一说要走,她的表情总会显得有些失落似的。

在纯子住院后第十天的傍晚,浦部被纯子的主治医生千田医师叫了去。当时正好刚送来晚餐,纯子正准备吃的时候,护士过来请他到护士站去一趟。浦部跟着那个护士过去一看,千田医师已经等在那里了。

"时任纯子君吃了过多的安眠药,现在肝脏和肾脏虽然还留有一定的后遗症,但是体力方面已经基本上恢复正常,大概再有一个星期就可以出院了,已经不再需要陪床了。因此希望您也差不多就回去吧。"

这位医师看上去年龄跟浦部差不多,高高的个子,端正的相貌,身穿白大褂相当有形。浦部虽然感到了来自于他的压力,但还是有些不高兴。

"既然她已经好起来了,那我在这里又有什么关系?"

"身体渐渐恢复之后,我们必须慢慢引导患者凡事都要自己去做才行。就这一层意义上讲,您在这里反而会妨碍到纯子的康复。另外,我不知道您和纯子之间是什么关系,但是直到深夜还有男士在她病房里的话,这本身就有违风纪。"

"可我是纯子的男朋友啊。男朋友陪在她身边,就算晚回去一会儿又有什么不对的?"

"我不知道你们是不是那种关系。总之,这是医院的规定,来探病的人请在晚六点之前离开。"

医师说完这句话以后就带着护士出去了。浦部心情非常不愉快。他认为就算是主治医生,介入他们之间的个人问题也未免管得太宽了。

"真是个不懂礼貌的医生。"

回到病房后,浦部把千田医师的话多少有些夸大其词地跟纯子描述了一遍。

"是吗? 他是这么说的呀?"

"会不会是那个医生看上你了?"

"要是那样的话可就好玩儿了。"

"别胡说八道。"

"可那个人帮我洗过胃,而且还看到过我恶心乱吐一气的呀。要是这种人也能喜欢上我……"

说着,纯子竟然再次笑出声来。

自那天算起又过了五天,二月底的时候纯子出院了。身体已经完全复原了,但可能是因为住院期间食欲不振,她的脸颊消瘦了很多,脸色也变得更加苍白了。不过这样一来反而更增添了一抹女人味儿十足的妖冶。

因为住院期间自己一直陪在她身边,所以浦部自以为纯子和自己之间的关系已经成为众所周知、无可否认的事实。而事实上,也的确没有谁否认纯子是浦部的情人这一层关系。只是说到浦部是不是纯子的情人这一点上,大家的意见可就没那么一致了。

不管浦部怎么想、怎么得意,关于纯子企图自杀的原因,同伴儿们都各自凭着自己的主观想法进行推测,谁也不知道事情的真相。

"她要自杀实际上也没什么特别理由,那个女孩儿不是喜欢《黑色的星期天》那首歌吗?而且喜欢的颜色又是暗红色。她企图自杀也不过就是这些因素在某一刻突然融合到了一块儿了罢了。"

宗是这样说明自己的想法的。而同伴儿们的意见也基本上和他比较接近。

浦部也间接地听到了这些说法,但是他认为他们之所以这样说,是因为他们嫉妒纯子和自己的关系。他很自信地认为,无论别人再怎么说三道四,真正了解纯子的人终究唯有自己一人。

不过街头巷尾的议论倒还无所谓,只是如同那些黑社会的混混儿们会因为进过班房反而加深了资历、提高了地位一样,一度企图自杀的纯子身上现在似乎也因为多了一次辉煌的经历而越发变得光彩照人,意气风发地在艺术家的圈子里重新亮相了。要说起来,纯子的形象的确和自杀未遂这种经历很能够相得益彰。

纯子再次开始和同伴儿们到处喝酒,出没于他们各自的活动据点,经常胡闹到深更半夜,最后醉倒了便和那些男人们混在一起过夜。

对于夫妻关系紧张、和知子之间几乎无话可说的浦部来说,现在除了继续追逐纯子之外已经别无选择了。可是曾经一度应该已经被他捉到手了的纯子,好像不经意间又脱离了他的掌控,游走到更加广阔的世界中去了。

三月,仿佛要故意引起浦部的焦虑与不安似的,北国又迎来了冰雪消融的季节。

雪下了化,化了又下。在春季气象极其不稳定的一个下着雨夹雪的夜晚,浦部一个人走在街上,不禁回忆起三年前纯子第一次出现在自己家里时的情景。当时纯子才只有十四岁。还梳着娃娃头,个头也比现在矮多了。那会儿她全身湿透了,在知子的陪伴下胆怯地出现在自己的画室里。而那个少女现在却把头发染成了金色,说不定又和什么男人在哪个酒吧里狂饮呢。当初见到她时,浦部怎么也没想到有一天她会变成现在这个样子,可是这种脱胎换骨的变化已经成为现实,而促成她发生这种变化的恰恰就是浦部本人。

这种充满了讽刺意味的因果报应令浦部心生寒意,而他现在仍走在寻找纯子的路上,心急地向纯子可能出没的酒吧赶去。

现在浦部已经很难掌握住纯子游玩的场所。以前她即使在酒吧里当着浦部的面和别的男人调情,但最后总还是会跟着他一起出来。可最近这段日子,浦部离开的时候,她仍然会很不在乎地跟其他伙伴继续留下来胡混。有的时候好像还故意要做给他看似的跟别的男人亲热。以前即使不是约好见面的日子,想见到她也基本上能够在自己估计得到的地方找到她,可是最近有的时候根本就想不到她会跑到哪里去。

幼小的猛兽在家长的教导下蹒跚学步,然后开始自己摸索着扩展活动范围,不经意间它已经独立了,再后来便会发现它已经开始在家长所不了解的领域里昂首阔步地前进着了。

浦部终于领悟到,自己单纯从老师这个角度已经根本无法控制住纯子了,现在要拴住纯子唯有用"婚姻"枷锁这最后的手段了。

在冰雪消融的夜晚,浦部打定主意,在"阿咂米"等着纯子出现。听老板说她已经三天没来这里了,因此他估计今天晚上她可能会在这里出现,于是干脆在这里张网等她。

这天晚上九点刚过,纯子真的在这里出现了。和她同时走进门的还有村木。纯子看到浦部稍微愣了一下,但很快便一言不发地选了与浦部相反方向的吧台一角和村木并肩而坐。昏暗的灯光下看不太清楚纯子的脸色,但感觉上她还没有喝醉。

"你能出来一下吗?"

"什么事儿?"

"有话跟你说。"

纯子回头看了村木一眼,说了声"我马上就回来",然后站起身来。感觉纯子跟在身后,浦部率先走下了窄窄的楼梯。

来到店外一看,天空中正下着细雨。夜雨打在小胡同里残留的积雪上。

"你这段日子到底是什么意思？"

"什么什么意思？"

"想跟你联系你也不在家，也不来上课画画。"

"我已经不想让老师教我了。"

"不想了？"

浦部加强了语气反问道。纯子只是一味地靠在小胡同一侧的石墙上，盯着道路前方。

"现在不学了你想干什么？你现在才刚刚起步，今后的路还长着呢。你不继续努力学，怎么可能成才？"

"我明白。"

"明白还说不来学了？"

"我想一个人好好琢磨琢磨。"

"琢磨又能怎样？一个人再怎么闷头想，还不是照样什么都想不出来？"

"实际上我可能已经什么灵感都没有了。"

"这叫什么话？"

"老师，您不这样认为吗？"

雨中，纯子扬起头看着浦部。雨滴从她露在贝雷帽外边的刘海滑落到白色的脸颊上。不知道是不是浦部多心，他觉得纯子的面容有些憔悴。

"纯子，你怎么了？"

浦部还是第一次看到显得如此软弱无助的纯子。纯子平时总是被男人们捧着，华美而且高傲。那些男人之所以仰慕她、千方百计想接近她，就是因为他们想把她那过于完美的高傲劲儿据为己有。

"出什么事儿了吗？"

"没有，没什么事儿。"

浦部冲动地想把这个突然间表现出柔弱一面的小野兽使劲儿抱进怀里。现在抱紧她的话，纯子肯定会暴露出她的真实面目，能够让他看到站在自己面前的还是那个真实的年仅十七岁的年轻女孩。可是纯子露出脆弱的一面只在那一瞬间，很快她又恢复了常态。

"你要说的话就是这些吗？那我回去了。"

"等等，还有呢。我想和你结婚。只要你愿意的话，我马上就可以离婚。然后和你在一起，让你的才能进一步得以发挥，然后我们就……"

"那你就离婚好了。"

"那就是说你同意和我在一起了？"

"不知道。"

"为什么？"

"如果答应和你在一起，你就离婚，如果不答应和你在一起，你就不离婚，你这样说不是太卑鄙了吗？先不管我是否答应，你不都应该先离婚才对吗？"

"可是……"

她竟然提出如此残酷的要求，浦部被她堵得张口结舌，说不出话来。

"那我回去了。"

纯子不再理会犹豫不决的浦部,朝胡同口走去。

"你要去哪儿? 村木不是还在上边等着你吗?"

"无所谓,反正我也不是很想和那个人在一起待着。"

"那你跟我一块儿走吧。"

"让我一个人清静会儿。"

说着,纯子在夹着雪花的小雨中朝大街上跑去了。

八

积雪再次融化,北国的春天终于来到了。

四月,山野田间厚厚的积雪融化掉了很多,却仍有些残留,但是札幌市区的街道上积雪已经基本上消失了,只有北侧的房檐下或者榆树巨大的树根下偶尔还能发现一些仿佛被遗忘掉的残雪。

纯子已经升入高中三年级了。

新学期开学前,浦部和纯子结伴儿一道去了趟东京。平时对浦部态度冷漠的纯子在这种时候却显得非常顺从、听话。这也正是纯子令人难以理解的地方。是出于算计,还是出丁她对他的信赖,不得而知,浦部也只能将其解释为纯子依然爱着自己。

三月底时,纯子的两幅作品《旋律》和《雨过天晴》入选上野美术馆举办的女画家美术展,而她此次上京的目的就是为了看自己的画作。纯子的姐姐兰子已经先一步独自上京,现在就一个人住在东京。浦部这一次不过是跟着她去而已。

到了上野,他们先在御徒町找了家旅馆住下,第二天开始他们从上野美术馆直至银座的画廊,看遍了所有展示出来的各种各样的绘画作品。和纯子一起并肩走在东京的大街上,浦部感到心满意足,在札幌会被人传来传去的所有一切,在这个巨大的现代化都市里都不会有人去理会。而且纯子在看画的时候也会变得格外柔顺。

"我要去见一个人,今天我要一个人出门。"

纯子说这话的时候是在他们到了东京后的第四天早上。

"又要去见你姐姐吗?"

"嗯,还不知道会不会去。"

纯子歪着脑袋想了想说。一个小时后,纯子坐在镜子前化好妆,快到中午的时候出了门。

浦部这一天和东京自由美术协会的朋友们聚会,晚上八点左右回到旅馆的时候纯子还没回来。他一个人吃过饭后先洗了澡。

结果这天晚上,纯子都十二点多了才回来。

"你到哪儿去了?"

"去了银座、新宿、青山等好多地方。"

看到纯子的眼神儿已经发直了,浦部马上就明白她已经喝醉了。

"和谁一起去的?"

"你想知道?"

浦部按捺住胸中的怒火,点了点头。

"有中畠荣三郎、内海良久,还有武内康二他们啦。"

"你和中畠荣三郎在一起?"

"对呀。"

纯子无所谓似的说着,连衣服都不换就直接仰面朝天地躺在服务员已经铺好的被褥上了。

无论是中畠还是内海,那可是当今画坛上无人不知无人不晓的大腕儿,是浦部这样住在地方上的画家想与之交谈都望尘莫及的巨星。

"纯子早就认识他们吗?"

"不认识。今天第一次见面。"

"第一次见面就跟他们走了?"

"是他们邀请我一起去喝酒的。"

浦部真不明白纯子到底是怎么想的。无论是谁从中介绍,第一次见到这种大人物,就跟着人家去喝酒,而且还一直喝到十二点多才回来,真不知道该说她是胆大还是脸皮厚。不仅如此,他对那些请纯子同行的大人物的做法也感到不可思议。纯子不过是个名不见经传的少女画家,他们竟然会带着她在外边待到这么晚。

"然后呢?"

"就只有这样啊。"

一想到现在仰面朝天躺在被褥上的纯子刚刚还在和中畠他们那样的巨星在一起,浦部便觉得她像个和自己生活在不同层次的高不可攀的女人。不过纯子的态度似乎完全没把这些放在心上。

"今天傍晚,我见到田边君了。"

"田边？就是以前在咖啡馆里见到过的那个？"

"就是他。他们现在正好到东京来休学旅行,我就把他叫出来了。一块儿看过画展后,他还到这儿来了呢。"

"你们在这儿都干了什么？"

"别瞎说,他才不会干那种事儿呢。"

"可你不是喜欢他吗？"

"喜欢呀。他又不像老师您,又有老婆又有孩子的。他想要我,表情很痛苦的样子。他那时候的样子真是太棒了。"

"你就那么看着没动？"

"我在这儿换衣服来着。他就坐在那张椅子上老老实实的一直等着我。"

"再年轻他也是男人。男人都一样,谁知道什么时候会突然冲动起来。"

"可是他却没有那种勇气。就是这点儿没劲。"

"不许再胡说了。"

"明天他就回去了,我要到上野去送他。"

"包括中畠荣三郎在内,你都要小心点儿才是。"

"那倒是,那帮家伙看起来就不像好人。"

纯子好像想到了什么,嘴角浮现出笑容,深呼一口气后闭上了眼睛。凝视着纯子的睡容,浦部简直觉得太不可思议了。她现在的表情竟然和昨天晚上和他云雨过后,枕着他的手臂睡去时的表情一模一样。

五月，仿佛要抢回迟来的春天造成的时间损失似的，札幌的街道上梅花、樱花一齐绽放，洋槐、紫丁香也不甘示弱地紧随其后，只有远方的山巅之上还能看见极少的残雪，到处都充满了土地的芳香。

春季的北海道美术展上，纯子展出了二十号的《自画像》，浦部也展出了同样大小的《纯子的头像》。浦部用半现实派的手法大胆地勾勒出了微微偏向左边的纯子的头像，而纯子则从正面描绘出了自己的头像。这两幅画的对比一时间成为画家同行们议论的话题。

但是，浦部的心情并没有因为他们引起了如此强烈的反响而欢欣雀跃。

从东京回来以后，纯子曾经一时像变了一个人似的，表现得非常温柔、顺从。可还没过一个月，她就随着夏天的到来又开始渐渐拉开了与浦部之间的距离。

浦部认为这是纯子性格中常常会出现的柔情与傲慢相互交替的阶段性变化。在不断起伏波动的情绪变化中，浦部开始觉得纯子的性格跟猫有些相似。

猫的身体既柔韧又灵敏。而且在感觉到冷、感觉到饿的困境中才会蹭到人的身边来。可是当你高高兴兴地把它放进被窝、准备抱紧它的时候，它马上又会摇晃着脑袋逃走了。猫就是这样，只有在它需要你的时候，它才会靠近你，一旦达到了目的之后，又会立刻扬长而去。而纯子接近浦部的方式就与猫的这种做法极其相似。

浦部并不想为此而责怪纯子。如果你想勉强束缚住纯子这只猫的话，她反而会躲你躲得更远。适当给予她自由活动的空间，她反而会更接近你。就算她暂时跑出去了，最终总还是会回来的。因此就算她离开你身边，也不必为此惊慌。

不过现实情况是，他也只有当纯子重新回到自己身边、心理上感觉比较轻松的时候才会这样想。而在纯子离他的时候，即便想这样安慰自己也难。

从夏天到秋天，浦部就是在这种不稳定却又奇怪地达到平衡的状态中度过。一听到纯子又和别的男人一起喝酒、游荡他就会愤愤不平，可是当纯子忽然一高兴又回到他身边时，他便把愤怒抛到脑后，又紧紧地把纯子揽进怀中。在嫉妒那些围绕在纯子身边的男人们的同时，他也在嫉妒中不断释放、燃烧着对纯子的爱。

十一月中旬，大概一个星期，纯子再次去向不明。有一天，好友宗凑近浦部，小声问道："听说纯子那个家伙跟殿村跑到钏路去了，是真的吧？"

"和殿村？"

"有人看见他们一起坐火车走了。"

殿村是从六月前后开始出现在浦部他们常聚的酒吧里来的男人。他自称是辞掉了东京某家杂志社的工作后，到札幌寻找新的工作来了。不过感觉上他好像也没什么固定工作，是个摸不透底细的家伙。虽然也听到过纯子最近常和他出双人对的传闻，但浦部却完全没想到他们的关系已经发展到一起外出旅行的程度了。

"恐怕是弄错了吧？"

"没错，他们说的确就是殿村。"

"那就怪了。"

在宗面前浦部虽然极力装出冷静的态度，而实际上心里却相当不踏实。阿寒可是去年冬天他们二人去过的值得纪念的地方。现在听说纯子跟别的男人到离那里很近的钏路去了，浦部实在难以忍受。

和宗分手后，浦部马上到纯子家以及所有他认为纯子可能会去的地方找了个遍。可哪儿都没见到纯子的影子。

纯子出现在心情烦躁的浦部面前是在三天之后的星期一的傍晚。她又像一只玩儿累了的猫回家一样，面带疲惫地回到了浦部身边。

"怎么样？旅行。"

时隔十天，浦部和纯子缠绵过后故意用冷静的语气问道。

"旅行？"

"我知道你和殿村去钏路了。"

"听谁说的？"

"这个城市本来就这么小，就算纯子想瞒着我，我也能知道。"

"我根本也没想瞒你什么。因为殿村说他要到钏路去办事，我就跟着他一起去了，就是这样而已。"

"然后又去了阿寒？"

"我为什么要去阿寒？"

"你在那儿也和殿村一起去浴池了吧？"

"没有。阿寒可是只有老师和我两个人的地方。"

"什么?"

"我只是路上和殿村搭了个伴儿,到钏路后就各奔东西了。所以回来的时候也只有我一个人。"

"那你为什么要去钏路?"

"只是想去看看而已,真的。"

"别再编谎话骗我了。你和殿村睡过,我知道。你喜欢像他那种没一点儿真才实学、只会耍嘴皮子的莫名其妙的家伙吗?"

"喜欢,非常喜欢。"

纯子的性格就是这样,你越是压她,她越是不服。虽然明知道跟她来硬的只会自己倒霉,但是已经迸发出来的怒气是无论如何也无法平息了。

"既然你那么喜欢他,那就去他那儿好了。让那个端着架子的无聊家伙爱你好了。以后别再回来了。"

"我不会再来了。"

"随你的便。像你这种见了男人就发疯的女人,我实在受不了了。"

"发疯的是你,我讨厌死你了!"

纯子像一头想咬人的小狮子一样咆哮了一声,然后连雨衣的扣子都没系就跑出了旅馆。

浦部对于这次和纯子的争吵看得还比较乐观。吵过就吵过了,到最后她还是会回到自己身边来的。当这只猫受了伤、挨了饿的时候,她肯定还会回来的。这是他长期和纯子相处总结出来的经验。

但是他后来发现,好像唯有这一次情况不太一样了。时光已经从刚刚入秋一直转到了深秋时节,纯子依然没有回来。即便在酒吧或者大街上偶尔碰到,她也只是用冷冷的眼神瞥他一眼,然后转过脸去不再理他。每次遇见她,她的身边肯定都有男人陪伴,有时是殿村,有时是村木,还有的时候是其他什么人。浦部表面上装出对她丝毫不感兴趣的样子,而实际上他却一直坚信纯子的那句话是她的真心——"阿寒可是只有老师和我两个人的地方"。

九

十一月二十五日,札幌下了这一年姗姗来迟的第一场初雪。从凌晨开始纷纷扬扬飘下来的雪花,一直到下午才停。只半天工夫,深秋的景色就变成了初冬季节一片银装素裹的景象。然后这场雪就像要抢回损失掉的时间一般,一直又连续下了整整两天。

第三天晚上雪停了之后,浦部一个人走出了家门。为了准备明年一月份要在大丸举办的个人画展以及春天的独立派沙龙美术展,他需要做的工作非常多,但是这会儿他却没心情继续闷在画室里工作了。

他在公园大街下了公共汽车,然后沿着站前大街往南走。已经快到八点钟了,下班时间的高峰期已过,再加上突然袭来的寒流,大街上行人稀少,完全没有平时的热闹劲儿了。

走过南一条的电车道,又走过了狸小路,再过去二百米左右就是薄野的十字路口了。就在他走到这里的红砖建筑的拐角处时,他看到有一个头戴贝雷帽、双手插在大衣口袋里、低着头向自己这边走过来的女人。借着路上的雪反射出来的光亮,他看清楚了那个女人苍白的脸,没错,那正是纯子。

不知道为什么纯子这时是独身一人。

浦部强自按捺住激动的心情,在纯子面前停住了脚步。

"哎!"听到声音,纯子抬起头来。当认出打招呼的人是他后,纯子突然害怕似的向后退去。

浦部也不清楚纯子这样做单纯只是出于惊愕还是想从自己面前逃掉。不过在那一瞬间,浦部认为她是要逃跑。

"等等,我有话跟你说。"

"不要。"

这一次纯子的确是打算要跑掉了。浦部不顾街上还有行人看着,一把从大衣外面抓住纯子的胳膊肘,直接把她拖到旁边的小胡同里去了。

"你到底打算怎么样?"

现在浦部一心只想抓住纯子,再也不愿意把她交给任何人。

"跟我来!"

"放开我。"

浦部忘记了一点,那就是纯子现在的状态就像被紧紧抱住的猫儿一样。你越是想抱紧它,它就越是想跑掉。

178

"你干什么呀？"

纯子摆动着脑袋,使劲儿想甩掉抓住她右臂的手。突然间,浦部的右手飞起,打到了纯子的脸上。这一巴掌的力道使纯子撞到了身后的墙上。出手的一方和被打的一方都一下子愣住了。这种突如其来的局面是他们俩谁都没有预料到的。

头脑中一瞬间的空白过后,当他们面对面目光相遇的那一刻,纯子一句话也没说就跑向了大街。

十二月,浦部望着窗外越来越深的积雪,他更加清楚地意识到,他和纯子之间的关系已经彻底结束了。纯子挨打后,跑进了马路对面的一家咖啡馆里去了。而那里恰恰又是当地艺术家们喜欢聚集的场所。这样一来,这一打人事件便越发闹得沸沸扬扬了。

回头再次重新思考,浦部依然搞不清楚自己当时为什么会那样做。直到遇见她的那一刻为止,他从来就没想过要打她。当时他的身体已经完全不受理智控制了。不过正因为是这样,反倒可以说明打她这一巴掌对浦部来讲是必然的行为。因为浦部自身也已经对自己周围的一切感到厌烦了。

等过了年,或许应该出去旅行一次,以便使自己的情绪冷静下来。

浦部想象着雪中的阿寒,等待着新的一年的到来。

一月十八日夜晚,浦部正在画室里小睡,突然被一阵敲门声惊醒。本来打算过了新年以后就去旅行,可是直到这会儿仍然闷在画室里打不起精神来。

整个冬天,画室的门都会被积雪封挡住,只能勉强拉开一半。

"老师!"

在呼啸的寒风声中浦部听到了来自门口的一声轻轻的呼唤。他从取暖用的火炉边站起身来,朝声音的方向转过头去。

横着身子挤过门缝儿偷偷跑进来的竟然是纯子。

"你怎么了?"

"嘘……"

纯子把食指放在嘴上,小声说道:"您夫人还没睡呢。"

面对纯子的突然造访,浦部简直不敢相信自己的眼睛。好像要确定一下来人到底是不是纯子似的,他把纯子连同大衣一起都紧紧抱在怀里。

虽然没下雪,但是浦部的家位于郊外,地上的雪不断被狂风卷起在空中飞舞着。因为纯子在这种气候条件下一路走来,她的脸颊冰凉冰凉的。

"你是特意来看我的吗?"

"是啊,我就是特别想见您。"

浦部再一次紧紧抱住怀中的纯子。自从他在街上打了她那一巴掌之后,到现在已经快过去五十天了。

"冷了吧?"

"没事儿,我不怕。"

浦部伸手想去抚摸她被雪打湿的头发,纯子却挡住了他的手。

"老师,您生我的气吗?"

"没有,我没生气。"

"真的?那我就放心了。"

纯子抬起同样已经被雪打湿的脸,一双大眼睛直视着浦部。看着她这会儿的模样,浦部产生一种错觉,好像自己现在怀里抱着的是在四年前那个雨夹雪的夜晚出现在自己身边的那个十四岁的少女。

"好吧,老师今天送你回去。我们现在就进城去。"

"不行,今天晚上不行。"

浦部看了一眼书架上的时钟,现在刚到晚上九点。

"可我们在这儿也不是办法,还是走吧。"

"真的不用了,我今天晚上必须回家,下次再见我好吗?"

"当然,当然下次还会见你。"

"我和老师在一起的时候心里最踏实了。所以才想和老师一起去冬季里的阿寒湖的。"

"我也一样。"

她所说的也正是十二月里浦部考虑了整整一个月的想法。

"冬天也能到阿寒湖吗?"

"已经不通公共汽车了,要去的话恐怕只能靠马拉雪橇才行。"

"再也不会有别人到那里去吧?"

"只有我们俩。"

浦部再次拥紧纯子。纯子那红色大衣包裹下的身体完全放松地依靠在浦部的臂弯里。纯子终于又回来了。浦部再也不想放开她了。

"我得回去了……"

在他的怀抱中,纯子好像突然想起来了似的说道。

"别着急,你还没暖和过来呢。"

"不过没关系,下次再见我吧。"

"那我去送你。"

浦部穿上大衣,戴上帽子,熄灭了炉子里的火,然后先让纯子出去后,自己也随后走出了画室。

周围人烟稀少,旷野里寒风呼啸而过,把积雪扬向空中。他们二人挽着手臂,慢慢朝国道走去。

这就是浦部最后一次见到纯子。纯子就在当天晚上坐夜行车到钏路,见过殿村之后,一个人进入阿寒地区,最后一晚住在雄阿寒饭店之后便下落不明了。

浦部非常后悔那天晚上在城里和纯子分别。浦部说要一直送她到家,可是纯子却坚决不肯,最后只好让她一个人回去了。如果那个时候自己坚持到最后,一直跟着她的话,说不定她就不会死了。人们从纯子在钏路最后一个见到的人是殿村而判断纯子最爱的人就是他。但是浦部却不这样认为。无论是当浦部得知纯子的死讯时,还是过了二十年之后的今天,他都坚信纯子最爱的人是自己。

"纯子不是为任何人而死的。那个女孩儿只是因为想死才死了。在她死之前的那段时间里,或许她爱的人的确是殿村,但那不过是暂时的,最终她还是要回到我这里来的。这倒不是我要在别人面前显威风,或者赌气才说这种话。难道不是吗？纯子可是为了我们两个人保留了阿寒那个地方,而且最后也是死在那里的嘛。"

年近六十岁的浦部雄策,眼神中盛满了真诚的感情色彩,热切地反复强调着这一点。

一

　　我见到那位叫村木浩司的记者是在四月末。是在我札幌之行再次见到纯子的遗像,紧接着又见了浦部雄策后回到东京的十天之后。

　　我们约见的地点选在银座 N 饭店的大堂。

　　实际上,我在札幌约见浦部的时候已经顺便跟他打听过村木的下落。

　　浦部只知道村木十多年前就辞去了 H 报社的工作,转到东京的某家报社工作去了。具体是东京的哪家报社他就不清楚了。我当时曾做过最坏的打算,我想回东京后挨家给报社打电话去找一个姓村木的人的话,最后总能把他找到的。可是第二天,浦部就特地打电话来告诉我说,村木现在是东京 T 报社的校阅部长。

"你见到他的时候替我带个好。"

告知我村木的消息后,浦部如是说道。

我一边向他表示谢意,一边因为体察到浦部对这位曾经因为纯子那位少女而形成对立局面的男人已经毫无芥蒂,甚至于还关心挂念而深感欣慰。二十年的岁月流逝可能在这里也发挥了风蚀作用,已经化解了人们之间的积怨了吧。

就这样,我通过浦部得知了村木的所在,于是第二天便往 T 报社打电话,约好了和他见面。

村木在我们约好的晚上六点钟准时出现在 N 饭店的大堂里。以前我从未见过村木这个人,只是通过电话各自说明了一下自己所穿的西服颜色等特征,但是当他走进来的那一刻,我马上就凭直觉得知那就是他。

的确和过去认识他的人们所说的那样,村木的五官立体感很强,有点儿不同于一般的日本人。凭他棱角分明的相貌,我确定他就是村木。不过等我走近前去的时候,也发现在他脸上流露出貌美的男人上了年纪之后的某种落寞感。

我们简单相互打了个招呼,然后一起转到一家面向大街的小酒吧去叙谈。

"二十年前我喜欢上纯子的时候还只是个高中生。那时只能从一个高中生的角度去认识她的一个侧面。可是现在我已经知道了,浦部先生作为有妻室的男人,他所看到的纯子与我所了解的纯子完全不同。因此我想,村木先生作为一个独身而且成熟的男人,恐怕看到的又是纯子另一个不同的侧面。如果把纯子比作多面体的水晶体的话,我想我们看到的都只是她展现在我们每个人面前的那一面而已。要拼凑起时任纯子的真实形象,只靠我当然不行。就算加上浦部先生也还不够。因此,我希望村木先生能够讲讲您所看到的纯子的那一面的实际情况。"

坐在光线昏暗的酒吧一隅,村木点了点头,深陷在眼窝里的目光投向远方,仿佛陷入了对北国二十年前的回忆之中,然后开始用似乎习惯性的淡漠口吻讲述起来。

村木是在昭和二十五年(一九五〇年)的冬季里认识纯子的,当时纯子还是高中一年级的学生。

当然,在认识纯子之前,村木已经知道时任纯子这位画家少女的存在,而且知道她就是自己的恋人时任兰子相差三岁的妹妹。不过那时他也仅只是知道而已,其他具体情况便不得而知了。

一月末的一天,村木下班后和兰子见面,把她带到了自己位于东屯田大街的住处,最后在夜深人静的时候又一直把兰子送回家。

兰子高中毕业后就到一家纺织厂工作,同时也在写诗,而村木则在 H 报社的学艺部负责家庭栏的组稿。他们二人相识虽然是通过共同的朋友驹田从中牵线,但实际上他们在报社读者以及文艺界人士参加的聚会上已经见过几次面了。

虽然在温暖的房间里肌肤相亲之后再起身于冰天雪地之中回家

很辛苦，但兰子慑于父亲的威严，每次都要在十二点之前赶回家去，从未在他那里过夜留宿。那一天也是如此。村木穿上大衣，戴上手套，头上还戴了一顶连同耳朵一道包起来的防寒帽，陪兰子走出门来。

一月里的札幌正处于来自大陆方面的高气压的影响之下，虽然降雪不多，但却非常寒冷。那天晚上也非常冷，已经冻结的冰雪路面反射着明月的清辉。他们两个人踏着明亮的月色一直走到南十六条，把兰子送回家。然后村木再一个人走过十五分钟左右的路程回到自己的住处。

沿着东屯田大街向东走，不远处有一户石墙围绕的人家。村木就是租住在这里的一栋远离主宅的偏房里。

当村木回到住处的时候已经快十二点了。路上不见一个人影。从大街拐进去直到大门处十米左右的小路两侧都堆起了一人高的雪堆，在月夜中清晰可辨。

偏房里只住着村木一个人，住在这里最大的好处就在于即使晚归或者带女人回家都不必顾虑到任何人。

村木回到住处后又钻进还留有兰子温馨气息的被窝里，很快便睡着了。

第二天上午十点他已经约好了要到北海道政府去采访，九点钟，已经设定好的闹钟准时叫醒了他。

他像往常一样拥着被子先点着了取暖炉，然后等房间里稍微暖和起来以后才爬起来。窗外还像昨天晚上一样晴朗，不过好像黎明时分曾经下过小雪，他看见对面人家的屋顶上积着一层薄薄的新雪。

村木伸了个懒腰,正打算点烟的时候却忽然发现窗前堆起来的雪堆上似乎有个什么红色的东西。他觉得非常奇怪,用手刮了刮结了冰花儿的窗玻璃,可是仍然看不清楚。于是他在睡衣外边套了件大衣,打算出去取报纸的同时顺便去看个究竟。

走近一看他才知道,那是一朵插在他窗前雪堆上的红色康乃馨。

昨天晚上村木回到家里的时候已经快十二点了。那时候路两旁的雪山在月光下只是泛着白色的光芒,应该没有这种东西的。偏房里只住着村木一人,花又是冲着他住的那个房间的窗户插的,这样看来这朵花肯定是有人特意在十二点到凌晨之间偷偷来到窗下插上的。

村木把那朵花拿回房间,插到一个杯子里加好水后才去上班。不过这朵花却搅得他整天心绪不宁。

左思右想也弄不清楚这到底是怎么一回事儿,于是他在傍晚的时候试着给兰子打了个电话。

"昨天晚上你后来到我这里来过没有?"

"没有啊。出什么事儿了吗?"

"没有,没什么事儿。"

他赶紧转移了话题。因为他想既然那朵花不是兰子插的,那最好还是不跟她提起为好。

深夜有人潜到他卧室的窗外,这件事虽然令人感到有些毛骨悚然,但是在窗前的雪堆上插上一朵康乃馨这种做法却又不会令人太过紧张。虽然不能完全肯定,但应该是出于女人所为的可能性比较大。至少可以令人放心的一点就是，来人对他并无恶意，而且也不是为了偷盗。

从那天开始，村木养成了一个习惯，每天一睁开眼睛就往窗外看看。甚至半夜醒来的时候他也会向窗外看上一眼。但是窗外的雪堆依旧，再也没有发现过那上面插着鲜花。

五天后，当杯子里的花朵凋谢了之后，村木再次和兰子约会。他们一起喝酒吃饭，然后再回到他的住处。这种模式近半年来已经成为他们相处的习惯。十一点多，村木像往常一样送兰子回家。

第二天一早，村木发现刚下过雪的小雪山上再次出现了红色的康乃馨。

村木回忆了一下前一天晚上的情况。昨天晚上他们是在“阿唖米”喝的酒，当时见到的人除了店员外，还有同是报社记者的岩濑、画家浦部以及兰子的妹妹纯子这三个人。

噢，原来是这样啊……

村木这时才想到那个纯子。昨天晚上纯子和浦部一起坐在他们的对面，记得她好像跟兰子说了几句话，而和他只是用目光打了个招呼而已。然后她好像一直全神贯注地在和浦部聊着，村木他们出来的时候，她还坐在那里没走呢。

插上这朵花的人会不会就是纯子呢？

他虽然有所怀疑，可是却没有任何证据可以说明纯子曾经来过这里。村木送兰子回家后返回自己的住处时已经十二点多了，如果要来也是在那之后。像纯子那么年轻的女孩儿是不大可能大半夜在冰天雪地里跑到他这里来的,而且他觉得纯子也不可能对自己感兴趣。再怎么说,纯子应该早就知道自己是她姐姐的恋人啊。

尽管如此,唯有自己和兰子发生关系的时候才插一朵红色的康乃馨,这种行为本身就非常怪异。虽然才只发生过两次,但无论怎么想都不大可能是偶然的巧合。

第二天村木出去喝酒又喝到很晚。他借机在十二点过后回了一趟自己的住处,拿着昨天插在雪中的那朵花放到了纯子画室的窗下。把花插入雪中的时候,村木突然意识到自己现在的行为多么好笑。

插过花以后,村木开始等着看纯子有什么反应。如果这件事情真的是纯子干的,那她肯定会找他说点儿什么才对。

但是事与愿违。纯子那边什么反应都没有。

村木仍然半信半疑,两天后又在她的画室窗下插了一朵康乃馨。虽然他自己也觉得这种游戏很幼稚,但对于二十七岁的村木来说,深更半夜到人家窗下插花这种行为本身就具有相当的刺激性和娱乐性。

但是纯子那方面却依然丝毫不见动静。兰子也住在同一栋房子里,她应该也看到了那朵花的,可是兰子也对此只字不提。

深感疑惑的村木想到,如果自己再和兰了睡一次,说不定就能揭开这个谜底。两天后他便将计划付诸实施了。兰子对这些事情一无所知,顺从地跟他一起回到了他的住处,但是这一晚村木却一点兴致都没有,因为他的目的不在于兰子的身体。他现在最想做的事情就是要搞清楚那个到他窗下插花的人到底是谁。

兰子喋喋不休地跟他讲着她自己想辞去现在的工作到东京去，争取集中精力真正开始创作等想法，可村木只是有一搭无一搭地应付着，并不时回过头去从窗帘缝儿里向窗外张望。

感觉到村木心不在焉的态度，兰子站起身来说："我回去了。"

"是吗……"

虽然也感觉这样做不太好，但是村木还是点头表示赞成，并没有对她进行挽留。这时正好是十点钟。

"我也想送你回去，不过手头上还有点儿工作必须连夜赶出来，现在时间还早，你自己一个人回去没事儿吧？"

兰子默默穿上外套走了出去。一直目送着兰子瘦小的身影消失在门外道路两侧的雪墙后面，村木才拿出杯子，斟上威士忌，然后拿着酒杯坐到窗边的椅子上看向窗外。

入夜后雪下得越来越大了。透过雪雾虽然还能看见外边的松树以及对面人家的房屋，不过他心想如果照现在这个样子一直下个不停的话，明天早晨雪应该会积得相当厚。村木就这样望了好一会儿窗外渐下渐积的飘雪，然后到水池边用另一只杯子接了点儿水回来。

已经十点半了。村木喝了一口加了水的威士忌，回到窗边再次掀起窗帘一角向外看去。

就在这时，村木的视野里出现了一个影子。他一下子紧张起来，不由得向后退了一步，然后才重新去仔细辨识。隔着窗玻璃，他看到外边的雪地上站着一个女人，而且那个女人还冲他这边微微笑了笑。

村木终于确定那个人就是纯子。

他想马上把窗户打开。可是窗户都被冰雪冻住了。没办法,他只好从里边敲了敲窗户,示意纯子别走,然后走过去打开了大门。

纯子双手插在大衣口袋里,从窗边绕到大门口。

"我没猜错,果然是你。"

"让你心烦了?"

"没有。赶快进来吧。"

纯子站在门廊下似乎有些不知所措,但最后还是拍掉落在领口的积雪迈步走了进来。

村木拉上大门,挂好锁后,率先带纯子来到自己的房间里。

"咦……"

纯子在房门口站住,颇觉新鲜似的巡视这里边。只见房间正中有一个取暖炉,右手放着一张长条炕桌和一个书箱,靠窗口的墙边也只放着一个小型的台几,连个衣橱都没有,完全是典型的毫无情趣可言的单身男子的居室。

"向窗外一看,竟发现你站在那里,真把我吓了一跳。"

"喂,这个给你。"

纯子从口袋里拿出一朵红色的康乃馨递给村木。

"真的是你呀?"

"你不是早就知道了吗?"

"我只是猜测到可能是你。"

"上次村木先生不是把花放到我窗外了吗?你猜是谁最先发现

那朵花的？"

"是你母亲吧？"

"不是，是我姐。"

"是阿兰呀。"

"她还说来着，竟有这么懂情趣的人。"

"那她已经知道了？"

"不知道。"

纯子双手仍插在衣袋里，轻轻摇了摇头。

村木因为这只意外飞入掌中的雏雀儿兴奋不已。他赶紧捅了捅炉子，让火势更旺些，然后往杯子里斟上威士忌。纯子摘下帽子，拉开了大衣两侧的系带。

"今天晚上你怎么没去送我姐呀？"

"你怎么知道这种事情？"

村木把酒杯放到纯子面前。

"这么点儿事儿，我当然知道。"

"为什么？"

"至于理由嘛，我可不能告诉你。"

纯子将视线转开了些。村木可不能放过这稍纵即逝的机会，他一把揽过纯子。身为花花公子，他已经成功地把好几个女人都弄到了手，因此他很清楚，犹豫不决只会错失良机。

原本以为纯子会抗拒他的拥抱，没想到纯子的身体毫无反抗之意，很顺从地依偎到了村木的怀里。然后为了满足他的愿望似的侧过上身,扬起脸来。村木把自己的双唇贴到了她那还没暖和过来的柔唇上。

在密室中男女独处,事情进行到了这一步,接下来的事情就简单了。村木继续和她反复接着吻,并随手关上了灯。雪夜静悄悄的,能够听到的只有炉子里传出的噼啪声。炉膛透出的光亮把拥在怀里的纯子侧影映成了红色。村木看着炉火,轻声说了句"我喜欢你",然后重新把她抱紧。

和好几个女人有过亲密关系的村木,对于自己能够把和那些女人们发生关系时的每一次经历都牢记在心而颇感自豪。无论什么样的情况下,都能够保持冷静,仔细观察女人们的反应,这对于村木来说是极大的喜悦和最大的乐趣。可是这一次却和以往不同。

纯子还只是个少女,却几乎没做任何反抗。刚一见面便唐突地表现出了自己急于要她的意愿,纯子则顺了他的意,把自己交给了他,甚至还表现出相当无所谓的样子。

当一切平复下来之后,村木感觉好像自己已经从观察别人转到了被人观察的立场上了。兴奋难耐的是自己,纯子反而显出很冷淡的样子。那些落俗套的甜言蜜语倒不算什么,但他知道自己无法控制自己,说出了许多没经过大脑的话来,而纯子似乎一直到最后都平静如初。

高潮过后,恢复了冷静心态的村木对于自己似乎比女人还兴奋的表现深感无趣。如果对方是上了年纪、手段多样、经验老到的女性倒也罢了,可纯子实际上还只是个比自己年龄小将近十岁的少女而已,这实在不得不令人称奇。

可能是因为对方是个只有十六岁的少女,是自己从未体验过的年轻女孩儿,才使自己失了常态沉醉其中的吧。何况纯子还是自己恋人的妹妹,这一点也是令他忘乎所以的重要原因之一吧。村木如是为自己反常的表现作出解释。

与尚在反复咀嚼、品味余韵的村木相比,纯子事后也显得格外干脆。

"我要起来了。"

她说着便爬出被窝,开始穿起内衣来。炉子里的火时而摇曳着,把纯子的裸体映成了红色。

村木躺在被窝里看了一会儿纯子穿衣的动作,然后很快便发觉自己还继续女里女气地躺在那里不太合适,于是也跟着爬了起来。好像要挥赶开曾经一时兴奋不已的心态般,他再次轻吻了一下纯子。而纯子这一次仍没有抵抗,反倒为了满足村木的愿望伸出了舌头,令这一吻更加深入。

虽说他再次排除了一个女人的抗拒,强占了她的身体,但是这一次他却没有第一次接触某位女性时所应获得的胜利感。或者说是征服了对方后的自豪感。不仅如此,他反而觉得自己完全处于被动状态要接受对方的抚慰与爱怜似的。

"呼……"

纯子突然摇着头,好像怕痒似的缩回舌头,离开了他的双唇。

"好辛苦。你和我姐也总是这样接吻的吗?"

"不许说这种傻话。"

"可我们不是已经做过傻事了吗？"

看到纯子顽皮的笑脸，村木的大脑很快清醒了过来。

"哎，我和我姐谁更棒？"

"……"

"到底是谁吗？"

"当然是你啦。"

"真的呀？"

"真的。"

"那你能把这话告诉我姐吗？"

"我？……"

"是啊。你就告诉她说，我比她棒。"

"我怎么可能做这种蠢事？"

"那你是没有说这话的勇气喽？"

"那倒也不是。但总还是要分什么话能说，什么话不能说吧。"

"算了。不说就不说吧。你把灯打开。"

室内亮起灯光以后，情事后的现场突然一下子褪色不少，只剩下被褥还显得杂乱无章。村木赶紧把被褥整理好，然后又捅了捅炉子里的火。刚才已经稍微减弱的火势再次噼啪作响地吐了起来。

"雪下得还真大。现在几点了？"

纯子拉开窗帘的一角向窗外望去。

"差不多快十一点了。"

"那我该回去了。你会送我回家吧？"

"你也怕你父亲吗？"

"我才不怕呢。不过我姐还等着我呢。"

"阿兰在等你？"

纯子从窗边回过头来，把头发梢儿拿起来凑到鼻子上闻了闻。

"好像沾上你的味道了。要是弄不掉可怎么办？"

"我又没有狐臭，应该不会有怪味儿才对。"

"你说错了。会有味道的。我可是早就熟悉你的味道了。"

"为什么？"

村木不由得摸了一下自己的脸。

"因为我和姐姐在一起，所以知道。"

"什么？"

"我的感觉非常灵敏，尤其是嗅觉特别发达。"

纯子捡起脱在门口的大衣穿上，系好腰带。

"我走了。"

"等等，我去送你。"

村木照着镜子，整理了一下自己的头发。

"哎，以后我可以偶尔到这里来吗？"

"可以是可以，但会不会被阿兰发现？"

"那这样好了，我们约好每周一次，在星期六的下午，怎么样？你只要把这个时间为我空出来就好了。"

"可是我星期六下午还得上班呀。"

"没关系。我可以到这里来学习。这里有桌子,而且又安静。"

"做功课?"

"是啊。每周再不做一次功课怎么行? 今年春天开始,我们就要男女共校了。"

"真无法想象你在学校里是什么样子。"

"我实际上能学得很好的。只是现在没认真学,成绩才不太好。下次我上课的时候你到学校去看看就知道我是什么样子了。"

"到你们女中去?"

"等我们男女共校以后也行啊。"

"我又不是家长,怎么可能进教室去看你?"

"那你就隔着走廊的玻璃窗看看就是了。我看到你会马上溜出来的。"

"你可以那么做?"

"只要说身体不舒服,老师肯定会答应的。"

村木把火炉的进风口调小,然后穿上外套。

"我把花插这儿啦。"

纯子把她带来的那朵红色的康乃馨插进还剩有威士忌的杯子里,然后率先走出了房间。

外边雪依然下个不停,不过寒冷的感觉反而缓和了一些。两个人并肩走在路上,使村木时而产生错觉,以为身边的这个人是阿兰。

穿过南十六条的电车道,走进街景稀疏的小胡同便可看见雪墙前方纯子家的灯光了。在离大门二十米左右的地方,纯子停下了脚步,转过身来。

"再吻我一下。"

看着前方的灯光,村木犹豫了。

"你怕被我姐看见?"

"看见也无所谓。"

村木闭起眼睛,把纯子揽进怀中。牙齿碰到了一起,口中感觉到纯子的舌头灵巧地转动着。由此村木确信,纯子绝对不是处女。

"我姐就在那儿噢。"

脱离村木的怀抱之后,纯子指着大门边第二个透着灯光的窗户说完,转身朝着那灯光跑去。

二

原以为纯子只是一时兴起闹着玩儿而已,却没想到纯子在一个月后,也就是三月份的第二个星期六真的出现在村木供职的报社。

"我想到你那儿去做功课。"

纯子说着便拿了钥匙先走了。

村木原本和朋友约好六点钟一起去打麻将的,这样一来他只好改变了原计划,一下班就直接回到家里。如她自己所宣称的那样,纯子身穿女高中生的水手服,正端坐在桌前做功课。

"我回来了。"

村木打开房门,当纯子回头一看见他便一下子扑到了他的怀里。

"怎么了？……哦,是太寂寞了对吧?"

纯子就像见到了久违了的主人的猫儿一样,把脸贴在村木的胸前。她的这种撒娇方式既奔放又可爱,在已经习惯了兰子那份成熟稳重的村木看来,显得格外新鲜、有趣。

"哦,是太寂寞了呀。"

村木紧紧抱着她,一边亲吻,一边让她躺倒在被褥上。这一次,村木多少能比上一次冷静一些来观察纯子了。他发现纯子的身体发育得非常成熟,完全不像年仅十六岁的女孩儿。她的双乳以及腰部都已经具备了成熟女人的圆润,乳头也明显在男人的爱抚下得到了苏醒。她不是处女,从她那种对性行为毫不畏缩的态度中村木猜她至少已经有过不止一次的经验了。

但是与她身体的成熟度正反比,纯子的身体反应相当冷淡。

已经恢复了自信的村木充分发挥出他作为花花公子的看家本领,试着用各种技巧去挑逗,可纯子却根本不为所动。不仅如此,他越是努力越强烈地感觉到自己成了纯子的观察对象。虽然纯子把自己的一切都交给了他,任凭他自由驰骋,但是村木却根本体会不到把纯子掌握在手中的实际感受。结果这一次一直到最后他也没有得到掌握主动权时的征服、控制对方的快感。

以村木以往的经验来看,他觉得要随意控制住一个女人,最好的办法就是让她得到性行为的满足。只要让女人在这方面迷恋上自己,那么就可以使女人在很大程度上任凭自己摆布。但是在纯子身上,他的这一套似乎不太管用。就连他这自命为花花公子的人都要举手投降了。

但就此败下阵来又未免太有损于花花公子的声誉。而且他害怕照此下去，说不定什么时候纯子一不高兴就会离他而去了。

不管怎么说，通过前两次的经验，他已经可以确定纯子虽然不是处女，但也尚未心有所属，没有专情于任何一个男人。

"你和浦部先生之间怎么样？"

村木现在已经相当沉着，可以如此发问了。

"什么怎么样？"

纯子裸露的肩膀伸到被子外边，眼睛望着屋顶。

"你们不是有那层关系吗？"

"你觉得呢？"

"我觉得有。"

"那就当它有好了。"

村木从仰卧着的纯子侧面看到了满不在乎的神情，他感觉她那种神情中潜藏着不为某个男人或者某段感情所束缚的更为强韧的精神力量。

"我想抽支烟，你去拿过来吧。"

村木照她说的爬出被窝，取了烟和烟灰缸后又钻回到被窝里。

"在那之后，你见过我姐姐三次对吧？"

"三次？"

村木自己也点燃了一支香烟，默默地数了一下，的确是三次没错。

"是听你姐说的？"

"不是,我才不去问她。"

"那你怎么会知道？"

"凭感觉呀。"

纯子翻过身来趴着,磕掉烟灰。

"肯定是因为她回家晚的缘故吧？"

"和那个没什么关系。我姐除了和你约会的时候之外,有时候也会晚回来。而且我自己回家的时间也很晚。"

"那就怪了。"

"我凭味道就能知道。"

"味道？"

"对,就凭我姐身上的味道,我就能准确地知道你们是什么时候约会的。"

纯子得意地看了村木一眼,从口鼻中吐出一团烟雾。这种动作虽然属于更上了点年纪的女人,但是由纯子做来却是那么可爱。

"凭味道就能辨别出来,那不是跟小狗一样了？"

"对呀,我们就是像小狗一样的。"

"我们？"

"我们俩都知道对方做过什么事儿。我想今天晚上我姐也会感觉到我曾跟你睡过。"

"怎么可能？"

"是真的。上次的事儿她也知道。"

"喂,你说什么?"

村木不由得慌忙坐起身来。照此说来,岂不是只有自己还一直被蒙在鼓里吗? 真要是那样的话,一直装作若无其事的自己岂不是很滑稽。

"你是瞎说的吧?"

"我没瞎说。如果你认为我是在说谎的话,那你可以去问我姐呀。"

"那为什么阿兰还会继续和我交往?"

"是因为她喜欢你吧。还有就是因为她还没有合适的对象。"

"那太过分了。"

"但事实如此。"

"那你为什么和我……"

"你不明白?"

"不明白。"

"那你就过后好好琢磨琢磨吧。"

说着纯子转身仰卧着又吐出一个烟圈。村木看着她令人恨得咬牙但又爱不自禁的侧脸,心中暗暗发誓:"我早晚要让你身心都属于我。"

三

四月份,纯子升入了高中二年级。

和当初约好的一样,纯子每周六下午都会到村木家里来。

顾虑到与兰子的关系,村木无法直接打电话到纯子家里去跟她联系,因此,星期六便成了他和纯子见面的宝贵时间。

回家看到纯子在,他便会松口气。现在的纯子就像是养在家里的一只没有剪掉翅膀的小鸟。说不定什么时候就会一高兴飞走了。而一旦飞走了就不太容易找回来。不过现在无论它飞到哪里去,到了周六便会准时飞回来。

无论怎样,村木都坚信纯子每周肯定会飞回来一次。而实际上纯子也好像把周六定为和村木的见面日,只有这一天她会推掉所有的约会。这方面村木同样如此。只有周六他会拒绝和任何好友相约,下班后直接回家。从傍晚到深夜是他们不受任何人干扰,完全属于两个人所有的独处时间。

村木对这种每周一次可以得到保证独处时间的做法非常满意。因为这样的安排不会给他的工作以及他和其他女人们的交往带来太多限制。另外和纯子这位所有男人都感兴趣的女性每周都能保证接触,为所欲为,哪怕每周只有一次,村木也觉得自己应该满足了。何况他虽然喜欢纯了却并不想马上和她结婚。

只不过即使在这种方式的相处中,村木仍心存不安,总感觉自己没有能够完全抓住纯子的心。

从春到夏,他们虽然已经有过多次言语交流以及肢体纠缠,但村木仍然体会不到纯子确实已经把她的心交给了自己。而且不论他们发生过多少次关系,纯子的肉体都完全看不到热情的征兆。尽管她顺从地答应发生关系,而且事实上也的确不排斥,但仅此而已,却从来没有主动投入、沉溺其中过。虽然向男人开放肉体,但却不产生互动,仿佛任何时候都在冷静地观察着男人的反应。

最初,村木还以为那只是由于纯子的身体尚未成熟的缘故。他想这一定是因为纯子尚属年幼,感觉上处于朦胧阶段,肉体也尚有待进一步开发。只要自己耐心调教,她肯定会渐渐萌生快感,最后便会深陷其中不得自拔。到了那个时候,就算是纯子也不会再离开自己了。

但是纯子却彻底令他失望了。他觉得纯子的感官开发不是速度慢,而是完全开发不出来,抑或是她根本就拒绝产生快感。

无论是哪种情形,当村木初次接触纯子的时候,她就已经不是处女了。虽说不上经验丰富,但至少和谣传的那些男人们有过几次体验。而且她交往过的男人们当中还有像浦部那样的中年男人,这样算来,纯子的感官发育也未免太慢了点儿。

她到底是没有感觉呢,还是抗拒感觉呢?

如果现在下结论说纯子性冷淡那很简单。但如果真的是冷淡,那么造成这种情况的原因又何在呢?村木想知道的是这一点。而且他更想知道她是和自己在一起的时候冷淡,还是和其他男人在一起的时候也冷淡。如果只有和自己在一起的时候才会这样,那明显就属于自己失败。再这样下去的话,保不齐纯子又会飞到那个男人身边去了。

村木为此焦急万分,这一点虽然与浦部想和纯子结婚在形式上有所不同,但在想把纯子牢牢抓住这一点上却完全不无二致。他们之间的不同点就在于,浦部是想用婚姻这种形式拴住纯子,而村木则是想用肉体上的依恋拴住纯子,仅此而已。

村木的担心渐渐变为现实是在夏天结束后,秋天已经到来的十月份前后。

以前除了出外写生,每周六必到的纯子,开始时来时不来了。刚开始的时候还是半个月来一次,然后再延长到三个星期一次,过了年到二月份的时候,她竟整整一个月都没有露面。知道纯子在渐渐离自己而去,村木越发想见到她了。

他在街头巷尾也听到了一些传闻。有的说纯子和浦部又重归于好了,有的说她又有新的男朋友了,还有的说她企图自杀未遂了等等。

村木真想跟兰子打听一下事情的真伪,但面对着由于和纯子之间的关系而对他冷眉以对的兰子时,他却无论如何也问不出口。

现在如果真闹起来的话,那他这个花花公子可就将彻底身败名裂。因此村木压抑住自己想去追回纯子的心情,极力忍耐着。

到了三月末,兰子终于启程去东京了。两天以后,也就是在三月的最后一个星期六,纯子突然无声无息地出现在他的面前。

"你这段时间到哪里去了?"

纯子只是一声不吭地站着。

"你已经不再想来这里了,对吧?"

"我也不知道。"

说这话的时候，纯子的目光中已经失去了过去面对他时熠熠闪亮的光芒。村木这时已经明白自己不应该再与纯子有任何瓜葛了。从现在开始他已经变成了一味追逐着从他身边逃开去的纯子的角色，这对于以花花公子自喻、曾经在多名女人面前尽展魅力的村木而言，无疑是难以忍受的屈辱。

"如果你已经厌倦了的话就不必再来了。把钥匙放那儿走吧。"

村木故作镇静地对纯子说道。

男人最重要的就是该知道进退，他这时已经在这种想法中沉醉。只是这样装酷的手法，在纯子面前却完全失效。听到他的话以后，纯子低下头去想了一会儿，然后真的从大衣口袋里掏出钥匙，递到村木面前。

"对不起。"

那把钥匙上挂着一条红黄相间的彩色丝带，头儿上还挂着一个熊头形状的铃铛。看到这条钥匙链的那一刻，村木真的为即将失去纯子而感到惋惜。他甚至想请求纯子考虑再从头来过。但是心高气傲的村木，最后还是无法把这种话说出口。

"我最后只想再问你一个问题，你到底对我什么地方感到不满意？我到底什么地方令你讨厌了？"

"你没有什么令我讨厌的地方。"

"那你为什么要离开我？"

"本来就是嘛……"

纯子欲言又止。

"没关系,你说说看。"

"因为我姐已经不在这里了嘛。"

"你的意思是说,阿兰不在这里了,所以你就要和我分手?"

纯子使劲儿点了点头,然后说了声"再见",便突然转身从门口跑到大街上去了。

村木看着纯子远处的背影,想起自己和纯子交往至今正好一年,不禁感慨万分,只觉得命运弄人。

新的一年到来了,村木极力回避不去想纯子。偶尔在酒吧或者大街上遇到时,他也尽量将视线移开,装出对她漠不关心的样子。他这样做可以说是一个被少女一时兴起当作谈恋爱的对象而迷失了自我的男人最大限度的报复行为。而他也的确是通过把注意力转移到工作以及新的女人身上去的办法,才勉强做到了无视纯子的存在。

一月初,村木利用倒休过来的一个星期假回了趟东京,当他返回札幌的时候已经一月十六日了。

三天后的早晨,村木刷牙的时候不经意地看了一眼窗外,窗户玻璃上因为寒气未消还结着冰花,但是他还是在冰花的花纹中间位置上看到了一抹红色。

他觉得有些奇怪,便走近窗边,用手指抹了抹冰凉的窗玻璃表面。冰花消融后,他从那小小的空间看到的竟然是一朵红色的康乃馨。

村木嘴里叼着牙刷就跑了出去。那朵康乃馨的红色花瓣儿上挂着昨夜刚下过的新雪，轻轻朝他窗户这边耷拉着脑袋，显示着它是昨天夜里被插到这里来的。

从那天开始，村木一直都在寻找纯子，可是却没有人知道她的消息。

纯子的遗体是在四月十三日被发现的。自那时起已经过去了三个月的时间。在 H 报上用三行图文刊载了一张纯子的照片以及"纯子小姐的遗体被发现"的消息，同时报道说，她在钏路最后见到的一个人就是她的爱人殿村知之。

不过看到这则报道的时候，村木的心情是平静的。

虽说纯子最后是在钏路见了殿村一面，但那不过只是说明纯子死时偏巧她的恋人是殿村而已。正如纯子到最后也没有把她的心交给自己一样，她并不只属于殿村一个人。纯子内心虽然也希望有人能紧紧抓住她的心，但结果到最后她还是无法真正心属任何一个人。

但话又说回来，当她魂归西天的时候，她那身穿红色大衣埋在雪中的情景不恰似那天早晨插在雪中的红色康乃馨吗？

在临死前的那一瞬间，纯子肯定又想起了插在小雪山上的红色康乃馨。在阿寒湖畔白茫茫一片的静寂中，纯子睡梦中肯定又想起了自己。事情已经过去了二十年，直到现在，村木仍然对此坚信不疑。

一

当我在见过浦部先生两个月后再次回到札幌的时候,我见到在札幌的教会医院里担任内科主任的千田义明先生。

时间正值六月中旬,北海道神宫的祭祀节刚过,紫丁香花开满了札幌市街头。

我到札幌去是为了参加札幌广播局主办的一场座谈会。而我此行的真正目的却是想借此机会直接见千田先生一面,听他亲口谈谈他对时任纯了的印象。

在这里必须说明的一点就是,千田先生是纯子上高二那年冬天第二次企图自杀未遂被送到医院时的主治医生,从那以后,纯子应该跟千田先生商量过各种各样的问题。

当时千田先生三十四岁,刚从大学附属医院调到教会医院的内科不久,作为医生队伍中的中坚力量,正值意气风发的大好时光。二十年过后,他现在已经成为这家医院的内科主任,在他擅长的消化系统疾病的治疗方面也已经成为全国知名的医疗权威。

我在札幌的时候通过前辈多少也知道一些他的情况。所以找他了解情况也就比较方便。

当他在电话里听说我要跟他了解一些时任纯子的情况时,他用充满怀念的语气说道:"啊,您说的是那个阿纯吧?"

我明知自己的要求不近人情,但还是直截了当地说:"我只能在札幌停留两天,希望能在今天或者明天见您一面。"

千田先生稍微考虑了一下便答应我说:"那您就今天晚上来吧!"

千田先生的家位于札幌老住宅区山鼻附近环境幽静的一隅。我去的时候他正在洗澡,但很快便穿着和服走出来接待了我。以前那位白净的青年医师现在已经年过五旬,鬓角也已经变得花白。戴着眼镜、五官端正的容貌经过岁月的洗礼越发显得沉稳、成熟。

我首先对自己久未联系向他表示歉意,然后简单地报告了一下自己的近况后便直接切入主题,对他说:"能否请教您一些有关时任纯子自杀未遂前后的情况?"

千田先生使劲儿点了一下头说:"当然,我会尽我所知据实相告。不过与其听我讲那些不太确定的情况,不如给你看一样东西。"

他说着站起身来,走出客厅,几分钟后才由里边的房间重又走了出来。

"刚才我回来以后就到处找,最后从抽屉的最底下找到了这个东西。"

千田先生手里拿着一叠纸片以及画在笔记本大小的画布上的绘画作品。那幅画上画的也许是心象风景,仿佛在蓝底上白色的花瓣儿突然绽放出来一样,色彩重叠相当鲜明。

"我记得信应该不止这些,但现在能够找到的只有这几封了。"

"可以让我看看吗?"

"当然,请吧。"

千田先生坐到我对面的沙发上,他夫人端着茶和点心进来,放到我们之间的茶几上。等她走出去之后,我便拿起那些信看起来。

最上面的一封信带着信封,上面的"札幌教会医院内科千田先生"这几个字相当潦草,字体偏圆,一看便知是纯子用钢笔写的。信封用的是很不讲究的单层纸信封,经过二十年的岁月,信封已经变黄了,信封后面还注有"三月五日"的字样。

信是写在从街上卖的日记本上剪下来的纸片上的。做事认真、仔细的千田先生把信封和信纸用订书机订在一起保管。

"三月五日是她企图自杀后的第几天?"

"阿纯自杀未遂应该是在二月中旬,所以这封信应该是在她刚出院以后马上寄来的。"

我点了点头,重新将目光放到那张纸上。

三月五日

令人感觉空间无限的白色墙壁——

当我突然间回过神来的时候，听到一个陌生的声音在说："肺部没什么大问题，不必担心。"同时感觉到听诊器的触感——

令人深感不安的气氛。

我躺在那里。

啊！一定是我企图吃安眠药自杀失败了。意识到这一点，我觉得好像血液突然一下子开始倒流了。

我就知道也许会发生这种情况。虽然神志还不清楚，我还是在被子里用手悄悄摸了摸预先缝在睡衣袖子里的安眠药。

它还在！太好了。一旦有机会我再……这样想着的时候，我的头疼得就像要裂开了似的。

很快的，我便自然地再次回到沉沉的睡眠之中去了。

夜晚走了，清晨来临，好像日月星辰已经交替了好几次。

然后清晨再次来临。

一个身穿白衣服的人站在那里。

"你还记得自己吃了什么吗？为什么要吃呢？"

那声音中饱含暖意，那面孔上洋溢着微笑。虽然我也知道他总是充满柔情地跟我说话，但我的心却装满了冷冷的抗拒。

"因为我睡不着觉。"

我尽最大可能表面上装出一副柔顺的样子，内心深处却交织着对自己的以及对他人的憎恶与怨恨。

我又活过来了。为什么要救我？怎么能去救想自杀的人呢？

无以言表的憎恨之情在胸中跌宕起伏。我不禁想起菊池宽在那部小说中对自杀者心理的深入细致的描述。

反正没几天好活了。

为了达到目的，一定要小心谨慎，尽可能不去引起周围人的警觉。可能极度用心取得了收效吧，我听到护士们都在窃窃私语：

"那个幸存下来的女孩儿真是与众不同。她现在情绪好多了，常常面带微笑了……"

我心中想着的只有一件事，那就是我终于快要等到机会了。

空虚、绝望、无聊、无趣，在这种种感觉交织重叠在一起的压抑气氛中，想到如果吃超量的安眠药能死的话，那就死好了。这种想法是我在绝望的深渊里看到的一线希望。

不过也许死不成。管它呢，到时候再说吧。

无论是死是活，这样做肯定能把我从一时的空虚、无奈中解救出来。

我经常会站在岔路口迷失前进的方向。不知道自己到底是为了达到什么目的、该朝着哪个方向前行才好。

在这种时候给予我勇气，让我做出决定的唯有在找到命运中的可能性的时候。如果说用命运这个词不恰当的话，那么说是给我指引方向的机会也行。

反正在我丧失掉操纵自我意志的意愿的情况下，除了譬如投个铜钱决定反正面，或者抛下一本书，以翻开的页数来决定向左或向右以外，别无他法。

这是留给我的唯一的希望，唯一能够找到方向的源泉。

我相信，如果吃安眠药能够令我死去的话——那对于我来说也是一种解脱。而如果能够重生，则可一切重新来过。对于这两种道路的同等程度的渴求，亦是同等程度的绝望同时向我袭来，将我挤进了死胡同。

我从空虚、绝望中醒来。

而在我周围依旧只有对自我的憎恶，既没有希望也没有新纪元。

我为自己心中的无限空虚、无限失望所包围，刚醒来的时候曾考虑过再次寻死，可是随着时间的流逝，我便连这样做的气力都没有了。

我意识到自己不得不把剩下来的那些安眠药扔掉。

那种正中央刻有一条线的大药片令我心中充满了不舍。

一颗又一颗，药片在纷纷飘落的雪中溶化消失了。

包药用的锡纸在风中打着转儿，飘落到隔壁窗下，久久吸引住我的视线。

三、五、二

读到这里我抬起头来。"三、五、二"指的就是三月五日午夜两点吧。

为了不打扰我看信，千田先生一直默默抽着烟。我喝了一口茶后问道：

"她吃药后被送到医院的时候是几点钟？"

"我记得应该是半夜三点钟前后吧。当时正好是我值夜班。"

"被送进来的时候，她已经失去知觉了吗？"

"是啊，我当时真的非常吃惊。到治疗室去一看，她的相貌还只是个孩子嘛。虽然她那个时候实际上已经十七岁了。她那时当然已经没有知觉了，拍她的脸蛋儿都没有反应，眼睛也紧闭着。"

"然后您就立刻做了应急处理，对吗？"

"她呼吸虽然微弱，但心音还很清晰，所以就赶紧把她扶起来洗了胃。"

"她服用了多少剂量的药？"

"据她家里人说差不多吃了有二十片，但洗胃的时候洗出来了一块大概有十片粘在一起的药块儿。药在胃里尚未完全溶化便被送了进来实属万幸，要是再晚点儿就真的不知道会是什么结果了。"

千田先生像是在回忆当时的情景，眼镜后面的目光投向远方。

"当时像这种安眠药随便就可以买得到吗？"

"那个时候没有任何限制。战后初期这种药曾经流行过一阵子。高效安眠药只是商品名称，其基本成分是环己烯巴比妥，被当作镇定催眠药物出售的。一般情况下每次服用两片，但如果长期服用会形成习惯性，服用量也就会随之而增加。因为服用这种药后在进入睡眠状态之前会产生精神恍惚的感觉，很多人便是因此而中毒的。太宰治不就是用这种药自杀的吗？"

"我也记得那件事。"

"真是种可怕的药物。当然现在没有医生处方是绝对买不到的。"

"她属于这种药物中毒吗？"

"好像睡不着觉的时候会偶尔服用，但还不到中毒的程度。那个时期这种药在艺术家当中非常流行。阿纯恐怕也是学着他们的样儿，偶尔服用一两次吧。"

我当时可是做梦也没想到纯子会时而服用这样的药物。

"如果她不属于中毒的话，那么她那个时候完全就是为了寻死才服的药喽？"

"我认为是这样。只不过她吃下去的量只有二十片左右。"

"是这样啊。"

"高效安眠药造成急性中毒的情况是服用量超过极限量，麻痹运动中枢、呼吸中枢，数小时内便可死亡。而阿纯当时的情况是麻痹程度还没有那么严重。"

"一般情况下的致死量是多少片？"

"如果是成年人的话，应该是三十片左右吧。"

"那也就是说，即便她吞下去的药全部溶化了也不会死吗？"

"我也问过她到底吃了多少片，可她回答说她自己也不大清楚。总之，从她的情况看麻痹程度属于中等水平，大概一直昏睡了有一整天吧。不过清醒以后往往会发生支气管炎等并发症，恢复起来比较花时间，她当时应该也是住了有半个月院呢。"

实际上，我是在很长时间之后才知道纯子自杀未遂这件事的。

纯子为此住院的那段时期,我还一直单纯地以为是因为她吐血了才需要休养呢。

我为自己当时感觉竟然如此迟钝而深感无奈,接着又拿起另一封信来看。这封信的信封和前一封的一样,信纸用的则是日记本上裁下来的纸片,以换行较多的形式书写而成。

千田先生为了不打扰我,再次默默抽起烟来。

三月八日

我感觉自己今天晚上不知为什么一直处于头脑混乱兴奋状态中,似乎情感化的力量超出了控制能力。我非常害怕自己陷入这种情绪当中,尤其是我明知道这种时候写出给别人看的文字很危险,但还是着了魔似的写着。

我不写不行,不过到最后可能还是什么都写不出来。

过去就是在这种思绪下我做过一件无可挽回的错事,那件事我至今仍记忆犹新。我还记得那件事情的结果就是令我伤心地领悟到,世人是无法接受"太过真实的事实"的。

我现在这样写些啰唆的话,也可以说是我为了防止自己内心深处潜藏着的难以抑制住的某种东西流露出来而筑的堤防吧——

简单明了地说,那就是——

"我想大声说出真相。但是冷静下来之后,我肯定会惊恐万状。"

这也许就是真相之外的另一种真相吧……

"正如任何作品如果失去协调便无法作为艺术者当中的一员一样。我心中的压抑要一天不解除,恐怕我就会多次反复同样的错误。"

我自己对自己这样说——

今天看到先生在夕阳下往家走时的背影,我莫名地感到美慕不已。好像看到了先生身上以前我所不知道的另一面一样。

和左田先生家的阿姨漫无目的地走在漆黑一片的夜路上,我忽然产生一种奇妙的哀愁,特别想能够有个人可以依靠。

完全没想到当我试着在这位虽然上了年纪却仍然带有些幼稚感的阿姨面前说出真心话之后,我能够获得如此无以言喻的感动。

冷静思考我现在的生活,就仿佛在广阔无垠的蓝色海洋里跟着一叶轻舟向前游泳一样。游着游着就产生了想要离开这只小舟漫无目的地尽力游远开去的冲动,然后感到害怕时才想到要回来。

如果能发生一场战争,或者落下一颗炸弹什么的,令整个世界以及我的希望都破坏殆尽的话——

我一方面希望自己朝着自己的理想发展,但同时内心深处也潜藏着这种愿望。

理论上堂而皇之地否定战争,可感觉上又希望发生战争,这简直是——

这种矛盾的心理深植我心,令我不知何去何从。

三、八

看完第二封信后,我对千田先生说:"看样子给您写信似乎是她的一种乐趣,同时也是她精神上的支撑啊。"

"事实是否如此我不知道。不过她倒是到我们家来过几次。"

说着他转过头去问正好进来为我们添茶的夫人:"你还记得她来过几次吗?"

夫人回答说:"大概有四次吧。"

"她来这里有什么事儿吗?"

"并没有什么特别的事情和理由,只是随兴而来,说会儿话就走。"

"也许因为您是医生,她才可以放心地向您吐露心声吧。"

千田先生点点头说:"的确可能有这种因素。"

接着我又拿起另一封信看起来。

三月九日

冬天不会无限期地延续下去。

悄然占据我心中一角的不可言喻的喜悦彻底改变了我的性格。

"按照刹那间的冲动行事就好。"

我对自己如是说。

"只要有这刹那间的喜悦,就不怕随后而来的任何事情了。"

波德莱尔的这句话在我心中产生了共鸣,而我开始极力回避瞬间的冲动,为了给时间以最大限度的能量而努力奋斗起来。

足以把涌起的冲动掩藏起来的喜悦,根深蒂固地潜藏在我的内心深处。

然后终于有一天迎来新纪元。

完全没有逻辑。

只是随心所欲写了上述这些文字而已。

三、九、二

除了上述这几封信外,还有另外一封信也是用从日记本上剪下来的纸片写的。

前面三封信都是从竖格两段式的日记本上剪下来的,而这一封却是用的横格纸,上半部印有若山牧水的短歌以及芭蕉的俳句等应季的诗歌。在这样的纸片上,纯子依然采取竖写的形式,而且页码也不是1、2这样的罗马数字,而是用的 A、B、C 来表示的,前边也没有标注日期。

我写这封信代替日记。

多么压抑的氛围啊!

学校——没想到竟是这种充满了消毒水味道的地方。

书桌周围、教室内外,我行走的所有通道以及同学们的容貌、态度,甚至老师的面庞都充满了消毒水的味道。

渴望获得刺激的同学以扭曲的心态批评我说:

"咦? 你还活着呢?"

他们肯定知道！所有的人都肯定知道了我的事情。

这个人到底知不知道呢？还有这个人呢？

一直怀着惴惴不安的心情不断揣度着他人的内心，我简直想朝着如此可悲的自己吐口水。

我试着小声鼓励自己走自己的路。

但这句常用的话语此刻却显得如此空虚。

"要说起来，你是有前科的。"X 的这句话所挑起的愤恨的火花在我面前旋转跳跃，胸中的伤痛也如万马奔腾般四处乱窜。

但我却无力回击，只能一笑而过。

悲伤、压抑，但却无法哭泣。

过去受到别人的欺负后，还能忍住满眼泪水仰望长空，吟诵那首诗："你就等着瞧吧！……"

可是不知何故，现在却无法说出口。

"艺术不过是单纯的排泄行为而已，为什么要那么看重它，并且为它不惜生命呢？"

这是一位叫 A 的平凡教师说过的话。而他竟然还曾经立志过要当小说家。这实在令人惊讶不已。

尽管如此，他还活着。哪怕否定掉所有希望和欲望，他依然活在世上。

而我却对他的世界感到无穷魅力，同时也对禁不住诱惑的自己感到不安和惶恐。

妥协、败北，犹如恶魔的诱惑向我袭来。

展览会迫近了。

已经只剩最后一个月时间了,而那三张画板却依然被我扔在画室的一个角落里。

报上宣称我是今年的希望新星,可为何在我跃跃欲试的内心深处却又感到令人悲哀的矛盾呢?

"我不是为了吹给别人听,我只为我自己吹奏。"一位吹笛子的少年所说的话在我心中回荡,令我黯然神伤。

在我的现实世界里,这种单纯、简单的理由是行不通的。我得不到这种自由。

时间在无情地流逝。

我却只能眼睁睁地看着,无计可施。

在学校上完课后,我便会如同死去了似的睡上半天,整个人都有气无力。

也许我已经不行了。

心中尚存的创作欲望已经被周围的人和事蚕食一空。

或许可以用大麻——仿佛已经忘却了对此类东西的抗拒——我的心头甚至忽然会浮现出这种念头。

这肯定也是恶魔对我的蛊惑。

一九五一、三、十二

我看完这封信后，把它放到茶几上。信一共就这四封，另外还有一张明信片。那是一张左上角盖邮戳的地方印有红色风筝和一九五二年字样的带抽奖号码的贺年片。只有这张贺年片不是寄到医院，而是直接寄到千田先生家里来的。

翻过来一看，上部四分之一的地方用钢笔画着由女人身体和鱼眼组合而成的超现实派图形，那下面正中心位置处写着"谨贺新年"的字样，然后在左右空白处还写着下面这样的话。

希望像杂草那样生长，顽强地立足于坚实的大地之上。可为什么又像那神话中受到致命伤的树叶一样，伤痕会时时作痛——

等我看完，千田先生放下交叉于胸前的双臂，专注地看着我。

"这些东西能起到一些参考作用吗？"

"承蒙您的大力协助，我弄明白了一些以前不了解的情况。"

"过去这么长时间了。现在重读这些信，也使我再次回忆起当时的情景。"

千田先生一边说着，一边充满怀念之情地看着那几封信。

"看起来，她的确也有过很多不为人知的烦恼啊。"

"是啊，因为她非常敏感。"

我点头表示赞同他的说法。不过说心里话，我并不相信她在信中写的这些，就是引导纯子走向死亡过程中的全部理由。

"这些信上署的日期都是三月份，也就是说她给您寄的信都是集中在这个时期的……"

"是啊,除了这几封之外,可能还有两三封,但几乎也都是同一时期寄过来的。"

"这倒真有点儿奇怪。"

"阿纯的性格就是具有这种善变的特点,来了兴致写多少都行,没情绪的时候就一个字都不写了。"

千田先生说着,微微笑了笑。

"我还有一个问题想请教您。"

"什么问题?"

"她在这次自杀未遂之前,应该还有过一次想自杀的经历,对吧?应该是在她上女中二年级的时候,她在理科试验室喝下了用来做实验的升汞水,对吧?"

"嗯……"

"您知道她那个时候想自杀的原因吗?"

"关于这个问题,我最初在写病历的时候曾经问过她,她当时什么都没说。可是后来在快要出院的时候,阿纯主动告诉我了。"

"是为了什么?"

"好像是阿纯上女中的时候,教他们的理科老师当中有一位很帅的老师,叫什么名字我忘了。阿纯对那位老师非常有好感。可是那位老师却似乎喜欢上了另一个比阿纯高一年级的相当漂亮的女孩子。她叫什么名字我也没记住。所以阿纯报名上了生物班,晚上好像还跑到海里去游泳什么的。"

"晚上游泳是什么意思？"

"那个生物班每年夏天都会安排两天时间到小樽附近的忍路临海实验场,去观察海洋生物,进行简单的实验操作等等。在那里住宿的那天晚上,阿纯身着游泳衣跑到海里游泳去了。"

"她为什么要那样做？"

"她是想用这种方式让那位老师替她担心,想引起老师对她的注意吧。"

"啊……"

我不由得惊呼出声。要说起来,这种做法的确很像纯子的做事风格。

"可结果是那位老师的确很为她担心,但最关键的,想要引起老师对她的注意的目的却似乎并未达到。"

"原来如此。"

"而且在她们那个生物班里,好像还有另外一个对那位老师有好感的美女。"

"就是说,她之所以那么做也是为了向那个人示威,对吗？"

"也许是吧,总之,她因为那一次没有达到目的,所以后来就喝了升汞水。"

"是在理科实验室里喝的吗？"

"应该是吧。"

她做的事情太可怕了。我不禁为纯子的胆大妄为而感到震惊。

"那她第二次自杀的原因又是什么呢？"

"这我就不大清楚了。我问过她,不过她没有明确说,后来她给我写这些信,可能就是想以这种形式回答我的问题吧。"

"那么看起来,接下来也就只能靠推测了。"

我将目光再次转回到茶几上的那摞信上,放在最上面的就是那张写着"谨贺新年"的贺年片。

可为什么又像那神话中受到致命伤的树叶一样,伤痕会时时作痛——

"她所说的伤痕是什么意思呢?"

"什么意思?"

"她说的应该是亚当和夏娃的那则神话吧?"

"应该是吧。"

千田先生轻声说着,好像突然间有了新的发现似的又拿起那张贺年片来看。

提到神话中的树叶,我们自然会联想到亚当和夏娃的故事,或许除此之外还有其他涉及树叶的神话,不过我不知道,千田先生也不知道。也许纯子写这句话的时候想到的是其他什么神话,但既然在信上表述自己的心情,肯定还是希望对方也能够了解所涉及的内容才对。基于这种前提的话,还是亚当和夏娃的故事比较普遍。

"她所说的树叶的伤痕会痛,是不是指的那里呀?"

"或许吧。"

面对我提出的问题,千田先生露出些许困惑的表情,点了点头。

要说到树叶的伤痕指的自然就是身体的那个部位。不过我并不是如此简单地去理解这句话的。她在此处用这句话,恐怕指的还是男女之间的爱。

纯子本来就是这种女人,喜欢用些让对方吓一跳的、带有暗示意味的话语。

"既然她说'希望像杂草那样生长,顽强地立足于坚实的大地之上。可为什么又像那神话中受到致命伤的树叶一样,伤痕会时时作痛——',那么也就是说她本来想像杂草那样顽强地生活下去,可是当过去的爱情伤疤绞痛起来时,她又会不由自主地再次崩溃吗?"

"在她自杀未遂被救过来以后,我曾经劝她说以后再也不能做这种傻事了,要考虑如何脚踏实地活下去才行。当然我是基于一个医生及一个年长者的身份说这些话的。所以她的这段话说不定就是她经过思考后给我的答复吧。"

"那她的意思就是说,她虽然理解您的意见,自己却做不到了吧。"

"说实在话,我并不认为阿纯会按照我对她的说教老老实实做人。既然她年纪轻轻的便投身于艺术世界中去了,一直自由奔放地生活过来了,那么无论别人再怎么说,她的性格都不可能那么轻易地收敛起来。而且实际上,如果她真的变成了沉稳、冷静的性格的话,那么她的魅力也就荡然无存了。"

"那倒也是。不过她能够像这样对您坦率直言,恐怕当时她身边的确存在着各种各样的问题。"

"看过那些信便可以了解到,阿纯当时是处在一种焦躁不安、情绪极其不稳定的状态中的。"

"我看过这些信才知道,她实际上因为自己画不出画来曾经相当苦恼。"

"就是。一开始就被大张旗鼓地捧为天才少女画家、画坛最有希望的新星什么的,在那之后又一直受到瞩目,人们都期待她能拿出更好的作品来。这对于年轻而且绘画技术尚不稳定的她来说,肯定是种相当沉重的精神负担。"

"浦部先生也稍微提到过这个问题。"

"她身体复原后,我们在一起谈了很多。那时我就感到阿纯对于绘画工作相当焦虑。"

"不过我还是觉得把她第二次企图自杀的原因归结为画不出画来好像还缺点儿什么。"

"是啊。所谓画不出来也不过就是绘画工作的进展程度不像预想中那么顺利而已,这和五六十岁的画家才思枯竭的情况又大不相同。"

"她一会儿说学校里充满了消毒水的味道,头脑混乱理不出头绪来,一会儿又说还不如掉下颗炸弹好。总之,通过这些信可以看出她对任何事情都感到厌烦、排斥的心理。刚才您也说过,她的情绪不稳定,那您认为她出现这种心理问题的根源到底会在哪里呢?"

"情绪不稳定是青春期少女的共同特点,应该说是极普遍的倾向性问题。但在阿纯身上,这种情绪上的摇摆太强烈了。我认为她的情绪变化程度已经远远超出了正常范围。"

"那是属于先天的,也就是性格上的问题呢,还是后天造成的呢?"

"人长到一定年龄后,性格很难再分辨得出哪些因素属于先天的,哪些因素是后天造成的。因此现在一般认为,人的性格本来就包括这两方面的因素。这个问题我们暂且不论,单就阿纯的情况来看,她的性格中也包含有与生俱来的相当感情化的成分,而且极容易热衷于某些事情。另外她天生就对颜色以及形状等具有相当敏锐的感觉。"

"所以她才极其热衷于绘画的,对吗?"

"她在病房的床头上用小刀刻过一幅画,是蛇和女人的画。她在刻的时候一直低着头,专心致志的,连吃饭都忘了。因为她刻得太好了,我和护士糊里糊涂的都看着迷了,竟然忘了应该去制止她、批评她。"

的确,她在学校里的时候也做过同样的事情。我就记得她在教室里自己的课桌上刻过一幅玫瑰和野兽纠缠在一起的画。

"她在做那些事情的时候,的确非常全神贯注。不过您可能不知道,她曾和相当多的男性谈过恋爱,而且还是在相当长的时间里……"

"你想说的是,她性情不定、用情不专吧?"

"对,是这样。"

我本人就是她无法确定的恋爱对象之一。可能碍于这层关系,我无法就那么简单地相信她的性格是属于热情、专注的类型。

"我倒不认为谈恋爱的对象多就是用情不专。我觉得阿纯对每一个对象都是相当投入的。只不过持续的时间不长而已。"

　　"可是如果她真的对恋情很投入、很专注的话,她谈恋爱的对象就不会换得那么快才对。这次有机会见到与她有关的各种人,我才知道她曾经甚至在同一时期和多位男士交往过。"

　　"要说到这一点,我觉得阿纯并没有真正在谈恋爱,而是在憧憬恋情,或者说她是在渴望恋情或许更贴切。当恋爱之初,阿纯肯定是爱对方的,并且在那一瞬间是全神贯注的,这点不会错。但她全心投入只在那一刹那,无法持久。很快她便会像看透一切似的不再满足而变得意兴阑珊。在这层意义上讲,我的说法可能有些造作,但或许可以说,阿纯就是永远的爱情上的波西米亚人(自由奔放的艺术家)。"

　　"您是说她原本打算全心投入,但很快便不再满足了?那么这种转变又是因为什么呢?"

　　"说到底,还是她没碰上自己真正喜欢的人吧。"

　　"可是有那么多位男人围绕在她的身边,而且她也和其中的好几个人都有过肉体关系呀。像她这样频繁交友,怎么可能说她没有碰上真正喜欢的人呢?"

　　"这仅只是我和阿纯聊天时偶然产生的一种感觉而已。我觉得阿纯在爱情方面有点儿不同一般。"

　　"您是说她不同一般?"

　　"对……"

千田先生欲言又止,似乎有点难以启齿,他从和服袖子里掏出香烟点燃。我一直等他吸了一口烟之后,才接着发问。

"您是指在性交方面的问题吗?"

"从广义上讲,当然也包括那个方面……如您所说的那样,阿纯与各种各样的男人谈过恋爱。但我觉得除了这些之外,她心中还有另外一种形式的爱情才对。"

"另外一种形式的爱情?"

"是啊。"

我不明白他所说的话到底是什么意思。

千田先生盯着烟头儿看,好像又再次审视了一下自己的想法后才又重新开口说话。

"不是单纯与异性,或者外人之间的关系……"

"那就是与她更亲近的人之间?……"

"要问我具体是一种什么情况,我也无法做出回答。总之,我无法摆脱这种感觉,总觉得阿纯似乎还懂得一些不同于所谓男女之间的普通爱情的另外一种感情。她和传闻中的那些男人之间的爱情当然也是爱情,但那就如同幼鸟出巢觅食后必定再回巢一样,她和那些男人们之间的爱就相当于一时兴起出巢觅食这种动作,而实际上说不定对于她来讲,更重要的爱一直就在她身边。我就是有这种感觉。"

如果千田先生的想法是正确的,那么我本身也不过就是纯子一时兴起出来觅食时偶然在巢穴周围捉到的一只小虫子而已。

"您是说她与浦部先生以及最后她到钏路去探访过的殿村等男

人之间的关系也都属于此类性质吗？"

"我不了解他们与阿纯之间到底是哪种程度的交往关系。"

"当然与他们之间都有过肉体关系。"

"可是我觉得，肉体关系对于阿纯来讲，好像并不是那么重要的问题。阿纯并不是因为喜欢对方才交出自己的身体的。你不觉得交出自己的身体是为了尝试看看自己是否能够通过这种方式变得更加投入吗？"

"原来是这样啊。"

我想起浦部先生曾说过的话，接吻的时候纯子也是睁着眼睛的。如果在与那些男人们的关系之外，纯子确实还有另一个掩藏起来的爱的话，那么她的这种冷淡的态度便比较容易理解了。

"现在我所说的都是我单方面的想象而已，您大可不必介意。我只不过觉得如此考虑比较容易解释为什么阿纯无法长期热衷于和其他男人之间的关系罢了。"

千田夫人进来为我们重新添了茶。这里虽然离市中心很近，只不过拐进一个小胡同里，周围便如此宁静。看起来札幌虽然也是大城市了，但却还保留了一些寂静祥和的地方。

"如果是像您刚才所说的那样，那么也就是说，她的爱有点儿异常喽。"

"是啊。"

"十五岁就和男人发生了关系，而且还和好几个男人交往，这种状态本身就已经够不正常了。暂且不考虑这些，单就她的男女关系属于这种状态却又无法投入这一点来看，也应该属于异常吧？"

"应该可以这么说吧。"

"那么令她产生这种异常心理的原因会是什么呢？"

"这我可就不知道了……"

千田先生喝了一口茶后，将目光投向天棚。要去探求这一问题的答案，对于他这样一名优秀的内科医生来说，恐怕也有些勉为其难。

"如果把她热衷艺术当作解释，那未免有些太冠冕堂皇，很难让人信服。但要说到她的另一种爱，却又了解不到实情……"

"当然这也是一种想象，或许阿纯年纪轻轻的便经历了太多的事情，而她对这些事情又无法完全消化掉吧。"

"也就是说她因为一下子经历的太多才会这样的吗？"

"越是年轻，越是敏感的人，当她知道的太多，所受到的心理创伤也就会越严重。"

的确，当我还在为初吻而感到震惊、激动不已时，时任纯子已经和数名男人发生过关系，而且已经误入了艺术这条迷途，尝尽了被媒体好奇的目光追逐的苦涩。这对于一个高中女孩子来说，无论她怎么早熟，肯定都会是一种相当大的精神负担。

"我认为女性的爱往往会在很大程度上被初次体验所左右。"

听千田先生这么说，我又想起了浦部先生说过的话。他说他不是纯子的第一个男人。要算起来，在和浦部先生认识之前，纯子还是个十四岁的少女。那个时候，纯子真的就有过性体验了吗？

"有人说,她的第一个男人就是浦部先生。"

"我对她的了解并没有那么细。只是在爱情方面,我觉得阿纯是个很可怜的女性。"

"可怜?"

"十五六岁就开始谈恋爱,即使奉献出自己的肉体仍无法获得满足。如果她心里充满这种空虚感的话,那还是值得同情的。"

"您是说她的身体无法跟着感情走?"

"倒不是这个意思。作为医生,我看过好几次阿纯的身体。"

"她的身体怎么样?"

这个话题又挑起了我的兴趣。

"说实在的。第一次看到的时候,我非常吃惊,简直无法相信她只是个十七岁的女孩子。她的相貌还显得很孩子气,但是乳房和腰部却已经发育得跟成年人一样了。"

"一眼就能看出她不是处女?"

"没错。"

千田先生重新点燃一支烟。我看着他那端正的侧脸,不由得想故意问他一个尴尬的问题。

"请恕我无礼,您和她之间有没有过……"

面对我的问题,千田先生慢慢摇了摇头。

"这么说可能不太合适,您和她有没有过亲密的关系呢?"

我以为他会不高兴,但千田先生却意外地表现出非常坦然的态度。

"都已经是过去的事了,所以我可以坦白地说,我的确也为她所动过。即使已经知道她不是处女,但对于一个三十过半的男人来说,面对十七岁女孩儿那充满弹性的肉体,不可能没有诱惑力。当然在医院里有很多年轻可爱的女性,但却没人像阿纯那样说话有趣、思路敏捷的。我想阿纯可能也明白我的这种心情。也许她就是故意想让我这个装得什么都懂似的中年医生为难,所以在她出院以后还经常往医院打电话,甚至干脆到我办公室里来。而且她来的时候也没什么特别的话要说,只是不言不语地坐在我旁边,然后突然想起了什么似的跑去帮我沏杯茶什么的。这些信就是那个时候寄给我的。"

"那最后呢?"

"嗯,明确讲,我和她只是接过吻,而且只有一次。那天晚上我正在办公室整理文献。她偷偷跑了进来,对我说:'吻我吧!'我吓了一跳,问她怎么了,她却只是用命令的口吻说让我吻她。"

这种做法也的确是纯子的风格。

"然后呢?就只是这样?"

"很遗憾,就是这样。如果我当时进一步想要的话,或许阿纯会答应我。但一方面那是在医院里,再加上我这个人胆小,就算感兴趣也还懂得适可而止。而且我和她接吻的时候已经感觉到,阿纯要求我和她接吻的理由并不是想追求和我之间的爱情,或者肉体上的愉悦,她好像只是想通过接吻忘掉此时此刻。"

"也就是说,她并不是真的爱上了您?"

"当她要求我吻她的那一刻也许她真的以为是爱上了我吧。但我觉得她实际上却似乎在为内心深处的荒凉而感到焦虑,是处在躁动不安的心理状态下的。"

"您和她接吻的时候感觉到的?"

"是啊,要说起来这也只是一种直觉。"

"可只是这样不是太可惜了吗?"

"一般来讲是这样吧。不过这倒也不是自我安慰。事实上我当时就觉得,与其和阿纯相爱,不如保持这种亲密的关系更为妥当些。"

"这的确是聪明的选择。"

"是吗?"

"当然。我已经见过几位和她相爱过的男士了,大家都或多或少因为和她相爱而受到了心灵上的创伤。"

"如果我当时不是站在医生的角度去面对她的话,说不定也会落得和大家一样的下场吧。"

确实如此,如果他们之间的关系真的发生了那种变化的话,那么纯子到后来就只会把他当作男人来对待,就不会再把他看作是医生了。说不定也会先将他吸引到自己身边,最后再残酷地抛弃掉。

"问您这种奇怪的问题,实在不好意思。"

"没什么,事情已经过去二十年了。就算是杀人案件,过二十年也到期限无法追究了。"

千田先生毫不介意地笑了。作为内科医生,像千田先生这样不计较的人也真少见。

"提到她的身体,我又想起来一个问题。她的结核病到底是什么程度？"

"结核病？"

千田先生举着正准备往嘴里送的香烟盯着我。

"她不是因为得了结核病还吐过血吗？"

"什么时候？"

"咦？您不知道？"

"不知道。我从来没听说过有这种事。"

我有些急了。作为内科医生，千田先生竟然不知道这件事，那岂不是太过大意了吗？

"住院的时候，您没为她做过 X 光检查或者听诊吗？"

"当然做过。因为她清醒过来以后并发了肺炎，所以给她拍过几张 X 光片。可根本就没有结核病的症状啊。"

我真的难以置信。如果纯子不是结核病，那么我过去在她做雪雕时看到的红色的血又是什么？

纯子当时在阴云笼罩的操场一角，整个脸都贴在雪雕上吐过血，那是千真万确的事实啊。而且实际上看到过那红色血迹的人不止我一个。宫川怜子急忙跑来通知我的时候，当时在图书馆的所有图书部成员都跑到操场上去了。我赶到现场的时候，纯子已经被老师背回了家，而在雪雕上却留下了纯子吐出的点点红色血迹。

她有结核病这件事情绝不是我一个人的错觉。纯子的皮肤白皙透明，体质虚弱，时常请假，不上体育课，而且还迷恋绘画，我们大家都坚信这一切都是因为结核病所致。实际上，连班主任老师都这么说,所以我们才认为不应该让时任纯子做值日生打扫卫生的。

不仅在学校里如此,就连浦部以及村木,甚至其他男人也都相信这一点。事实上,浦部就曾跟我说过,因为纯子有结核病,身体弱,外出写生的时候才格外注意,没有勉强过她。在这种事情上,他不可能对我说谎。

"难道她真的没吐过血?"

"怎么可能? 如果有吐血的话,那病情就相当严重,需要安静休养了。那种人怎么可能喝酒喝到半夜或者外出旅行呢?"

要说起来也的确如此。如果纯子真是得了肺结核的话,那么她的生活方式也未免太过奔放了。

我还记得当纯子吐血后只休息了三个星期就返校来上课的时候,我还曾为她这么快就好了而感到奇怪。

"她不是因为自己病得相当厉害才自暴自弃的吗?"

"没那么回事儿。如果真的吐血了的话,那就应该带有细菌。和检查呈阳性的人在一起的话,病菌就会传染给大家。如果真是那样,我也不会和她接吻。"

休息三个星期后,纯子重新回到学校上课的时候,她曾命令我跟她接吻。我当时一下子想起了她曾吐过血这件事而有些害怕,但想到如果不顺她的意便无法向她表明自己对她的爱,结果还是按她的要求去做了。最后还强迫自己咽下了口水。当时那种充满恐惧的感觉我至今难忘。可是后来浦部、村木以及我本人,还有纯子家里的人们,的确没有一个人得结核病。可是如果她没有吐血的话,那么在雪雕上留下的红色痕迹又是什么呢？我感到自己头脑中一片混乱。

"她的的确确没有得过结核病？"

"绝对不会错。她病历上完全没有这方面的记录，而且在那之后，几乎每个月都拍片检查，也从来没有发现过她的肺部有异常症状。何况她本人最清楚这一点了。"

连千田先生这样的医生都如此明确断定这一点，那么无论谁再说什么也只能相信他所说的才是对的。

"您一直以为阿纯有结核病？"

"不只是我。当时几乎所有人都相信是这样。"

"是这样啊？"

"如果如您所说，她确是没得结核病的话，那么她到底为什么要撒这种谎呢？"

"这我可就不清楚了。"

千田先生右手依旧举着正抽着的香烟，把双臂抱于胸前。一种无以言喻的落寞情愫掠过我的心头。

"也许阿纯是用这种方式创造了一个神话。"

"神话吗？"

"是啊，而且是由阿纯自导自演的……"

"那么也就是说，我们大家都被她彻底蒙骗了？"

"要说受到蒙骗似乎有点太言重了。因为其他人也都爱上了这个神话，并且乐在其中啊。"

要说倒也的确是这么回事。纯子得了结核病，所以才会身体虚弱,所以肌肤才会白皙得透明,所以才成为感觉敏锐的少女,我自己似乎也沉醉在这个神话里,并对这个神话情有独钟。

"现在回想起来,她自己的确一次都没说过自己得了结核病。"

"对吧。恐怕阿纯只是故意制造出了那种氛围,而真正把它进一步加以渲染的还是她周围的人们。"

此刻在我的头脑中又涌现出纯子多姿多彩的另一副面貌。而她那不断变化的形象像万花筒一样吸引着我,耍弄着我。

二

壁炉上的时钟发出柔和的报时铃声,已经九点了。我在他们家里已经待了一个多小时了。

"您这么忙,还占用您这么长时间,实在不好意思。"

"没关系。我这方面完全没问题。偶尔像这样聊聊过去的事还可以调节一下心情,挺好的。"

"我可以再问您一个问题吗?"

"请说。"

我从沙发上微微欠起身来。

"她最后出发去阿寒应该是在昭和二十七年(一九五二年)的一月十八号。在那之前,您见过她吗?"

"我觉得应该是在深冬季节,大概在正月中旬前后吧。她出院以后有一段时间像这样给我寄信,还经常到医院里来找我。不过后来就像把我忘了似的不再来了。既然她不来了,我就单纯地认为她的情况可能还不错。可是快到年底的时候,她又忽然出现了。"

"她是为了什么事来的呢?"

"她让我帮她写张诊断书,说是经诊断身体状况不佳,最好还是把胎儿堕掉。"

"是要堕胎呀?"

"那个时候做人流手术还不像现在这么简单。如果要做手术,就必须有医生的诊断书才行,证明其本人无法承受妊娠所带来的重负。"

"那是她自己怀孕了吗?"

"我也问过她,不过她说是她哥哥的女朋友要用。"

"那她是特意为她哥哥的女朋友来求您帮忙的?"

"她说希望我写的诊断书上的名字,我记得应该不是阿纯的。"

"她自己如果用那张诊断书也可以去堕胎吧?"

"当然。如果想做的话,应该可以吧。"

"那您给她写了吗?"

"当然没写。就算是阿纯来求我,我也不能给自己没见过面的人写诊断呀。"

"那她……"

"她呀,一副挺不高兴的样子,不过很快就放弃了,回去了。"

纯子到底为什么会跑去求千田先生做这种事呢?我仿佛又发现了纯子另一副完全陌生的面孔。

"如果她说谎,实际上是她自己怀了孕的话,那么她在雪中死去的时候就是怀有身孕的喽。"

"是啊,应该是吧。不过阿纯是否真的怀孕了,这件事还很难说。"

"那后来呢?"

"后来她又有一段时间没打照面。过了年以后,到一月中旬的时候,她又突然跑来了。"

"这次她又是为了什么事?"

"她说想跟我借钱。"

"借多少?"

"具体数额我忘了,应该是两三千日元吧。"

"在当时两三千日元可是相当大的金额哦。"

"我说如果只是一千日元的话那不成问题,就当是送给她好了。阿纯一听非常高兴,并保证说以后一定还给我。为了表示谢意,就把这张画放在这儿,拿着钱走了。"

"这就是那张画吗?"

我重新审视了一下靠放在沙发边儿上的那幅画有白色花朵的画。当筹不到钱的时候,纯子是不是曾打算用这张画卖些钱呢?

"她没告诉您她要这些钱干什么用吗?"

"我没问她。如果问了,她也许会告诉我。但我觉得就算问明白了也没什么意义。"

千田先生似乎还因为得到了这张画而相当满足。

"那是您最后一次见到她吗?"

"不是。第二天她又跑来了。她在我这儿大概聊了有半个小时的样子,告诉我说她要外出旅行一段日子。"

"她都跟您说了些什么?"

"具体内容我已经忘得一干二净了。大概就是些关于人的生死啦以及爱情方面的话题吧。好像我当时对此类话题还是蛮感兴趣的。"

"然后呢?"

"然后她说她要到钏路去,大概半个月以后才回来。"

"这次是您最后一次见到她吧?"

"是啊,没错。"

千田先生的夫人端着红茶再一次走进客厅。已经九点十分了。我打定主意准备告辞。于是再一次问千田先生道:

"这样问好像急于下结论似的,不过我想知道,您现在是如何看她的呢?"

千田先生微微点了点头,考虑了一会儿才慢慢开口回答。

"我和阿纯之间的关系不是那种互爱或者互恨的关系,要说起来应该属于可以相互信任的朋友式的关系吧。当然阿纯身边也有各种各样和她有肉体关系的男人,其中有几个我也知道。但是我觉得,像我这样和她保持一定距离、相互关怀、理解的交往模式,反而可以使我们之间的关系更亲密,使我对她的真实情况更了解。我不是不愿服输才这么说。我的确是这么认为的。"

"她给您寄过这些信就足以说明您是对的。"

"虽然不清楚她为什么会寄来这些信,不过我总觉得阿纯是那种无论经历过多少次恋爱都不会真正属于任何人的孤独行者。"

　　明确下了这个结论之后,千田先生再次以充满怀念的目光凝视着时任纯子留下来的那幅画。

第五章　摄影师之章

一

　　与时任纯子最后的恋人殿村知之的第一次见面是在西新宿一家叫"黄绿色"的小酒吧里。

　　这家酒吧的经营者Y女士出身札幌,以前曾经是属于新话剧社S的演员。可能因为这种缘故吧,来这里喝酒的客人也多为出身于北海道的人以及与新话剧有关的人士。而如果按此分类的话,我则属于前者。

　　那天晚上,我和K出版社的O氏偶然约好去那里喝酒。在那一个月之前,我第二次回北海道时见到了千田先生,从他那里得知我以前不曾了解到的纯子的另一面,正再次陷入复杂的情感纠缠之中。

浦部、村木、千田再加上我，通过我们的回忆使纯子在面对不同男人时所展现出的各种不同面貌渐渐真实地凸显出来了。

但是要想把握她的全貌，现在还缺少最关键的一些东西。也就是说，如果把纯子看作是雪的结晶的话，那么现在的状态还只是五角形，要把她拼成正确的六面体，就必须再加上那最关键的一块，而填补这最后一块缺损的就是殿村知之和纯子之间的关系。

殿村先生二十年前曾在北海道，而且和纯子相恋，纯子在阿寒湖自杀前，是他在钏路最后见过纯子一面。在纯子短暂的人生中，其他人也以各种方式与她建立过各种联系，但那都是在她生命的旅途过程中，而不是最后的终点。如果说人在生命的终点会表现出其真实原貌的话，那么在了解像纯子这般复杂的女性的时候，殿村先生的存在便显得极为重要。

我从北海道回来以后，这种感觉越发强烈。于是一回来就开始探寻他的踪迹，争取和他面谈。可是虽然我尽了最大的努力，还是无法实现这一愿望。

他这个人天生就是精力充沛的活动家，好像至今仍活跃于海内外。就算查到了他的家庭住址，也很难捕捉到他这个人。

就在这时，我却偶然在"黄绿色"见到了他。

不过说实话，一开始我并不知道那个人就是殿村先生。他现在已经是相当著名的摄影家了，我也曾为他所拍摄的揭露战争残酷性的照片而深深感动过，而且看摄影展的时候也曾看到过他的头像，觉得自己对他应该有印象。可是因为直接见面还是第一次，以至刚开始的时候我竟然都没认出来是他。

他坐在吧台灯光比较暗的一个角落里,和一道来的另一位男士正热烈地交谈着什么。我则坐在"L"形吧台拐过来的另一端,虽然可以清楚地看到他的脸,却并没有特别在意。

把他介绍给我的是这里的老板娘Y女士。

"对了,您认识殿村先生吗?"

Y女士突然说出这么一句来,然后把脸转向殿村先生那边,把他介绍给我认识。

没料到自己想方设法要见的人竟然就在咫尺之遥的地方坐着。因为太出乎意料,我竟一下子反应不过来了,只是愣愣地看着Y女士指给我看的那个坐在角落里的男人。

可能是因为台灯的光线过于昏暗的缘故吧,殿村先生看上去皮肤黝黑,显得非常精明强悍。立体感很强的五官仍留着传闻中美男子的痕迹。现在都已经五月初了,他却还在深蓝色的大开领西服的里边穿了一件白色毛衣。

我隔着吧台先跟他打了个招呼,然后找了个机会离开位子,走到他身边去。

"我一直都在找机会想见您一面。我想您可能已经知道了,我想就有关时任纯子请教您一些问题。"

当听我提到纯子名字的那一刻,他的嘴角明显地抖动了一下。

"为了了解她的事情,我已经见过好几个人了。但是要想真正把握住她的全貌,还必须听听您怎么说才行。我知道突然提出这种要求非常失礼,但如果没什么不方便的话,还希望能找个地方请您谈谈。"

手拿酒杯微微低着头的殿村先生脸上明显露出困惑的表情。但是我依然明知故问道:

"今天晚上您急着回去吗?"

"不着急……"

殿村先生瞥了一眼坐在他身边的同伴,那个人可能认为让我们两个单独说话比较好吧,现在正隔着吧台和里面的 Y 女士说着话。

"事到如今您可能不愿意别人再提起过去的事情,不过事情毕竟已经过去二十年了……"

殿村先生依然地看着前面吧台上的那排酒杯默不作声。在对面的角落里坐着的时候看不出来,现在靠近他身边的时候便可以看到他眼角处明显有很多皱纹,看样子至少已经四十过半了。

"您觉得怎么样?"

"就算你现在问我,有关纯子的事情我现在也已经记不太清了呀。"

面对我的催促,殿村先生好像极为无奈地回答道。照他说话的口吻来看,时任纯子的影子至今仍沉重笼罩着他的心田。

"您可以不讲那些您不愿意说的内容。我只是希望您能坦率地告诉我您对她的印象。只要这样就行了。"

"可是……"

"再怎么说,她最后一个见到的人是您呀。"

殿村先生又考虑了好一会儿,这才最后下定了决心似的开始一点点讲述起来。

殿村知之离开东京来到札幌是在一九五一年的三月,也正好是时任纯子即将升入高中三年级的时候。

在那一个月后的四月,他弟弟康之从东京著名的K高中退学,转入了札幌南高中。

他弟弟被勒令退学的原因就是因为他在学校的校友会杂志上发表了一篇有关同性恋题材的小说,他对其中的一些情景描写太过露骨而受到了老师的批评。如果他当时老老实实地接受老师的批评,把小说中的部分内容删除的话,这个问题倒也还不至于闹到这个地步。

但是沉迷于文学创作、脾气倔强的康之根本就不想按照老师的意见对小说加以修改。他认为即便是高中生创作的作品也同样是文学艺术作品,没必要接受别人出于狭隘的思想观点提出的批评意见而对自己的作品进行修改。就是因为他提出了这种抗辩,结果在学校里待不下去了,这才不得不退了学。

当时殿村的父亲经营着一家很大的木材公司,在东京也有土地和房屋等家产,可以算是相当富裕的家庭。但同时也存在着那种家庭里比较常见的复杂问题。自从康之懂事那会儿起,他父亲就很少回家,而他母亲则已经离婚走了,所以他们兄弟俩从小就过惯了不和家长在一起的生活。

他弟弟之所以有胆量和老师对抗,退学后再转到北海道的高中里来,其背后便隐藏着对这种家庭的失望。

不过就算在家里没意思,一个刚刚上高中一年级的孩子也不可能随随便便就跑到从未踏足过的北海道这么远的地方来。康之之所以想到札幌来,最根本的还是受到哥哥知之的影响。因为他哥哥已经于一个月前到了札幌,然后把他叫过来的。

尽管属于这种情况,但总的看来,在自由奔放、不喜欢受拘束的这一点上,他们兄弟俩的性格倒真的很像。

哥哥知之在弟弟康之退学的前一年,也就是在东京的 T 医科大学上三年级的时候,因为涉足左翼活动太深,最后也不得不退了学,之后便作为左翼团体的地下运动活动家,从东京来到札幌。

热情、奔放、胆大、敏感,这些都是他们兄弟俩身上体现出的共同特点。

昭和二十六年(一九五一年),汇聚札幌的兄弟俩在札幌的东本愿寺附近租了一间公寓,开始了在那里的共同生活。离开父亲后他们的生活费都是由东京寄过来,所以生活上并没有困难。

康之对于哥哥具体做些什么工作并不怎么感兴趣。就算真的去问,知之也不可能告诉他。所以他们在生活中互不干涉,弟弟是弟弟,哥哥是哥哥。

当时札幌南高中分成昼间部和夜间部两部分。夜间部也是固定学制,多半都是白天需要去上班的学生,但是也有一些是属于准备转入昼间部之前在这里过渡的学生。这也是因为作为北海道的名门高中,札幌南高中不是那么容易转进来的缘故。

突然转校的康之也同样如此,他当时就是暂时先转入这里的夜间部上课的。当然他自己对于高中上的是不是昼间部这种事情并不怎么在意。

康之从一开始就没有要考上一流大学,然后进入一流企业就职这种平凡无奇的想法。他所希望得到的是自由自在地生活,对于那种只会按部就班的生活方式反而不放在眼里。

刚开始的时候他还多少感到有些不安,不过来到这里一看,他反而喜欢上了札幌不因循守旧的社会环境。而且在夜间部上课,早上可以随意睡懒觉,感觉相当舒适。

在夜间部里也有个别几个像他这样性格散漫的学生,这是在昼间部里所见不到的。虽然已经是高中三年级了,但是在这里几乎没有像昼间部里那样忙于高考复习的紧张气氛。

在这里,康之再次召集那些志同道合的同学,开始办起了同仁杂志。

创办这份同仁杂志的骨干分子除了康之以外还有同年级的川合以及梅津,他们也同样是从函馆转学过来的。

杂志的名称基于返回人类原点的含义,起名叫作《青铜文学》。

而纯子也加入到这本杂志中来是在这一年的六月。

纯子的加入并不是她自己主动要求的,而是通过康之他们的积极争取,才使这位昼间部里声名远扬的天才少女加入进来的。

实际情况暂且不论,总之因为康之看不惯人们把昼间部看得高于夜间部,这才考虑到要让昼间部的明星时任纯子加入,借以提高杂志的知名度。

而实际上这种做法的确行之有效。由于纯子的加入使昼间部的同学们也注意到了这份杂志的存在,同时就连纯子的好友宫川怜子也加入了进来。

随着初夏的到来,包括纯子在内的同仁们开始每天聚集在一起讨论如何编辑杂志等问题。他们聚会的地点就定在康之他们的公寓里。一边喝着威士忌、抽着烟,一边装出一副早熟、不可一世模样的少男少女们,在这里就他们那本尚未问世的杂志展开了热烈的讨论。

昼间部的四个好友再加上纯子、宫川两个人,虽然才不过六个人,但他们的士气却非常高昂。

很快他们便决定夏天开始出版创刊号,原则上每个成员都发表至少一篇小说或诗歌,但结果到最后只完成了三篇小说、两首诗和一篇随笔。

大家互相传阅这些作品,然后再决定刊载顺序,直到夏末的八月底才终于印刷完成。

虽然这是一本铅印的不足三十页的杂志,但毕竟是自己动手制作出来的,大家对此还是相当满意的。不知为什么,这本杂志现在还留在我手里,其中除一篇小说是纯子写的之外,封面和插图也都是纯子画的。

她写的小说题目为《双重性爱》,内容和题目相符,在当时来看属于相当另类的作品。

小说的大致情节如下：

十九岁的青年干夫是个男性看着都会着迷的美男子。无论是走在街上还是到咖啡馆里去，都经常会有女人过来跟他搭讪。所有女人都希望能和干夫上床，哪怕只一次也觉得死而无憾了。不过干夫根本不理会这些女人，对那些投怀送抱的女人态度极其冷淡。而他这种难以接近的气质越发引起女人对他的兴趣，因此追求他的女人络绎不绝。

就在这种情况下，这一地区出了一位被誉为首屈一指的叫明美的美少女。就连对追求自己的女人态度冷淡、拒人千里的干夫也不由得被明美所吸引。终于在某个夜晚，他把少女哄骗到自己的寝室，和她共度了一晚。

可实际上，干夫本人其实是个名字叫"熏"的女性。因为她是女性，所以她对明美的爱抚也只能是用手和唇去挑逗起少女的愉悦之感，无法做出进一步的举动。但是年幼无知的少女似乎根本没有发现这其中有什么蹊跷，只是红透了美丽的双颊，在欢愉中颤抖不已。

当少女睡着了以后，干夫独自起身，在卫生间的镜子里审视着自己的身体。当她卸掉妆、赤身裸体的时候，她绝对就是个名副其实的女人。

她之所以女扮男装就是因为她长相太丑。她讨厌自己的一切，讨厌自己圆圆的鼻子、稍微有些厚的嘴唇以及肩臂处粗糙的皮肤。如果作为女人来看，她的相貌平凡无奇。

但是一经女扮男装,她就成了走在街上令女人们频频回首的美男子。如果要吸引人们的注意力,那么最简单有效的方法就是女扮男装。

那天晚上,熏洗过淋浴之后,再度扮成男人,以干夫的面貌回到床上。而刚刚自己曾经爱抚过的美少女依然合着长长的睫毛甜甜地睡着。干夫为自己能够对如此美丽的女孩为所欲为而心中充满了喜悦,于是也躺在她身边睡下。

第二天早晨,当两个人醒来的时候早已日上三竿,都十点多了。当美少女要离开的时候,他们俩再次亲吻了一下,然后美少女突然非常困惑地问了干夫一句话。

"姐姐,你为什么要穿成这个样子呢?"

"呃⋯⋯"

完全不理会惊慌失措的干夫的反应,少女露出一副天真无邪的表情接着说:

"昨天晚上,我一边接受你的爱抚,一边观察过你。然后我就知道了,你不是男的。不过我想,那种时候不好打断你问问题,所以就一直没说什么。"

"你走吧!"

干夫一下子把美少女推出自己的房间,然后赶紧关上门,在只剩自己一人的房间里,干夫扔掉了所有女扮男装用的衣物、化妆品,恢复了平凡无奇的女儿本色,痛痛快快地大哭了一场。

既然被美少女识破了真相,她已经无法继续在街头露面了,不仅如此，就算她待在家里不出门，有关她的传闻也会变得家喻户晓、尽人皆知。

以前作为美男子一直被女人们憧憬的目光所瞩目的自己，现在已经又恢复了毫无魅力可言的平凡女儿身。

"好可怕……"

当她哭喊起来的时候，才发现那只不过是一场梦。

这篇小说的字数也就是一万字多点儿，应属于短篇。但作为短篇来看的话，文章结构又显得比较粗糙，有的地方明显令人觉得属于捏造。不过从另一个角度去看，似乎其中恰恰隐含着一个女人的夙愿。

现在再回过头去看，或许那正是纯子自身的夙愿。女扮男装，把所有女人的视线都吸引到自己身上。说不定纯子写这篇小说的时候正幻想着自己就是作品中的主人公。

不过如果纯子这篇小说真的是写出了她内心深处的夙愿，那么也就相当于说纯子的相貌不美观，也就是说纯子应该是圆圆的鼻子、厚嘴唇、肌肤粗糙到想扮男装去吸引别人注意的地步才对。那样一来，在我们心目中的纯子这位生长在北国、身患重疾的美少女形象便会从根本上土崩瓦解。问题就在于纯子身上是否真的存在像小说中主人公那样丑陋的一面。

只是当时所有看到《青铜文学》的人们当中，根本就没有一个人会以这种角度去解读这篇小说。

大多数读者首先会被《双重性爱》这一题目所迷惑,紧接着又会为第一页上印着的两具女体纠缠在一起的超浪漫主义裸女像所震撼。

继续往下读到小说内容的读者,也只会因为纯子竟然能够写出如此怪异离奇的故事而对她早熟的心态感到惊愕,认为不愧为天才少女,写出来的故事也是如此不可思议。

不知幸或不幸,读者均被作者是位美貌的天才少女所迷惑,并没有直接去读这个故事中所包含的暗示,更没有人会心怀叵测地去猜测这篇小说的主人公可能就是纯子自己的一个分身。

这件事情对纯子来说不知是好是坏。不过至少有一点可以肯定,那就是当时大家都没有能够正确理解纯子这个人。无论她写了什么样的小说,她依旧是美丽而神秘的天才少女。

不管怎么说,《青铜文学》创刊号可是引起了非常大的反响。这种轰动倒不在于其作品内容的好坏,主要原因还在于时任纯子第一次写了有关性方面的小说,表现出了当时少男少女这个群体奔放的性格特征,这种理由几乎与文学无关。

不过,不管是由于什么原因,反响大总是好事。最初完全无法预测自己能办成一本什么样的杂志的同仁们,发现自己不仅能够影响到年轻的文学青年,甚至还能令成年人大感震惊,这无疑令他们更加振奋。

九月,他们又聚到一起,讨论下一期杂志的发行工作。这一次他们选择的地点仍然是殿村康之的住所。

康之住的房间有八张榻榻米那么大，除了靠窗边放着的炕桌以及与之相对的一个小小的衣柜外，房间里再无他物。连大家聚在一起时喝酒用的杯子都是各自拿了摆放在水池里用过的杯子洗洗再用，而且当人数超过八人的时候，就只能和别人合用一个杯子了。

而且在如此缺乏情调的房间里还有一处显得特别不协调的地方，那就是从炕桌的一侧直到储物柜之间，靠墙堆起了一座书山。

因为没有书架，那些书便都书脊朝外靠墙平摞起来，总共有五六摞，每摞都有二三十本书。再加上其他散落一旁的书在内，总数远不下一百册。单就藏书而言，这个数量说不上特别多，但比较突出的一点就是，这些书几乎都是外国作品，而且大部分都是少有耳闻的作家的作品。

纯子第一次走进这个房间的时候，首先注意到的就是这些书。

"这些书你都看过？"

"没有，这些书几乎都是我哥的。我只不过有时候借来看看罢了。"

康之的话说得有些谦虚，但实际上却表现出了内在的自豪。

"你哥到哪儿去了？"

"他好像在北海道各处跑，有时候在小樽，有时候去钏路。"

"他干什么工作呀？"

"要说他的工作嘛，怎么说好呢？应该算是革命活动家吧。"

"那他是共产党？"

"倒不是那么单纯，不过你那么去理解也行。"

康之苦笑着说道。纯子看着那座用书堆砌而成的小山，很好奇似的。

九月第二个星期六晚上八点开始，他们在这里召开了《青铜文学》第二期的编辑会议。六名同仁聚集一堂，康之和梅津虽然是夜间部的学生，但他们逃课已经成为习惯。他们有一个共同的认识，那就是高中老师照本宣科讲的课堂内容枯燥无味，根本无法当真。

他们像往常一样买来了威士忌和鱿鱼干，边喝酒边商量。

这一次他们讨论的内容主要包括杂志发行的日期、内容以及收录稿件的安排等。最后决定这一次还是由梅津和纯子写小说，康之说他想试着写个剧本，宫川也表示说她这一次也写篇稍微长一些的作品。

事情商量得大致上有了眉目后，接下来他们便只是边喝酒边闲谈。大家都是年轻人，只喝威士忌不过瘾，于是他们也买些烧酒来，威士忌不够喝的时候就把烧酒热来喝。二十岁上下的年轻人无论喝多少都不会喝倒。

这天晚上十点过后，他们忽然听到几声敲门声。当时纯子正靠在康之肩上抽着烟，一听到敲门声，康之赶紧扶正纯子的身体，像个上了发条的洋娃娃似的一下子坐起身来。

"怎么啦？"

"嘘……"

康之把手放在嘴唇上，瞪了大家一眼，让大家噤声。然后才重新跪坐好,凑近门边问:"是谁呀?"

"是我。"

"啊,是哥哥呀!"

康之这才放下心来,从里边打开了房门的锁。

而那些或躺或靠墙坐着的伙伴儿们也慌忙规规矩矩地坐好。

打开房门走进来的是一位身穿夹克外套,看上去二十五六岁的男子。脸长得和康之很像,大眼睛、高鼻梁,不过因为年龄的关系吧,整体感觉比康之显得更壮实、精悍。

"这些都是一起编杂志的好朋友。"

"是吗?"

"他是我哥,叫知之。"

五个人同时朝着知之施礼打招呼。

"是我突然回来打扰你们了,别介意。我也借这个机会和你们一起喝一杯吧。"

知之脱掉外套,一屁股坐到了大家中间。

"现在只剩烧酒了。"

"有烧酒喝就不错了。"

知之举起康之递给他的杯子,让康之给他斟上酒。

因为康之哥哥突然回家,削弱了这些少男少女的气势,大家一下子都变得规矩起来。

知之对这种气氛可是一点儿都不在乎,他一口气喝干了半杯酒,然后按顺序看了一圈,最后将目光停留在面对他而坐的纯子身上。

"你就是时任纯子君吧？"

"是。"

纯子微微抬起眼睛，悄悄审视着知之。

"和我想象中的一样。"

"什么一样？"

"啊，是这么回事儿。因为康之经常提到你，所以我就猜想你大概就是这样的一个人。"

纯子稍稍鼓起了腮帮子，做出她感到困惑时的习惯表情。

"我看过你上次写的《双重性爱》。"

这时纯子才抬起头来直视着他。

"写得挺有意思的。无论如何都比迄今为止的小说具有新鲜感。这次你打算写什么？"

"还没想好呢。"

知之从毛衣胸前的口袋里掏出烟，点着火。然后拿起面前装烧酒的瓶子，往纯子已经空了的杯子里斟上酒。

"你的文笔还差点劲儿，不过确实具有文学方面的才能。文章这种东西，多写自然就练出来了，用不着担心。"

其他五个人都糊里糊涂地听着知之和纯子之间的对话。

"你读过拉迪盖的作品吗？"

"拉迪盖？"

"是啊，就是写过《德·奥热尔伯爵的舞会》那部小说的法国作家。他写那部小说的时候也像你这么大，只有十八岁。"

"我不知道。"

纯子看着知之,摇了摇头。

"那普鲁斯特呢?"

"也不知道。"

纯子再次不好意思似的摇了摇脑袋。

"哎,那可不行。不看这些作品可不行。日本的私小说就连太宰都已经过时了。"

知之满腹感慨似的巡视了一眼老老实实听他讲话的几个人。

"你们当中有谁知道吗?"

"我听说过拉迪盖这个名字。"

梅津有些得意地回答道。

"只听说过名字没读过作品也不成。连拉迪盖都不知道的话,可就称不上是文学青年了。"

知之说着站起来,走到靠右侧墙边堆积着的书山前,少年们用充满钦佩的目光追逐着知之的身影。

"拉迪盖放到哪儿去了呢?"

在书堆里翻了一阵子,他终于从最右边的那堆书中抽出一本薄薄的书扔到纯子面前。

"这本小说写得相当棒。作者只有十八岁,却描写得非常好,真是非凡的才能。这本书就借给你了。今天晚上回去看看。"

在伙伴儿们的注视之下,纯子像看到了什么奇妙的物体般,小心翼翼地拿起那本薄薄的书。

二

对于整日忙于地方宣传活动的殿村知之来说,纯子的存在就像一服清凉剂一般带给他清新感。一眨不眨地凝视着某一点的大眼睛,与少女身份不符、带有些淫荡感的稍厚的双唇,具有丰富感性的白皙的前额,对于殿村来说,这一切都是那么新鲜而有趣。

"那个女孩儿没有男朋友吗?"

当大家都走了以后,知之问弟弟。

"据说教她画画的老师是她的男友。不过另外好像还有一个报社记者也是。"

"是吗?"

殿村在东京进行地下活动的时候也曾和好几位女性有过交往,因此他并没有把那些地方的画家以及报社记者等放在眼里。最主要的问题还在于纯子自身。

只一次邂逅,殿村就已经看透了一点,那就是纯子对自己很感兴趣。

当纯子听他讲述拉迪盖的故事时,她是用那种既好奇又崇拜的眼神看着自己的。以此为基础进一步接近她的话,从她交往的那些男人们手中把她抢过来应该是件轻而易举的事。

殿村第二次见到纯子是在半个月后的九月末。秋风乍起,札幌已经进入秋季,不穿长袖衣服已经感觉冷飕飕的了。

他们两个约在位于五町目的一家咖啡馆里见面。约见她的借口是向她讨要上次借给她的那本书。不过实际上,对于殿村来说,纯子还不还那本书根本就无所谓。

纯子身穿白衬衫、蓝裙子,头发用发带束紧。这一次她已经没有初次见面时的那种胆怯与窘迫的神情,脸上带着一抹和善的笑容。

"读了拉迪盖,感觉怎么样?"

"非常有意思。"

"有意思?"

问起女士们读过小说后的感想,大抵上她们都会一本正经地回答说什么"非常感动"啦、"感触很深"啦等等。不过拉迪盖的作品根本与教育无缘,与她们的所谓感想相去甚远。而现在纯子却直截了当地回答说"有意思",这不禁令殿村大感意外。

"下次我再借给你普鲁斯特,等你看完普鲁斯特以后,再接着看乔伊斯好了。"

殿村自愿承担起了纯子的文学向导的角色,就欧洲乃至美国的最新文学潮流问题大谈特谈起来。

殿村从上中学的时候开始就看过很多小说,但他看那些作品都是随心所欲、信手拈来,并没有进行过系统的学习。虽然他上大学的时候学的专业是医学而非文学,但他自恃他所读过的文学作品的数量绝不逊色于那些学文学的同学。再加上他作为革命运动家而练就的巧辩之舌,要想让似乎对文学不甚了解的纯子对自己心生敬意,那简直就是小菜一碟。

殿村说话期间,纯子基本上不插嘴,只是忠实地做他的听众,而且毫无厌烦之色。

殿村有一个毛病,一旦打开了话匣子就刹不住车,自我陶醉在自己所讲述的氛围当中。说着说着,殿村就把自己的那点底儿都抖落出来了。他告诉纯子他毕业于东京大学,曾在某大型出版社工作过,因为要追求精神自由才跑到北海道来的等等。

以前在东京的时候,他的确在出版社工作过。为了追求自由来到北海道,这也是事实。只不过他来这里的真正目的是为了党的地下工作,而所谓毕业于东京大学则完全是瞎编的了。虽说这一谎言是乘兴而为,但很明显是属于无中生有、哗众取宠之举。

不过,他的这一谎言在吸引纯子这方面似乎还是收到了实效。因为他看到当自己说出毕业于东京大学这句话时,纯子就像被吓着了似的瞪大了眼睛。

的确,在纯子以往接触过的男人当中,还从未有过像殿村这种类型的。

仅就外表而言,浦部是个诚实直率但有些土气的乡下画家,村木是徒有其表的地方报记者,千田也仅只是个勉强固守住社会良知的医生而已。与他们相比,殿村身上具有那种极其吸引人的热度。而且他五官端正、精明强悍,甚至还出身名门,是个东京大学的毕业生。对于注重外表而且对权威相当缺乏免疫力的纯子来讲,被殿村所吸引也就不足为奇了。

"到我那儿去吧,我借书给你看。"

看了看手表,已经七点了。他们在这里已经聊了近一个小时。

266

康之去夜校上学不在家,就算他放学以后直接回来,到家的时候也是九点半了。当然如果他早退的话,那就另当别论了。

对于把弟弟的朋友带去住所,知之毫无犯罪感。康之、梅津他们确实也好像都对纯子有好感,不过那是不是恋情却还有待商榷。他们围绕在纯子身边只不过都是在起哄、凑热闹,似乎并无意于积极争取,把纯子据为己有。

北国的秋季到了七点钟便已经入夜了。纯子似乎对于和男人一起到男人的住所去这件事并无顾虑,竟然就这样顺从地跟着他来了。

他们一起登上楼梯,打开了房门。

"请进!"

空无一人的房间里冷冰冰的。殿村关上房门,想要打开电灯开关,刚一回过头来就看见了纯子白皙的脸就在眼前。夜色里,她的大眼睛里毫无怯色,直直地看着殿村。

"我喜欢你。"

殿村说完,揽过纯子。他暗暗鼓励自己,一定要像个男子汉一样,先堂堂正正地向她表白爱意,然后再追求肉体上的结合。

纯子似乎突然往后退了一下,但马上就主动投身到殿村的怀抱里。纯子的身体比外表上看起来的要丰满、圆润。

拥抱着纯子柔软但有弹性的身体,殿村完全忘记了现在所处环境的危险性,这里是公寓里的一个房间,而且弟弟随时都可能回来。

三十分钟过后,一切都结束了,殿村站起身来。打开灯,冷静下来一看,房间里到处乱糟糟的,实在缺乏浪漫情调。靠窗边的角落里依旧堆满了书籍,周围有好几个坐垫胡乱扔在那里。

纯子看殿村已经起身,她也默默地站起来,在房间的角落里开始穿上内衣。

"对你做出这么粗鲁的事,是我不好。"

殿村等纯子穿好衣服以后,抚摸着她的头发说。纯子却表现得相当平静,既没有悲伤,也没有后悔。和刚开始时一样,一双大眼睛依旧直直地看着殿村。

从这一天开始,两个人的交往极其频繁,简直可以说有些呈现出癫狂状态。

殿村虽说人在札幌,可实际上每个月在札幌的时间顶多也不过十天,一旦接到党的指令就必须到外地去。每次他去外地,他们少则一个星期多则半个月都见不到面。能够见面的日子有限,而且说不定什么时候殿村就要起身出发,这种紧张感也提高了两个人之间的亢奋度。

"我喜欢纯子,没问题吧?"

在他们发生关系一个星期后,知之明确地把他和纯子之间的关系告知了弟弟。

康之听到他这么说,有那么一刻表情显得很伤感,但是并没有因为这样而怨恨哥哥或纯子。哥哥从小就比他优秀得多,就算现在自己在知识与经验等各个方面也都完全不是哥哥的对手。何况纯子虽然和他们这些伙伴儿们同龄,但是对于纯子,他们也只能充满憧憬地远远地看着,根本就没有直接去争取的勇气和自信。

　　既然自己捉不到手,那么还是让哥哥去抓住她好了。那样一来就可以把纯子从那个装腔作势的中年画家以及那个自以为绅士的报社记者身边拉过来了,而且还可以把她作为哥哥的女朋友紧紧地拴在自己的阵营之中。在这个问题上,不仅康之这样考虑,就连梅津和川合他们也都是这样想的。

　　现在在同仁杂志的伙伴儿们当中他们两个人的关系已经成为大家公认的了。

　　只要殿村一如往常一样像一阵风似的转回札幌,就急着向她报告自己已经平安归来的消息,于是便会马上把纯子约出来。这种时候跑腿的不是康之就是梅津。

　　只要纯子在,她肯定会应邀前往知之那里。有一次她正和浦部在咖啡馆里,当听到康之告诉她说他哥哥回来了,纯子就把浦部扔在那里直接走了出去。看到尚不知情的浦部还一个人坐在那里等纯子,这些少年们高兴地欢呼起来。

　　知之每次约纯子出来并不急于马上和她发生关系。他常常会和那些少年们在一起打打麻将、扑克牌什么的,偶尔还会玩玩儿反应能力比赛的游戏。玩儿完了就和大家一起喝酒、聊天,谈论一些大家关心的问题。

　　被这些少年围在当中,知之依旧用他那特有的热情洋溢的语调侃侃而谈。话题的内容包括政治、经济、文学等等,而其中他最投入的则是政治方面的话题。提出社会现状的弊端、揭露资本主义的罪恶、阐述马克思主义理论等等。对于经过党的培养训练的殿村而言，这些都是他最擅长的领域。少年们听着他讲这些，兴奋得眼睛直发亮。当然纯子也是其中之一。在少年们充满激情的目光的包围之中，殿村越发情绪激昂，讲得越发带劲儿了。

等他讲完了，少年们开始提问，知之随之再解答他们提出的问题。

在这一阶段，纯子基本上扮演着倾听者的角色。偶尔提个问题也都是诸如"拉迪盖长得帅吗"等等不痛不痒的内容，而资本主义啦、马克思主义啦等等，她到底能否正确理解这些概念则很值得怀疑。但是殿村并不理会这一点，仍然用一连串令她难以理解的专业术语讲个不停。因为殿村早就看出，纯子感兴趣的并不是他所说的内容，她喜欢的只是这种热烈的场面和氛围。

热烈的讨论过后，他们继续开始喝酒。

殿村和纯子发生关系是在那之后两个人单独进城以后。有时因为讲得太过于投入，甚至错过了两个人独处的机会，纯子也不会因此而表示不满。相较于和殿村发生肉体关系，她往往觉得还不如和大家一起热热闹闹讨论问题的时候心情更愉快。

殿村第一次和纯子发生关系的时候就已经注意到纯子的性欲很冷淡。第二次的时候，他曾努力想让纯子兴奋起来。但是她在那一刻除了轻轻皱了皱眉头、上身微微后仰之外，再没有什么像样的激情反应，甚至结束之后还用明快的声音问了一句："已经好了？"

以前殿村也曾和数名女性发生过关系，但遇到像纯子这样对性如此冷淡的女性还是第一次。纯子可以抛开一切顾虑接受男人，但和男人之间的这种事情却又似乎在她身上不会产生任何影响。

虽说纯子性欲冷淡，但这并不等于说她厌恶与男人发生关系。只要殿村想要，她每次都会答应他，而且有时候两个人走在夜路上，纯子还会主动提出"抱住我"的要求。拥她入怀与她亲吻时，她也会闭上眼睛老老实实地待着不动。把舌头伸进她嘴里去时，她也会烦躁地扭动身体。可是真到了发生行为的关键时候，她却淡漠而冷静。

殿村认为纯子的这种态度是由于她年龄还小的缘故造成的。虽说她比较早熟，但毕竟还只是个高中生，离懂得性的愉悦还为时尚早。

不仅这方面还太早，就连谈论那些政治啦、文学啦之类的话题也还太早。实际上她对于任何事情都有些强自超前了。这样一想，她对于性行为的冷淡以及她急于理解他所说的那些话而流露出的热切的眼神，在殿村的眼里都显得格外天真可爱。

但是康之他们是无法了解到这一层的。在他们看来，殿村和纯子的关系就如同某种领袖人物和情妇之间的关系一样。既然殿村在他们中间已经像教祖一般神圣，那么被他所爱的女人纯子自然也就成为君临于他们之上的重要人物。而自愿接受她的统治的人自然就是那些隶属于《青铜文学》的同仁们。

九月、十月这段时间，纯子几乎没有到学校去上课，而且也没有把时间用于绘画，她白天就开始和他们聚在一起，整日胡混着。而且在喝醉酒之后，还对他们施以恩惠，和他们每个人都接吻。

不过,他们这些聚在一起的伙伴儿们也都朦朦胧胧地意识到,像现在这种状态不可能无休止地延续下去。

十一月初,殿村突然撤离了札幌,他要去的目的地是钏路。在殿村这方面来说,这是早已预定好的行动计划,但是对于《青铜文学》的少年们而言,这一消息不啻晴天霹雳。

完成了在札幌的情报收集员的工作之后,按照党的指示,他从十一月开始就要参与到山村活动中去,作为这项工作的其中一环,他要潜入到钏路附近的 K 村里去,并在那里对当地的居民开展宣传教育活动。

十月末,殿村在通知那些少年们这一消息之前,先把这件事告诉了纯子。

"和你分别虽然非常遗憾,但是我又不能不去。这是我的工作和我所要从事的革命斗争。我的生存价值就在于斗争。"

殿村在这一刻简直觉得自己就像什么电影里的主人公一样伟大。

"原来以前你一直都在瞒着我呀?"

纯子第一次用怨恨的眼神看着他说道。

"那是因为我实在没办法。"

虽然话说得比较冷淡,但是殿村心里真的很舍不得把纯子就这样舍弃在札幌。

"反正我要去的是钏路,还可以时不时地到札幌来看你。"

"我要去钏路。"

"可是你不能到 K 村来。那里有我的同伴儿,不方便。"

"那我就待在钏路市里好了,你来的时候我们就可以见面了。"

"你真的要来吗?"

殿村紧紧拥抱住纯子。他深为不解的是,愿意追随自己同行的热情和性行为过程中的冷漠,这两种极端的因素在纯子身上是如何联系在一起的呢?

十一月四日,殿村作为山村工作队员进入了距离钏路有一个小时路程远的 K 村。那里以仙鹤栖息地而著称。交给殿村的任务就是在位于村外的那个属于左翼系列的诊疗所里边从事医务工作,边和山村的人们接触做工作。

诊疗所里有一位已经四十岁的在党的内科医师,但只靠他一个人忙不过来,因此才选拔了曾在医学系学习过的殿村赶过去支援。因为他是从医学系中途退学出来的,自然也就没有行医执照,直接从事医疗工作属于违法的行为。因此,对外只称他是看护助手,是在内科医生的指导下从事一些辅助性的工作,而实际上几乎所有外科患者都是交给他处理的。

纯子到离这个村子很近的钏路来,是在十一月中旬,也就是殿村进村半个月以后。

深秋季节的钏路阳光格外明媚,但已经开始有雪原跳虫整日在低空飞舞。在天空晴朗却有寒气逼人的钏路市内,殿村见到了纯子。

"你能在这儿待几天?"

"我会一直待下去的。"

"你说一直待下去,可是你住哪儿呢?"

"我会住在贝拉米的妈妈桑那里。"

"贝拉米?"

"是末广町的一家小酒吧。那里的妈妈桑也画画,所以认识。"

"可你也不能一直白住在人家吧?"

"偶尔到店里去帮帮忙就是了。"

"你要到酒吧工作呀?"

"是啊。"

纯子一副很无所谓的样子回答道。

殿村真想把纯子带到 K 村去。可是在那么一个小村子里,打扮时髦的纯子马上就会成为大家瞩目的焦点。而工作队员如果和女人同居这种事情传开的话,势必影响大家的士气。

"我们要是能住在一起就好了。"

殿村实在很心疼从札幌特意坐九个小时的火车赶来看自己的纯子。

"时不时能见到你一面,我也就满足了。"

"可你在这个城市里认识的人不是只有那个妈妈桑吗? 会不会觉得寂寞?"

"没事儿的时候我就画画呀。到这儿以后我又突然特别想画画了。"

走在即将进入冬季的港口城市的街道上,纯子毫无惧色地说。

不过实际上，纯子在这里只停留了两个星期。其间，殿村每隔一天就和纯子见一次面，每次见面他们都到饭店里开房。殿村依旧充满热情地讲述着自己现在所从事的工作，而纯子也还是非常认真地听得入神。

十一月末，当他们第五次见面的时候，纯子突然告诉他说："明天我回札幌。"

面对殿村的质疑，纯子给他的理由是"我只是想回去了而已"。

这种回答根本就不成其为回答。从她那平凡而简单的表述方式中殿村觉察到纯子是多么想回札幌。

殿村眼里的纯子是不会说出任何复杂思想的单纯少女，是更加诚实而且直率的女人。她现在既不是已经厌倦自己了，也不是已经开始讨厌钏路这个地方了，她看样子确确实实只是开始怀念札幌了而已。

"是吗？那你回去的时候一定要多加小心。明天我还有工作就不能送你了，回去之后一定要写封信来，好让我知道你已经平安到达，免得我担心。"

既然她说要回去，再强留她在这里就太可怜了。殿村把自己身上仅有的两千日元都当场交给了纯子。

"年底我打算到札幌去一趟。"

"我也还会来的。"

"从现在开始天气会越来越冷，明年开春之前就不要跑来跑去的了。"

"好吧,那我就等明年春天再来。"

殿村看她真的就这样接受了自己的建议不禁有些心慌,可他又实在爱惜她的这份真诚。

三

十二月,殿村忙得不可开交。进入冬季以后,农家开始进入农闲期,患者都是趁着这段时间来看病的,所以患者一下子多了起来。

诊疗所非常小,一共就只有四个小病房。可是因为这里的医生、护士态度都非常好,所以不仅 K 村的病患,就连相邻的 A 村以及 O 村的病患也都到这里来了。在治疗过程中对患者态度和善也是他们为了开展宣传教育活动而在一定程度上有意识要这样去做的,但实际上几乎无人注意到这一点。

患者的病症虽然多为高血压、腰痛等农民中的常见病,但除此之外还有湿疹、割伤以及人工流产等各种各样的繁杂病症。

殿村虽说从大学里中途退学,也曾经到千叶县相关的医院去帮过忙,因此像阑尾炎以及人工流产等外科手术他还是能够独立完成的。

仅只十一月这一个月的时间里,殿村主刀做过的手术就有阑尾炎三例、人工流产两例以及腹部外伤缝合手术一例,不仅工作效率高,而且术后的效果也都相当好。

虽说在上大学的时候偏向于从事学生运动,连大学都没念完就退学了,不过当时他如果能够继续念下去的话,肯定能够成为相当有实力的名医的。

警察出现在这家诊疗所里是在十二月下过一场罕见的大雪之后的一天上午。

警察分乘三辆巡逻车,一共来了十多个人,一下子就把诊疗所给包围了。其中有一位上了年纪的刑警给他们看了一下自己的警察证件,然后向殿村出示了逮捕令。

逮捕令上罗列着违反医师法和违法行医两项嫌疑。

殿村直接被押上了警车,警察为了搜集犯罪证据,对诊疗所也进行了强行搜查。患者们因此突发状况吓得跑到了外边,从远处担心地等待着搜查的结果。

在 K 村的诊疗所里,有假冒的医生进行过外科手术治疗这一事实,第二天就在 H 报的全北海道版面上以中号字标题进行了报道。尤其在钏路的地方版面上更是以大号字标题在醒目的位置上大事渲染了一番。

而诊疗所那方面由于各种医疗资料都被警察强行扣押了,再加上院长也因为被怀疑是在知情的情况下雇用了殿村这个冒牌医生而被命令到警署接受调查,诊疗所也只好被迫暂时停业了。

从那天开始,殿村便被拘留在钏路警署里接受审查。在接受审查的过程中,殿村发现这次逮捕他表面上是对他违反医师法违法行医的行为进行调查,而实际上其背后的真正目的还在于探查他们这支山村工作队的活动情况。而且他还发现,警察其实早已获悉殿村潜入这一地区的消息,也知道他没有行医执照,但却在一定程度上放松对他的控制,打算放长线钓大鱼来着。

对于自己被逮捕这件事,殿村既没有感到震惊,也没有感到愤怒。他早就知道自己的做法是违反医师法的行为,而且也早就做好了思想准备,知道既然以这种形式从事地下活动,那么被抓也只是早晚的事儿。只是他没想到逮捕行动这么快,这一点是他所始料不及的。他担心这一来恐怕会使他们好不容易才纳入轨道的地下宣传教育活动受到暂时的挫折。

出现这种局面对于党的整体工作来讲的确是件憾事,但是对于他本人而言,倒也不算是什么值得特别伤感的事情。刚刚建立起来的工作基础被破坏了,只要以后再重头来过就是了,殿村坚信发展群众运动本来就是这种性质的工作,而且实际上他一直以来也都是这样走过来的。因此对于他,被逮捕这件事情本身并不算什么可耻的事。

与此相比,殿村现在更加担心的是,当纯子得知这件事情以后会有什么反应。

他本来打算新年放假的时候回札幌去和纯子相聚的。可是现在事情已经闹到了这个局面,这一计划自然也就无法实现了。既然已经被抓,这也是迫不得已的事情。他现在害怕的是当纯子得知他的经历之后,会不会对他失望。

殿村的确曾经告诉过纯子,说自己是毕业于东京大学的杂志社编辑。但那是在纯子专注的目光注视下脱口而出的话语,并不是自己真的想欺骗她。那只不过是看到少女充满钦佩和崇拜的眼神后，为了满足她心目中对自己的完美形象的期待而编造出来的谎言而已。虽说后来有好几次可以进行更正的机会，但是每次都觉得事到如今已经无此必要了而作罢，结果导致错失了良机。

纯子看起来似乎是被殿村的男子汉气概以及他对政治、经济、文学等各个领域的广泛学识所吸引，但其背后的确也存在着被他那出身名门、毕业于东京大学这一虚假身份所迷惑的成分。

殿村比谁都清楚，纯子对于这种虚名相当缺乏免疫力。

当纯子知道她被自己骗了的时候，她是会义愤填膺呢，还是会因为失望而蔑视自己呢？在冷冰冰的拘留所里，殿村仿佛此刻才恍然醒悟到，纯子在自己心目中已经占据了如此重要的位置。

警方对他的审查从早晨十点开始，除去中午吃饭的短暂间歇外，一直进行到傍晚。

因为有患者的证词等，对于不法医疗行为这一点他是无法逃脱的。因此殿村对于这方面的问题基本上供认不讳。但是他也强调了一点，那就是："我所实施的医疗行为或许不符合法律规定，但是和其他任何合法的医生所做的工作相比，医疗效果绝不逊色，而且收费标准也远比他们要少得多。患者中应该不会有人记恨我。"

他一直缄口不言的是有关山村工作方面的问题。在这方面警方也没有确实的证据，缺乏可以对他进行追查的有力手段。

经过七十二小时的拘留之后，又延长了十天拘留期限，最后才决定对他进行起诉，把他从钏路警署移交至钏路监狱的待判决牢房。

从转移监押地的警车中向外望去,钏路街上的积雪比往年都要多得多。人们匆忙地行走在自己曾经和纯子一同走过的那条沿海大街上,口中吐出的哈气形成一团团的白雾。

在他被转移到监狱后的第三天,也就是十二月三十日,他接到了弟弟康之的来信。在普通的三张信纸上,写满了康之那独特的右上斜的稍显凌乱的字体。

他说他是从报纸上得到消息的,还没有直接跟东京的家里报告情况。既然做了这种工作,被抓住也是在所难免的。而且他还说,当假冒医生被抓起来实在太遗憾了,还不如当个铁骨铮铮的政治犯被抓起来,这样反而会令他感到自豪。如果只用钱就可以保出来的话,希望能告诉他所需金额等等。然后他在信的末尾告诉知之说,时任纯子很担心哥哥的情况,曾经到他那儿去过两次询问情况,随后的一个星期里她一直不知去向,到她家去问过,她家里人也不知道她在什么地方。

殿村非常清楚那些少年们的心情,正因为他们一直把自己视为英雄,才会因为自己现在被冠上了假冒医生的罪名而令他们难以忍受。不过更令他担心的还是康之所说的纯子不知去向这件事情。殿村在回信中只简单说明保释金需要五千日元,另外想知道纯子的消息,然后就请看守帮他把信寄走了。

新的一年来到了,监狱里除了装饰起贺岁的稻草绳和年糕外,并没有丝毫过年的气氛。而且这些装饰品在过了正月初七以后也被拿掉了。年底下的那些雪也已经基本上化得差不多了,从方形的小铁窗向外望去,照射在枯萎的草坪上的阳光格外强烈,完全不像是在正月里。

正月初十日,他又接到了康之的来信,康之在信里说他们将尽可能想办法自己去筹措那笔保释金,对纯子的事情却只字未提。殿村看着这封信心情非常沉重,看样子纯子到底还是弃自己而去了。

一月十六日,诊疗所里的伙伴儿来探视他,给他送来了新的睡衣和毛巾,并趁机简捷地告诉他说院长已经被抓。

第二天,忽然又下起大雪来,而且一连下了整整两天,到了第三天才终于变小了一点儿。降雪前曾经那么明亮耀眼的太阳,现在却只能看见一个黄色的轮廓,在严寒中抛下些许无力的光线来。

上午,结束了在狱中短时间的散步后回到自己的牢房,看守过来对他说:"有人探视。"

诊疗所的伙伴儿三天前刚刚来过,现在还会有谁来呢?他满心疑惑地跟着过去一看,在铁网外边站着一个女人。竟然是纯子。她身穿红色大衣,头戴茶色贝雷帽,双手插在大衣口袋里,直直地望向他这里。

"你怎么来了?"

"我送钱来了。"

纯子并没有流露出特别想念他的表情,只是平静地从大衣口袋里掏出一个白色的纸包来。

"这里有五千日元。"

"你怎么会有这么多……"

"这不是什么来路不明的钱。是我卖画加上借来的钱,放心吧。"

"是你一个人帮我筹来的?"

"是啊。有了这些钱你就能出来了,对吧?"

"对不起。"

"没什么。"

纯子轻轻摇了摇头。

"我今天早晨到钏路,然后就直接赶来了。"

殿村真想能够隔着铁网把纯子紧紧地拥抱在怀里。

"那你什么时候回去?"

"我想等会儿去阿寒看看。"

"可是下了这么大的雪……"

"如果能搭上营林署的马拉雪橇就能去。我想在山里待一段日子,画点儿画。"

"你一个人去吗?"

"当然啦。"

"最好还是别去了,直接回札幌去等我好吗?"

"我会等你的,不过我还是想去阿寒看看。"

纯子说着微微笑了笑。

这就是殿村最后见到纯子时的情景。

殿村现在又回想起纯子最后露出的那一笑。在她的笑容里他看到了纯子脸上虽在笑,心却没有笑,她的脸上渗透着想笑又笑不出来的无法排遣的寂寞。

　　不过他并不认为那个时候纯子已经下定了死的决心。如果她那个时候就已经做出了决定的话,那么在态度上会有所流露,也会留下一些话语。而且如果她真的考虑要去死的话,她就不会送这些钱来了。

　　可是既然如此,她那充满寂寞的表情又意味着什么呢? 是她对为了获得自己的肉体不惜编造虚假经历的男人感到失望了呢,还是对他们之间的爱已经厌倦了呢? 又或者是对她自己感到厌恶了还是因为其他别的什么原因? 总之,这一切都只能靠推测了。

　　唯一可以肯定的一个事实,就是她当时的目光就如同看穿了世上所有的一切般清醒,而且毫无疑问,她最后是看着殿村消失在大雪之中的。

第六章　兰子之章

一

　　我见到时任纯子的姐姐兰子，是在札幌见过千田先生之后又过
了一个月的七月初。

　　到此为止，我已经见过了浦部先生、村木先生、千田先生以及殿
村先生等各位，每多见一个人便使我心目中纯子的形象增加一份华
丽的色彩，然而越发变得多姿多彩的纯子同时又令我感觉我所听到
的一切既真实又虚幻，有些真假难辨了。

　　我听着他们的讲述，进一步得知除了上述那些男人之外，还有很
多人也曾围绕在纯子的身边。比方说像纯子女中时代的理科老师安
斋、绘画老师平川、在南高中教社会学的老师谷内，以及由新闻记者

转行开纺织厂、后来又自杀身亡的驹田等等。

我曾经打算继续按顺序一个个去找他们了解情况,进一步深入挖掘有关纯子的更翔实的资料。但是说心里话,当我了解到包括我在内的五个男人对纯子的回忆之后,我已经强烈地感受到某种空虚以及上不着天、下不着地的令人不快的感觉。

五个男人所讲述的自己头脑中的纯子形象自然都是他们从各自不同的角度去看待纯子所得出来的结论,因为各自年龄、职业、社会经历各不相同,因此和纯子之间的交往方式也自然会有差异。但那毕竟都是由眷恋、深爱过纯子的男人之口讲述出来的对她的回忆。

那么现实中到底是否存在绝对准确又客观的回忆呢?所谓回忆便是通过回忆者随意讲出来的内容,其中表现出回忆者的嗜好取舍反倒是很正常的了。尤其当回忆者对过去的事情难以忘怀、沉浸在怀旧的情绪当中时,回忆起来的故事便往往会变为具有个人倾向性的不确定性内容。特别是本质上属于浪漫派,对于屈辱极其敏感的男人们进行回忆时,更是常常带有独善其身的倾向性。

如果再继续寻访这些男人们的话,只会使纯子的形象更加丰富多彩,当然恐怕也会更加真伪难辨,搞不好还会使事情的表象更趋复杂化,说不定还会掩盖住纯子的真实面貌。

感觉到有这种危险性,我暂时放弃继续追寻与纯子有关联的其他男人们,把探索的目标转移到与纯子关系最近的女人身上。

这时在我的脑海里浮现出来的首选人物便是纯子的姐姐——时任兰子。

兰子比纯子大三岁,当纯子十七岁上高二那年的年底,她独自一人来到东京,从那以后便一直住了下来。

我到纯子家里去的时候,曾听她母亲提到过,兰子现在经营着一家叫"S书房"的出版社。

借助于这一信息,我回到东京后干脆下决心直接往S书房打了个电话。我在电话里告诉兰子,春天里我回札幌的时候,时隔二十年再次见到了纯子的遗照,突然怀念起她来,因此希望能见她姐姐一面,听她姐姐讲一讲纯子过去的一些事情。于是兰子便用低沉而郑重的声音约我第二天在一家位于新宿车站大楼里的名为"普契·蒙德"的饭店和她见面。

虽说我与时任兰子是初次见面,但我自以为是地认为我应该能够认出她来。尽管从纯子出事那时算起来已经过去了二十年,但当时她们毕竟是人人都觉得长得很相像的姊妹,因此我想现在兰子的相貌中不可能完全没留下纯子的影子。

事实证明,我的这种推测只对了一半,另一半却完全错了。

我走进"普契·蒙德"几分钟后便有一个女人快步走了进来。看到她好像在找人的样子,我便猜到了她就是我要见的时任兰子。

兰子身穿一件带花图案布料做的连衣裙,手上拿着一只白色提包。她个子稍矮,身材微胖,长着一张圆乎乎的娃娃脸。可能是来这儿的时候走得太急了,她的面颊有些发红,使她的脸色看上去显得很健康。

这个第一印象至少与我头脑中的纯子形象相去甚远。

我所认识的纯子，个子虽然也比较矮，但脸色苍白，长着一双黑瞳大眼睛，整体上来讲有点显得慵懒、散漫。

当然那只是我看二十年前的纯子所得到的印象。而比纯子大三岁的兰子今年应该有四十一岁了。虽说规模不大，但兰子现在毕竟还是经营着一家出版社。在她身上期待看到十八岁少女的形象，这本来就是不大可能的苛求。

我们相互打了个招呼，在靠窗边的桌旁面对面重新坐定。

我进一步补充了一下我在电话里预先跟她讲过的要求和她见面的理由，告诉她，我现在就是想了解清楚纯子的真实情况，并且为此已经见过了浦部先生、村木先生、千田先生和殿村先生等四位男士的大致情况。

兰子说她过去听纯子说过我这么一个人，在纯子已经离去二十年后的今天，她答应我她可以把她所知道的纯子的真实情况毫无保留地讲给我听。

听着她说这番话的同时，我在她身上逐渐发现了纯子的影子。

最初准备开口说话的时候，兰子稍稍偏着头想了一下。然后才用略微有些沙哑的声音慎重地一句一句地讲起来。兰子身上的稳重劲儿与当年纯子因为年轻而喜欢使用肯定说法的风格大不相同，但说话时的表情却非常相像。

说话时眼睛一眨不眨地盯着对方的眼睛，圆润而不算太高的鼻子，先从嘴角绽开的具有讽刺感的微笑等，可以说，这些特征绝对就是纯子身上也具有的。

我现在虽然面对着的是兰子,但通过兰子我确定无疑地看到了纯子。话题所涉及的内容以及遣词造句完全不同,但两个人的确惊人地相似。

可能兰子注意到了我会有这样的想法吧,只听她说道:"无才无能的人悲惨地活了下来,而且变得如此丑陋,整日为了些俗不可耐的事情不断奔忙。"

她所说的俗不可耐的事情似乎指的是她自己身材矮小却成为小出版社的一社之长,整天为出版的图书是否畅销而绞尽脑汁这件事。

"可既然要生存,这也是没办法的事情,无论什么人还不都是一样?"

对于我给予的安慰之词,她好像并不能完全表示赞同。她改用了一种更加自虐式的说法:"人到中年,变成了这么丑陋的老大妈了,却还活在世上。"

的确,现在的兰子稍微有些肥胖,身材也不漂亮,眼睛、鼻子、嘴的线条也都有些圆润,看起来显得比较亲切,但却缺乏那种富于棱角的美艳,在她脸上已经完全看不出二十年前那种清瘦的少女面貌了。

但是在我面前现在确确实实有一个与纯子极像的女人在思考、在谈笑,与其说她与纯子极其相像,不如说她就是纯子本身。

我看着眼前的兰子,忽然想如果纯子现在还活着的话,会是什么样?

如果她还活着的话,今年应该满三十八岁了。虽然与兰子差三岁,但却同样都是四十岁上下的中年妇女了。

虽然不知道她会不会也像兰子这样经营出版社，但至少可以认为她的面部长相、形体动作等方面与现在的兰子差不多，这一点应该不会错。

正如她们俩二十年前常被称作双胞胎那样，二十年后的现在，肯定也同样相似才对。

说句实在话，现在的时任兰子绝对不能算是漂亮女人。不仅在与年轻女人相比较时可以这么说，即便作为普通的中年妇女来看，她也说不上有什么突出的特点。

这一明确的事实与如果纯子活到现在的话肯定与兰子极为相像这一假设，到底是在什么地方联系到一起的呢？

既然现在兰子身上存在极鲜明的纯子的相貌特征，那么推测如果纯子活下来的话，她的样子就和兰子一样，这也是极其合理的一种思路。而如果把她的样子放到四十岁这一年龄段上去看，也只算得上是个相貌平平的中年妇女而已。

可是过去在少女们当中，纯子可是个鹤立鸡群式的人物。在五百多名女同学当中纯子的美貌也是出类拔萃的。不仅在学校里是这样，就算把整个札幌市的所有少女都集合起来，也没有谁能够比时任纯子的存在显得更耀眼夺目的了。

正因为她的美貌，她才能够成为少女们当中的女王，同时君临于各色男人们之上。这绝不只是我这个当时的高中生一个人的错觉，当时围绕在纯子身边的那些老老少少的男人们恐怕都会坚信这一点。

那个时候,我们到底看到了纯子身上的什么东西才会如此被她所吸引,把她看得如此美丽而高贵的呢?难道我们是在北国做了一个白日梦,梦到了纯子这一美丽的少女不成?

无论怎么想,这仍然是个揭不开的谜。

"我也早点儿死了就好了。"

当我呆愣愣地陷入沉思的时候,听到兰子轻声说了这么一句。这与其说是她对自己活下来的悔恨,不如说是对年纪轻轻便死去的纯子的嫉妒。从中隐约可见,她对纯子那种爱恨交加的复杂感情。

和纯子同样以美貌而著称的兰子,此刻发出这种感慨或许也是理所当然的。过去的岁月倒也罢了,可直到现在却还是年轻即逝者胜出,而努力活下来者败下阵来的结果。

这岂不是太不合理了吗?并未做出过相应的努力,只是顺势脱颖而出者,仅由于处于巅峰时玉殒香消之故便战胜了竭尽全力生存下来的一方,这不是太奇怪了吗?这样一来,岂不是任性而为、率性而动的人反倒成为生活中的胜者了吗?

可是就算现在再去重新反思这一问题,你也不能把已经消失无踪的对方怎么样。说到底,还是自由奔放者胜,尽心竭力者败。

在兰子的思想意识里,她好像认为自纯子先她而去以后,她的生命就完全属于多余的了。虽然她没有明确这样讲,但在她的言谈中却明显感觉得到。

被妹妹漂亮地将了一军,致使姐姐失去了选择死亡的最佳时机。在兰子历时二十年之后的表情当中,这种哀莫大于心死的放弃与空虚感尤显分明。

<h2 style="text-align:center">二</h2>

兰子感觉到纯子是自己不可或缺的伙伴儿,是在她五岁开始上幼儿园的那一年。那时候兰子开始认识到他们这些孩子,尤其是她们两个在五个兄弟姐妹中的女孩儿,需要更密切的合作、相互帮助才行。

这倒也不是什么特别的想法。其实在年龄与成长环境相近的姊妹当中,谁都会有这种想法,都会萌发出此种同类意识。

但是与众不同的是,她们姊妹俩的这种连带感有些过强了,而促成她们加强相互保护意识的因素恰恰就来自于她们的父亲。

父亲胜一是曾经出任过市教育委员的著名教育家,正因为如此,他在家里也是位相当严厉的父亲。而且他对孩子们的要求远不止是每天早晨必须跟父母亲打招呼啦,晚上九点必须睡觉等一般的家教常识。在他的要求中甚至包括像他自己不回家,孩子们无论怎么饿也不许上桌吃饭等倾向于独断专行的成分。

当然他这样做也不是单方面的蛮横不讲理,而是过于追求理想化儿童教育的结果,但是在年幼的孩子们的印象当中,父亲只是个可怕的绝对权力者,而母亲则只是屈服于这种权力之下的软弱无力之人。

她们两个为了逃避父亲严厉的目光,相互维护着对方,这就使她们之间的亲密程度进一步加深了。这也就是同为被压迫者所具有的思想共鸣。

小学四五年级的时候开始，纯子便已经表现出了两面派的作风。前一天晚上临睡前还和兰子一起说父亲的坏话，说什么"那个老爷子……"之类的，而第二天早晨却能够为了讨父亲的欢心去替父亲按摩肩膀等。当父亲心情变得愉快起来的时候，她又会隔着父亲的头顶对兰子使眼色，耸耸肩膀笑一笑。多年以后所展现无疑的纯子的那种见风使舵的生存本领可以说就是在这一时期奠定了基础，并且已经初露端倪了。

兰子养成在床上和纯子紧紧相拥在一起睡觉这一习惯大概也就是在这一时期。她也忘了刚开始的时候到底是因为什么事儿了。或许是因为纯子挨了父亲的骂哭泣不止，她为了安慰纯子才把她紧紧抱在怀里的那一次，又或许是为了欺骗来监督她们睡觉的父亲，两个人才相拥在一起假装睡着了的那一次，总之感觉这件事情应该与父亲有关系。

而且最初还应该是兰子主动揽过了纯子，纯子才把头靠过来的。无论最初的情形如何，到了后来则刚好颠倒了过来，变成由纯子主动拥抱兰子了。两个人相互依偎，手脚相互纠缠在一起入睡。

入睡时两个人身上都是穿着睡衣的。但是在炎热的夏日里，晚上睡着睡着感觉太热了，睡衣的前襟也就都散开了，有的时候她们几乎等于是赤身裸体地抱在一起睡的。纯子的皮肤白皙得有些发青，滑溜溜的感觉很舒服。

兰子抱着纯子，纯子依偎着兰子睡在一起，就如同独自一人睡觉的女孩子身边会放着长毛绒玩具或者宠物做伴一样。她们的哥哥喻看见这种情形曾笑着说她们睡觉时的样子就像两只小狗挤在一起似的。

这样的夜晚一天天过去，突然有一天兰子在纯子身上感觉到她作为女性的性特征，不禁一阵心慌意乱。

那是在纯子十三岁刚升入女中的那一年秋天。不经意地拥抱在一起的时候，兰子感觉到妹妹胸前实实在在的隆起，吓得不由得抽身后退。

好像自己正在做着什么不可为的事情，这种罪恶感以及厌恶感同时掠过兰子的脑海。

但是她的这种抗拒仅仅只是暂时的。很快就因为两个人相拥而眠已经成了习惯，再加上拥抱在一起可以御寒这种极现实的理由，她们又重新恢复了老习惯。

只是又过了一年以后，在纯子年满十四岁的那年秋天，兰子清楚地意识到她们两人之间存在着超乎姐妹感情范畴之外的亲密感。

那是一个深秋的夜晚，气候尚属于那种比较难以把握的季节，被窝里凉冰冰的，可使用暖水袋似乎又有些过早。

晚上，纯子吃过饭后说要去朋友家一起复习功课准备期末考试，可是她出去后直到十点多才回到家。

当时兰子已经上床准备睡觉了，她听到纯子刚进家门就在客厅里被父亲叫住，不知为了什么事情在责骂她。

兰子只听到父亲用尖锐、严厉的声音说着什么,却听不到纯子和母亲说一句话。过了十多分钟,纯子才拉开纸拉门,无声无息地走进房来。

　　"老爷子跟你说什么呢?"

　　兰子躺在被窝里,悄悄睁开眼睛问道。

　　"谁知道呢。"

　　纯子说着脱掉校服换上了睡衣,然后一言不发地钻到兰子怀里去。这种时候的纯子就像只猫,行动诡秘而且大胆。

　　"那家伙发火了吧?"

　　"忒没劲。"

　　纯子用粗鲁的说法吐出这么一句话之后,就像要寻求温暖似的把头扎到兰子胸前动也不动了。

　　兰子最喜欢这种时候的纯子。她此时的心态就如同要护着在外边受了伤、挨了欺负回到家中的孩子一样。她们之间存在的默契使她们相信,只有她们两人之间是可以通过拥抱在一起便可以得到安慰的。

　　过了几分钟之后,纯子慢慢抬起头来。她的动作就如同暖和过来以后就要悄然钻出去的猫儿一模一样。兰子还以为纯子要把头伸到被子外边去呼吸一些新鲜空气呢。

　　可是接下来的事情却让兰子大吃一惊。她右侧的乳头猛然间感到一下轻轻的碰触,她不由得全身抖动了一下。

　　"你在干什么?"

兰子想推开纯子的脑袋，纯子却纹丝不动。纯子柔软、温润的嘴唇慢慢含住了兰子的乳头。那是一种有些发痒的甜腻腻的触感。

"舒服吗？"

纯子终于抬起头来，调皮地笑了。看到她那副表情，兰子突然发觉她刚才对自己所做的事情多么令人羞涩。

"你这个傻瓜，别胡来。"

"可是真的很舒服吧？下面该姐姐弄我了。"

纯子说着大胆地撩开了睡衣的前襟。兰子稍事犹豫，然后将嘴唇凑近卧于粉红色乳晕正中的乳头。

纯子老老实实、一动不动地任由兰子摆弄着。她搭在兰子肩上的手指时而会增大一些力度，但仅此而已，并没有叫出声来。纯子的乳头渐渐变硬、挺立起来，似要抵御兰子嘴唇的碰触般左右晃动着。

"好了，可以了。"

兰子闻言停止了动作，抬起头来。纯子把潮红的脸突然一下子使劲儿埋在兰子的胸前。

"姐！"

她们俩紧紧拥抱在一起，直到快要喘不过气来了才分开身体。然后两个人同时喘着粗气，相视而笑。

"你今天晚上是不是和鸢坂君一直都在做这种事？"

鸢坂是纯子的同年级同学，今天她说要去一起复习功课的对象就是他。

"没有，我们认真学习来着。"

"真的吗?"

"刚开始的时候真的学习来着,不过学到一半儿实在觉着没劲,就跑去喝咖啡了。"

"没关系吗? 都这种时候了还玩儿。"

"没事儿。对了,姐,给你钱。"

纯子忽然坐起身来,从裙子口袋里哗啦哗啦地掏出一堆十元硬币来。

"怎么回事儿? 怎么这么多?"

"走在街上别人给的。"

"谁给的?"

"各种各样的人喽。"

"什么叫各种各样的人?"

"我说给我点儿钱吧,他们就给了。年轻人太抠不肯给,但如果是中年男人的话,基本上都会给的。我说:'给我十块钱吧。'可竟然还有给一百块的傻瓜。"

兰子无可奈何地交互看着纯子和她掏出来的那一堆零钱。

"今天我要到三百二十块,阿鸢要到二百八十块,我赢了。"

纯子得意洋洋地说着,又开始数起剩下的硬币来。

对于当时的女学生而言,三百块钱可不是个小数目。当时曾有个词叫作二百四,也就是说雇用一个劳动力一天支付的工资就是二百四十块,因此换算成现在的货币价值的话,应该值五六千日元了。而纯子她们只用不到一个小时的时间就跟走在街上的陌生男人们要到了这么多钱。

"我们这叫公益活动。"

"公益?"

"对呀。捐钱给美丽的女人,这是作为男人应尽的义务嘛。"

纯子重新钻进被窝继续数她的钱。

"你那么做要是被警察抓住了可怎么办?"

"是对方白送我的,怎么会抓我呢?"

"可如果被学校的督导委员们知道了不就糟了吗?"

"就是要躲着他们去要才刺激呀。"

"老爷子要是知道了,非气疯了不可。"

"那就气疯了好了。"

纯子无所谓似的说道。兰子对此虽然也有那么一点儿同感,但对于连这种话都能若无其事、随口而出的纯子,她也感到有些害怕。

"你去做这种事情,会被别人误认为是站街女的。"

"为什么?怎么可能有我这么年轻的野鸡。"

"你也知道什么是野鸡?"

"大概知道。"

纯子微微一笑。她的笑脸显得天真而无邪。看着纯子仍留有笑意的侧脸,兰子突然感到某种压力,好像自己快要被纯子超过去了。

这时兰子已经从札幌女子中学毕业,到一家小型纺织厂工作了。而纯子才刚刚开始在她的母校上一年级。兰子看着身穿水手服式校服、长得越来越漂亮的纯子,多少感到有点儿羡慕。

纯子右手食指包着绷带从学校回来的那次,是在纯子升入二年级那一年的夏天。

"姐,你看。"

纯子得意地给兰子看她手上的白色绷带。

"这是上理科实验课的时候,小白脸给我割破的。"

兰子知道小白脸是女中的理科老师安斋的绰号。

"教师竟然把学生的手指割破了,这是什么破学校啊。"

纯子嘴上骂着,眼睛却在笑。

"怎么会出这种事?"

"因为他说要解剖青蛙给我们看,我们就都跑到前边去了。小白脸那个家伙手里还拿着手术刀就往后推我们,想让我们再稍微离远点儿,结果手术刀就碰到了我撑在桌子上的这个手指了。"

"太不像话了,他不多加小心点儿怎么成?"

"不过被同学们从后边推着,我也太靠前了点儿。"

"那是因为你自己不对喽?"

"也说不上谁对谁错,如果一定要追究责任的话,那就应该说是小白脸手里的手术刀不好。"

纯子说着,亲吻了一下手指上的绷带。

"什么呀?手指被割破了你还美。"

"让你说对了。"

"莫名其妙。"

兰子以为又是纯子在犯神经,于是对这个话题失去了兴趣。

"手指被割破、出了血,当然不可能不疼。不过后来小白脸那个家伙吓坏了,对我特别温柔,所以也值了。"

"你是不是喜欢小白脸?"

"哎呀,谁知道呢。"

纯子竖起那根白皙的手指晃动着,哼唱起《田纳西华尔兹》来了。

安斋老师是三年前从北海道大学毕业后到道立女中来担任理科老师的一位二十六岁的年轻人。虽然他个子不高,但身材清瘦,外貌清纯,很有女人缘。

他是在兰子她们毕业前一年来学校任教的,虽然没有直接给兰子她们上过课,不过兰子知道从那时起就已经有好几个女生开始暗恋他了。

正因为纯子以前从未表现出对异性感兴趣的态度,所以现在看到纯子那么在意手上的那点儿小伤,兰子心里很不是滋味。

过了一个月后,也就是九月初的时候,纯子再次提及这位安斋老师。

"小白脸那家伙好像看上了那个姓江原的女生。"

纯子一边在她去定山溪秋游时捡回来的白色扁平软石块儿上刻着母亲的头像一边说。

这段时间她经常用小刀往木板以及桌子上刻些头像、动物什么的。

"江原是谁?"

"姐不认识她吗？是个比我高一年级的女生。"

兰子对这个姓氏没什么印象。

"脸长得虽然黑了点儿，但身材相当苗条，是个美人。"

"小白脸是真的喜欢她？"

"好像是。"

纯子事不关己似的说完，紧接着又说："上次我们生物班到忍路海边去的时候，小白脸那家伙一直都黏着那女生的。"

"他竟然置你于不顾，反倒喜欢上了别的女人，真没想到他看女人这么没眼光。"

兰子知道纯子对异性感兴趣时虽然心中不快，可一旦看到自己的妹妹形势不利，她又会感到愤愤不平。

"腻腻歪歪的，一点儿都不像他了。"

"那种家伙，别放在心上就是了。"

兰子安慰她说。

纯子仍一边继续用凿子刻着石头，一边信心十足地说："瞧着吧，我会让他注意到我的。"

三

兰子女中毕业后当时已经到车站后边的一家小型纺织厂里工作了。她一边工作，一边梦想着成为一名小说家。战争结束后，忽然之间各种小说摆满了街头，而其中最吸引兰子的就有堀辰雄作品中的浪漫派风格以及太宰治作品中的虚无主义色彩。

说实在话,兰子也不知道自己是否具有写小说的才能。虽说像样的东西还一部都没有写成,但她有时觉得自己拥有伟大的才能,有时又会感到自己在文学方面一无所长。总之,她还处于对自己缺乏认识、无从把握的阶段。

兰子就职的那家纺织厂的厂长驹田以前曾在 H 报社当过记者,因此兰子多次跟驹田提及过自己对未来的期望。

驹田鼓励兰子要继续努力下去,并建议她先试着写写诗看。

那一时期在北海道住着相当多的作家和诗人。譬如说作家当中就有百田宗治、武田泰淳、伊藤整、福永武彦等,还有创元社等近七十家出版社,而且《至上津》《日本未来派》等有影响力的诗歌杂志也是在北海道出版发行的。

北海道的文学氛围如此浓厚是有其特殊的社会背景的:其一就是战时疏散到这里的作家、诗人还有一部分留了下来;其二是这里的一家大型造纸厂"王子造纸厂"在战争中没有遭到破坏,因此,这里用纸还不至于像其他地区那么困难。

兰子向往从事文学创作不可否认也是受到了周围这种气氛的影响。

兰子希望将来自己能够成为小说家的这一理想,在家里也已经向父亲以及兄弟姐妹们明确表示过了。父亲虽然对孩子们的要求格外严格,但是因为他过去曾针对小学国语教育发表过独到的见解,所以对于兰子的理想能够予以理解和支持。

兰子正是预料到父亲在这一问题上会持理解和支持的态度,因此才考虑希望能以"一切为了艺术"为理由,在实际生活中争取获得更多的自由。

在驹田那里做秘书工作的同时,兰子也常常和驹田谈论文学等方面的话题,渐渐的她对驹田的感情也在不断加深。虽说他比自己大十五岁,但这样一来兰子正好可以在驹田身上编织柔情父亲的形象。

而在这一时期,纯子则完全热衷于对安斋的追求。

她们二人各自爱着自己中意的男人,但却仍然保持着每晚相拥而眠的习惯,而这种关系与对男人的感情完全属于不同的两个世界。

纯子晚上睡觉时开始在鼻子上夹衣服夹子也正好是在这一时期。她是看到电影中有这样的镜头照样学样的。

"你那样子太奇怪了,赶快摘了吧。"

兰子看到纯子鼻子上的衣服夹子憋不住笑了。可纯子却一点儿都不显得羞怯。

"咱们家遗传的缺点就是鼻子不够高、不够尖。姐,你也夹夹吧。"

"夹那个东西有效吗?"

"就是因为有效才夹的嘛。夹完以后第二天早上起来就能看到鼻子上翘了。"

"再夹就要把鼻子夹烂了。"

"不会的。"

在纯子的劝说下,兰子也试着夹过一次,但感觉太疼,只夹了一会儿就摘下来了。兰子可不想为了吸引男人的注意去做这种努力。而实际上,她已经得到了驹田的爱,已经感到非常满足了。

可是纯子那方面的感情问题进展得并不顺利。

兰子知道纯子之所以忍受着痛苦夹鼻子就是为了不输给那个姓江原的女孩。平常什么事情都对自己讲的纯子,唯独在与安斋之间的问题上不怎么开口。这也足以证明纯子正承受着感情的痛苦。

"小白脸那家伙知道阿纯喜欢他吗?"

实在忍不住了,兰子试探着问纯子。

"谁知道呢。"

纯子的表情中露出难得一见的失落。

"上次我给他写过一封情书……"

"那后来呢?"

"那个家伙马上把我叫到教研室里去,一本正经地批评我,说什么'不许跟老师开这种玩笑'。"

"神经。"

兰子真想现在马上冲到小白脸的面前,告诉他:"阿纯是真心真意爱你的呀!"

照此看来,这个男人的感觉也未免太迟钝了。不过在这一阶段,兰子还是低估了纯子对安斋的感情投入程度。

虽然纯子说她喜欢安斋,但兰子依然将纯子对安斋的追求理解为是属于某种崇拜的心理,就如同处于青春期的少女们追逐明星一样。

纯子在理科实验室里喝升汞水企图自杀这件事情就是发生在这一年的秋天。

下课后,她一个人偷偷溜进实验室,从药品柜中拿出升汞水喝了下去。后来是在这里巡视的保安发现了倒在地上的纯子。

得知这一消息后,兰子和母亲直奔医院去看望纯子,可纯子醒过来后说的第一句话竟是:

"小白脸呢?"

"他吓了一跳,已经赶过来看过你了。"

兰子含含糊糊地回答说。

父母亲好像都没听懂她们之间的对话。

"然后呢?"

"我想他还会来的。"

"是吗?"

升汞水烧坏了她的嗓子,纯子说话时的声音嘶哑得很。了解到安斋的情况之后,纯子好像放下心来了,而后又沉沉地睡着了。

这次自杀未遂事件毫无疑问是纯子为了吸引安斋老师的目光而故意策划的,这一点兰子从一开始就明白了,但是这样做之后的效果却非常值得怀疑。

由于出了这种事,安斋老师的确吓了一跳,马上赶到医院来看她。但也仅此而已。他和那个姓江原的女生之间的关系并没有因此而受到破坏。

结果到最后也没有人能够理解少女企图自杀的真正原因,纯子就出院了。事实证明这件事完全是纯子一厢情愿的单相思。嗓子被烧、胃也一度发生溃疡,最后完全以纯子身心受损而告终。

"那个家伙简直就是榆木疙瘩脑袋。"

兰子对小白脸反应迟钝的表现耿耿于怀。

"赶紧忘了那个家伙吧。他有什么好？像他那样的男人世上多得是。"

兰子愤愤不平地嚷嚷着。可纯子只是盯着镜子里自己那因为升汞而变得粗糙的面部肌肤,一句话都没有说。

四

自杀未遂以后纯子突然变得沉默寡言了。在学校的时候可能还好些,回到家里以后她马上就拿出画板,调整颜料,开始埋头作起画来。前边的头发垂落下来都快把她的脸遮住了,可是她全然不顾,全神贯注于绘画的时候,连衬衫啦裤子等被颜料弄脏了,她也都顾不上擦。

关于纯子自杀的原因,出现了各种各样的传闻,但结果还是归结到一点上,那就是因为青春期的少女很容易产生情绪上的波动所致。父母对这种说法也表示赞同。

而真正能够理解纯子的悲伤的人只有姐姐兰子。刚刚十四岁,就经历了人生中致命的一次感情挫折,甚至为此企图自我了结生命,她觉得妹妹实在太可怜。因此她尽可能避开一切有关安斋老师的话题。

　　对于纯子来说,比较愉快的话题应该就算是绘画了。

　　纯子上小学的时候就很会画画,还曾经入选过北海道儿童画展,而自从她升入女中二年级的时候让父亲给她买了一套油画颜料之后,她的画一下子变得相当大气了。

　　"这张画,画得真不错。"

　　"我正跟着平川太平学呢。"

　　平川太平是女中的绘画老师,兰子也曾经跟他学过绘画,学生们往往会只取他姓名当中的名字,直呼他为"太平"。

　　"我又没特意去求他,他就主动跑过来说因为我有天赋,他无论如何都想教我。"

　　"那是单独指导喽?"

　　"午休的时候或者放学以后,他只叫我一个人到绘画室去教我,应该算是吧。"

　　"那个家伙是不是对你有意思呀?"

　　"到底是不是对我有意思我也不太清楚,不过在我被小白脸甩了以后情绪处于低谷的时候,的确是他帮了我。"

　　这次纯子主动提到了她最忌讳的那个人的名字,反倒令兰子不知所措了。

　　"上次我拿康乃馨去送给小白脸的时候,看到他教研室的桌子上摆着玫瑰花,这件事我跟你说过吧?"

　　"玫瑰花是不是那个姓江原的女孩子送给他的啊?"

"就是啊。这种时候我再送康乃馨给他也没意思,所以后来上绘画课的时候,我干脆就画那束康乃馨了。结果太平走到我身边对我说,如果你不能忘掉一切放松心情是不可能画好画的。"

"那就是说,太平那个家伙知道你曾经爱过小白脸?"

"具体情况我也不知道,反正从那以后,他对我的态度突然变了,特爱过来套近乎。"

纯子说话的样子好像这事跟她没关系似的。

"在别人感情最脆弱的时候乘人之危,真够卑鄙的。"

"不过这样一来我倒也没那么寂寞了,而且他还鼓励我参加下一次的北海道画展,好像也还不错。"

"你真的准备参展?"

"他说我肯定能入选。"

"是吗?"

兰子重新审视了一会儿那张固定在画板上的画。那张画上以水蓝色为背景,以贴画的风格画着白色的瓷瓶和玫瑰。

"我告诉你吧,他还邀请我一起出去写生呢。"

"只有你们俩?"

"是去定山溪,当天去当天回来。"

"还是不要答应他比较稳妥。"

自己倒还罢了,兰子可不想让男人接近纯子。

"不过现在对于我来说,他这个人还有点儿用。"

"为了能入选北海道画展?"

"是啊。他现在对我的画比对他自己的画还上心。"

"可是他那么做,绝对不只是出于他对你的关心。"

"那家伙好像觉得我虽然是个可怕的孩子,但的确有天赋。"

"我说的不单是这个意思,他会不会是作为男人接近你的呢?"

"就算是那也不错啊。"

纯子将沾着油彩的脸转向兰子。

"女人能得到男人的爱护有什么不好?"

"倒也没什么不好的……"

"女人就是应该让男人捧着、哄着的。"

"可就是男人,也是有各种各样的。可能你现在还不了解,其中也有狡猾的、品行恶劣的,还是要多加小心才是。"

"不用替我担心啦。何况我也没把那种东西看得那么严重。"

"什么东西?"

"处女。"

纯子压低声音说,然后笑了笑。

"姐姐不是也曾经说过吗?"

的确,兰子也记得自己确实说过这样的话。但那是在兰子因为父亲太顽固而奋起反抗,曾经一度离家出走逃到朋友那里去住的时候,不得已才说的话。

"话是那么说啦,不过如果可能的话,还是应该献给自己喜欢的人才是。"

"我倒没想到姐姐你还真够老脑筋的。"

"为什么这么说？"

"难道不是吗？你现在说的全都是大道理呀。"

兰子有点儿慌了。妹妹这样说她，她这个做姐姐的还有什么立场？

"不过再怎么说，毕竟还是献给自己喜欢的人最好。"

"可是我根本就没有喜欢的人啊。"

纯子刚学会抽烟，她这会儿就点燃了一支香烟抽了一口，好像怕呛似的皱了皱眉头。看着她那孩子气十足的侧脸，兰子感到妹妹已经开始渐渐脱离开自己，就要到自己不可及的地方去了。

十一月初的一天，天气非常好，真可谓晴空万里，秋高气爽。不过入夜以后，户外的气温突然降了下来。和驹田分手以后，兰子回到家里的时候已经十一点钟了，可是纯子还没回来呢。

这段时间以来，纯子外出的频率相当高。兰子晚上外出就已经够多的了，纯子现在和她相比简直是有过之而无不及。

面对母亲的唠叨，她们姐俩会异口同声地回答说："这都是为了艺术，没办法呀。"仿佛她们现在要把以前受到压制淤积下来的郁闷，都要以艺术为借口宣泄出来一般。

这天晚上，纯子回家的时间比兰子还晚了一个小时。她没有经过客厅，直接从玄关走进了位于右手的寝室。看她那步履蹒跚的样子，就像是喝醉了。

可是等她脱光了衣服钻进被窝里的时候，兰子发现纯子根本就没喝酒。

"姐!"

纯子连最里边穿的内衬衣都一下子脱掉了,像小猫一样用头蹭着兰子的前胸。每次她上床比兰子晚的时候都会这样,不过今天晚上她的动作尤为激烈。

"你跑到哪儿胡混去了?瞧瞧都冻成这样儿了。"

当揽过纯子光滑的肩膀时,兰子感到纯子身上有些异常。具体的她也说不出来到底是什么地方不对劲儿,只是凭着女人的直觉,她感觉到了。

"是出了什么事儿了吧?"

兰子推开正准备抱住的肩膀,再次仔细瞧着纯子的脸。

"是出事儿了吧?你老实跟我说实话。"

纯子蜷缩着身体,闭上了眼睛。

兰子原来就有预感,知道早晚都会有这么一天来到。早晚会有一天,妹妹将离开自己投入男人的怀抱。尽管她也明白这种事情不可避免,但总觉得还早着呢。

"姐姐没生你的气,只是说让你把发生的事情老老实实告诉我而已。"

听她再次这么说,纯子才慢慢抬起头来。

"为什么我就必须说呢?"

"你这话是什么意思?"

"姐姐不是也一直都在做吗?可我还是拥抱你了呀。"

"可是……"

"别说了，赶紧抱住我。"

她舞动着头发，用鼻子蹭着，紧紧地缠了过来。她们互相把一条腿贴到对方的两腿之间，再把贴在中间的那条腿微微向上抬起，使两个人之间不再存在一丝空隙。随着每一次细小的呼吸，胸部起伏摩擦着。

紧紧地拥抱在一起，兰子竟情不自禁地流出了泪水。

纯子到底还是回来了。无论她在外边和什么样的男人做过什么样的事情，结束之后她都会马上回到自己身边。自己怀抱中的纯子现在已经不属于任何男人。她还是那个从小就和自己相拥而眠、一起长大的纯子。

她们拥抱在一起，疯狂地亲吻着，最后两个人分开身体的时候已经是三十分钟以后的事情了。因为现在纯子从男人那儿又迅速地跑回到自己的身边，兰子感到非常满足。

"小白脸那家伙，听说要结婚了。"

纯子忽然想起来了似的说道。

"到底还是和江原？"

"对。"

"真够傻的。"

"没办法，对方又是个美女。"

"对纯子这样有才能的人视而不见，竟然去娶那么个平凡的女人。"

纯子没有回答兰子的话。走廊里传来脚步声,估计可能是哥哥去上厕所吧。今天晚上有月亮,而且天空好像格外晴朗,借助于透过窗帘漏进来的那点光亮就能看清楚房间里各个角落的轮廓。

沉默了一会儿之后,纯子吹起了口哨。

"还是把已经过去了的事情忘掉吧。"

借着从窗口透进来的光亮,纯子的半边脸浮现在眼前,她吹的曲子是《田纳西华尔兹》。

至于纯子到底是委身于什么样的男人,对于兰子来说都已经无所谓了。更令她在意的是纯子的心情,因为她非常清楚纯子偏偏选在今天这样的日子里让自己委身于男人,那是多么痛苦的决定。

"姐,从现在开始我要变成肺痨了。"

又重复了两遍《田纳西华尔兹》之后,纯子开口说道。

"肺痨?"

"就是肺结核啦。所以如果有人问起来的话,姐姐就告诉他'纯子是肺痨'好了。"

"这种事情怎么可能装得出来?"

"我从明天开始休息一段时间。然后再上学的时候就戴着口罩去。像肺结核病人那样的咳法很容易学的。"

纯子故意轻轻咳了几声。

"怎么样?有点儿像吗?"

"你想装病啊。"

"对呀。我听阿莺说,如果用双氧水擦头发的话,头发自然就会变成茶色。那样一来不就更像肺痨了吗？"

"那样一来，老爷子就更得说你了。"

"可这一切都是因为老爷子不好。是老爷子他们把我的脸生成了这个怪模样，才害得我不得不费这么大的劲儿。"

"阿纯……"

兰子再次把纯子揽进怀里。输给了比自己高一年的江原，不愿服输的纯子才最后想到了装结核病这一招。看样子她是在经过反复思考之后才得出了这样的结论，认为和美女进行抗衡这一招最有效。

"你那么做，会真的把身体搞坏的。"

"无所谓啦。面色苍白的少女，带着大口罩，满脸痛苦不堪的表情，这种形象是不是很棒？"

纯子好像是要来真的。虽然兰子觉得她所要做的事情很无聊，可是对于不惜下这种功夫也要扮得美丽一点儿的妹妹，兰子是既害怕又心疼。

正如她所宣称的那样，从那天起，纯子半个月没有去上学。她向母亲汇报说医院的医生诊断她得了支气管炎，需要在家休息，然后就每天一半时间用于画画，一半时间花费在用双氧水擦头发上。

十二月初，第一场雪过后，整个城市都变成一片银装素裹。这一天早晨，纯子急不可耐地上学去了。

她戴着一个大号口罩，贝雷帽稍微斜戴在头上。从口罩里露出来的一双黑色的大眼睛以及白皙的面容，在深蓝色女生专用校服大衣的映衬下，显得格外突出。垂肩的长发用双氧水脱过色以后已经变成了茶色,这使纯子脸上原本有些显得冷酷的感觉得到了缓和,看起来温柔了许多。

她故意微微低着头,慢慢地一步一步地往前走,那样子绝对就是一个得了肺病的北国少女形象。

"因为稍微吐了点儿血,所以医生让我在家休养了一段时间。"

纯子仍戴着口罩跟班主任广尾老师解释道。老师毫无疑问地相信了她的话。是啊,在他眼里,纯子那种脸色苍白、浑身无力的样子,再怎么看都像是大病初愈,他怎么可能想得到还有故意装成肺结核的孩子呢。

总之,纯子因此获得了最堂而皇之的借口,可以不上她讨厌的体育课,甚至还可以随意从学校早退。

十二月中旬开始,初雪渐渐变成了积雪,紧接着新的一年就到来了。

"我已经不再让太平教我了。"

纯子突然有一天这样告诉兰子。那是在纯子扮成得了肺病的少女之后,升入女中三年级的那一年春天。

"我现在跟一个姓浦部的人学画呢。"

"那个什么浦部是什么人?"

"他是自由美术协会的会员,画的抽象画感觉相当不错。何况他现在还是个职业画家,我想应该具有一定的实力。"

"可是你这么做,太平不生气吗?"

"太平那家伙是强烈反对我这么做,他说像浦部那种怪胎绝对不行。我要是让他教的话就彻底完蛋了。"

"那他真的是怪胎吗?"

"我也不太清楚,不过总比太平强吧。我已经没有什么好跟太平学的了。"

兰子一时还难以相信,妹妹真的是天才少女吗?她在绘画这方面真的进步那么快吗?

"嘴上说的再怎么像那么回事儿,还不就是在学校里教教绘画,像他那种人到底还是欠点儿火候。"

"不过你现在毕竟还没毕业,最好还是注意点儿,别让太平恨你才是。"

"他绝对不会恨我的。因为我告诉他说,是浦部先生主动跟我说无论如何想帮助我,我才决定跟他学的。"

"真够过分的。"

"浦部先生那边也相当介意太平,说什么'你虽然有天赋,但是在你的画里还看得出他对你的负面影响',就是不肯夸奖我画得好。男人真有意思。"

不偏不倚地看着两个大男人为了自己在争斗,这种场面或许真的很有趣。可是看到如此年纪轻轻的妹妹就已经知道如何去操纵那些大男人了,兰子真不知道该如何去看待这件事才好。尽管这个人是自己的妹妹,兰子仍然觉得有些胆战心惊的。

"那个姓浦部的画家长得帅吗?"

"一点儿都不帅。娶了个有点儿神经质的老婆,而且还有孩子。戴着一副眼镜,是个万事不着急的父亲那样类型的中年老大伯。"

"不过好像比太平强嘛。"

平川太平身材有点儿胖,颧骨高高的,相貌离美男子差远了。

"只不过个子高点儿,还像点儿人样罢了。"

"太平,好可怜哦。"

说坏话归说坏话,太平毕竟也是曾经教过兰子的老师。是否有作为画家的才能暂且不提,现在纯子一句已经没什么好跟他学的了,就简单地把他抛弃了,这在兰子的角度看来总还是觉得有点儿过意不去。

"不过我觉得太平没什么好抱怨的。"

"真的吗?"

"本来就是嘛。他不过是在我因为失恋情绪低落的时候乘虚而入插进来的,要说起来就像个小偷似的在趁火打劫。何况我还让他亲过我呢……"

纯子说到这儿,露出一丝微笑。

"我倒觉得他应该感谢我才是。"

兰子虽然也点头表示赞同,不过她也清楚地感觉到纯子已经开始走向自己无法掌控的另一个世界。

总的来说,纯子从太平转向浦部这一举措看样子还是很成功的。

这一年的秋天,纯子第一次提交了一幅题为《酸浆和日记》的四号静物画就入选了北海道美术展。当时在所有入选者当中,纯子是最年轻的。再加上她还是个身穿校服的美少女,因此连报纸上都对她进行了专门报道。

对于妹妹能够入选北海道美术展,兰子深感意外。她一方面替妹妹感到高兴,但同时也因此产生了一些焦躁的情绪。兰子的愿望是当作家,她也希望自己能一举成功,发表一部长篇小说,让周围的人都对自己刮目相看。可是野心虽然大,实际上却连一篇小说也没有完成。过去她虽然也知道妹妹画画好,但她一直都以为妹妹的画也不过就是比一般的女中学生略胜一筹而已,没想到她的画现在竟然入选了大型画展,而且还作为天才少女一跃成为大家瞩目的焦点。

不经意间,妹妹已经比自己领先了一步。

因为刚满十五岁就入选了北海道美术展,纯子很快就在札幌这座小城里出了名,同时她也因此获得了一块免罪符。

无论在学校里还是在社会上似乎都形成了一种共识,那就是因为她是天才少女,和普通的学生不一样,哪怕她的某些行为不太符合女中学生的身份,大家也不应该太过吹毛求疵、鸡蛋里挑骨头。另外她患有结核病这一点也增强了纯子的神秘感。

头脑聪明、灵活的纯子是不会放过这一大好时机的,很快她就开始逃课、早退了。

当然父亲对她的做法多有微词,但是只要她一打出来“为了画画”这块王牌,也就不得不睁一只眼闭一只眼了。他一方面害怕女儿会变成热爱艺术、行为不检点的女人,但同时也为女儿成名而引以为自豪。

纯子充分运用了这次入选大型画展的机会。她现在已经有恃无恐了。由于这一次的表现,她已经成为女中里名副其实的明星。到这时似乎纯子已经完全医治好了因为安斋老师而受到的心理创伤。

五

　　这一年秋天开始直到第二年年底,纯子又接连参加了北海道独立派沙龙美术作品展、全北海道学生绘画展等大型画展,不断推出自己的绘画作品。

　　这种阵势,的确符合一位天才少女的亮丽登场。

　　了解纯子变身全过程的兰子也不得不为纯子的巧妙经营所折服,但同时她也更加心急如焚了。

　　再这样下去的话,自己和妹妹之间的距离将会越来越大,人们现在已经开始把自己单纯当作纯子这个天才少女的姐姐来看待了。虽然仍然和驹田反复幽会,但兰子时常会考虑有没有单身赴京这种可能。

　　不过这期间,她们俩夜晚的生活方式并没有丝毫改变。哪怕两个人都喝醉了、疲惫不堪地回到家里,她们依然紧紧相拥而眠。哪怕整日见不到一面,但只要晚上能够紧紧依偎着对方,心里就会倍感踏实。

　　不知为什么,兰子总觉得通过与纯子的拥抱可以使自己与驹田交媾后的血液得到净化。通过拥抱便会感到仿佛又恢复了少女时代的纯洁,会变得心态平和、舒适。

纯子似乎也有同样的感觉。往往在她和浦部或者什么其他男人睡过以后,晚上她总是会表现得格外亢奋。她会把整个身体都紧紧地靠过来,好像通过拼命的贴擦碰蹭、挣扎、扭动就可以抖落掉沾在自己身上的男人的味道似的。

每逢这种时候,兰子就像接受信徒忏悔的僧侣一样,一直紧紧地抱着纯子不肯松手。感觉着怀中不安扭动着的柔软肌肤的弹力,兰子从中嗅到了男人的味道。

这一年春天开始,纯子为了实现参加全国美术展的目标,开始着手绘制一幅三十号的抽象派风格的画作。

兰子此时已经无意再和纯子较劲儿了,绘画毕竟与文学属于不同的两个领域。

如果有绘画天赋的话,即便年轻也能得到机会公开发表自己的作品。但小说可就不同了。有超凡天赋的人自当别论,大多数情况下都需要在积累一定程度的生活经验后才能够对小说中的人物形象刻画得比较深刻。就算偶然有一篇东西得到认可,也不见得其后仍能连续不断地写出成功的作品来。

兰子如是安慰着自己,不断对自己说:现在是自己为日后的飞跃做准备、打基础的阶段,急不得。

不过无论再怎么换角度思考,也都只是在替自己找借口而已。这一点是无法否认的。

兰子有时会对自己感到气愤不已。再这样下去,自己这一辈子恐怕就要继续做个小工厂里的平凡职员孤老终身了。即便那家工厂的经营者驹田爱着自己,但那也不过就是个情妇而已。

驹田比兰子年长十五岁,而且有经济实力。在这方面如果没有过高要求的话还是可以放心与他相处下去的,而且很多时候他还能惯着自己,在他面前自己可以任性而为。但是他之所以那么宽容,归根到底也不过就是老男人为了抓住年轻女人而采取的手段罢了。和驹田在一起的时候就算有被爱、被呵护的实际感受,但两个人之间已经早就不存在那种令人神魂颠倒的激情了。

兰子认识在 H 报社当记者的村木,恰恰就是在她和驹田之间的关系处于这种倦怠期的时候。而介绍他们两个人认识的又正好是驹田本人,以前也曾经当过 H 报社记者的驹田算起来还属于村木的前辈呢。

一开始,兰子对村木并没有特别的好感。村木虽然个子高,但身材太过瘦弱,而且作为男人,他的五官相貌也太端正了些。兰子不喜欢长得太漂亮的男人。遇到长得帅的男人,她反而会相当戒备。

美男子的身边肯定会围绕着很多女人,兰子可不想变成其中之一。一旦被美男子掌握了主动,那么自己就会成为整日追着男人跑的可怜女人,兰子可不想变成那个样子。

她的这种戒心也使男人们对她敬而远之。

不过真要仔细琢磨琢磨便知,她的这种态度根本就说不上是讨厌美男子。正是因为她害怕自己一旦接近美男子的话,说不定就会无法自控地喜欢上对方,这种不安的心理才令她产生了戒备,于是干脆就不去接近美男子。她之所以这样做,不过就是不想迷失自我,不愿以伤害自尊为代价掠获男人而已。

村木倒是没有因为自己的美貌而显得傲气十足,他接近兰子的时候相当低调,等兰子有所觉察的时候,两个人已经发生了进一步的关系。在他不露痕迹的主控下,不知不觉间,他已经变成非常贴近自己的男人了。

而这种做法也正说明村木是个相当有阅历的游戏高手。

回过头去看的话,兰子也明白实际上村木从一开始就已经看透了兰子和驹田之间的关系。而他是明知如此,还要故意去勾引兰子的。可是就算事后发觉了这种情况,兰子也已经深陷其中,不得自拔了。

兰子一方面拥有驹田这样一个安全港,另一方面又开始到村木这个未知的海洋里冒险去了。

好像兰子与村木刚认识还不到一个月,纯子就觉察到了他们二人之间的特殊关系。这一次与以往不同,换成由纯子指责、批评兰子了。

只不过纯子完全是从兰子预想不到的角度提出的问题。

"姐,你已经放弃写小说了吗?"

当兰子第二次与村木发生过关系之后,晚上回到家里的时候,纯子仿佛很不经意似的问道。

"没有。"

"可你根本就没写呀。"

"基本构思已经差不多了。"

"你已经有比小说更好的东西了吧？"

黑暗中，兰子感觉到纯子好像在微笑。身为妹妹，她却用这种仿佛看穿了一切的口吻跟她说话。暂且不说她是不是真正的天才少女，但她连爱的喜悦都不懂，却还在这儿得意。

"就是啊，我正在谈恋爱呢。"

兰子干脆挑明了回答她的问话。

"谈恋爱比写小说更重要？"

"那根本就是两回事嘛。谈恋爱归谈恋爱，写小说归写小说。"

"真的吗？"

纯子用十分老成的口吻说："我倒不觉得一个人能够同时热衷于几件事情。"

她翻了个身，趴在床上，点燃了一支香烟。

"那可不见得。也有的人爱得轰轰烈烈的，不是也写出非常出色的小说了吗？"

"有倒是有，不过恐怕不是同时做到的吧。"

的确，现在兰子满脑子都是村木，已经着手写的和正准备要写的小说的事情早就被她忘到九霄云外去了。

"同时要做两件事，你也太贪心了。"

"没关系，我就是要做做试试看。"

"不可能做得好的，还是算了吧。"

纯子吸着烟，慢慢说道。

"我倒真想见见那位让我姐如此迷恋的人长得什么样。"

过了年的二月七日,兰子到现在还清楚地记得这一天。

晚上兰子和村木分手以后,九点多就回到了家。她今天下班以后和村木见了面,然后直接到他的住处去了,可是他却少有的冷静,根本就不和兰子亲热。看到村木心神不宁的样子,在一起待了一个小时左右,兰子就回来了。

那是非常冷的一天。没下雪,晴朗的天空中一颗又一颗的星星清晰可见。

兰子回到家里以后走进卧室,点着取暖炉,等房间里温度上来了,就钻进了被窝。半夜十一点多了,纯子还没回来。兰子打开台灯开始看书,可是却一点儿都看不进去。今天村木的态度怎么想怎么不对劲儿。他不但不和兰子亲热,还一个劲儿地老往窗口那边瞧。

难道他是在等什么人吗?

兰子忽然心慌起来。正当她百思不得其解的时候,忽然听到窗外传来隐隐约约的说话声。兰子稍微抬起头来侧耳倾听,不过只听到了那么一点声音,外边重又恢复了宁静。

兰子有些怀疑自己的耳朵,会不会是自己听错了?当她重新把头放回到枕头上去的时候,她听到大门被打开的声音。紧接着从走廊里传来了脚步声。

"姐,还没睡呢?"

纯子开门走进来,有些不好意思似的笑了。

"我还没睡不行吗？"

"我不是那个意思。"

"你刚刚是和什么人一块儿回来的对吧？"

"你看见了？"

"我是听到了说话的声音。"

"是吗？"

纯子点了点头，大衣都没脱就直接坐到床边上，掏出了香烟。

"你到哪儿去了？"

"和田边君见了面，一起在薄野那边逛了逛，好累。"

"那就早点儿睡吧。"

兰子想把自己在村木那儿没有得到满足的欲念全部发泄在纯子身上。她以为只要紧紧抱住纯子，自己心中的不安就会消失。

兰子迫不及待地抓住了慢吞吞地钻进被窝里来的纯子。揽过她的肩膀，把她整个人都抱进怀里。就在这时，兰子感觉到妹妹的身体和往常不同，好像有些害怕似的，整个身体都显得非常僵硬、紧张。

"你怎么了？"

兰子把她搂得更紧，把脸埋在纯子的胸前。而在这一刻，兰子似乎闻到纯子的身体里有种特别的味道。就连现在回想起来兰子也不能确定，当时纯子身上是真的有味道，还是只有那个时候她的嗅觉异常灵敏。总之，她可以断定那绝对是某个男人的味道。

"你是和什么人睡过了吧？"

纯子的身体突然抖动了一下。

"是和村木先生？"

"……"

"是和村木先生，没错吧？"

睁着黑黑亮亮的大眼睛，纯子点了点头。在那之后发生了什么事，兰子已经记不清楚了。她只记得自己用尽全力拍打着纯子的身体，使劲儿按住她，最后又使劲儿拥抱住她，直至筋疲力尽。

"姐！姐！……"

纯子在她的怀中不断大声叫着。

"我喜欢姐姐。我只喜欢姐姐。"

说不清为什么，反正兰子一点儿都不想责备纯子。仔细想来，兰子早就有这种预感，知道村木早晚都会被纯子夺走。她一直都在看着纯子是如何偷走驹田，然后又吸引住浦部、千田、田边等各种各样男人并使他们彻底倾心于她的，或许这种预感就是在这一过程中自然而然地产生出来的。

说实在话，在妹妹面前，兰子的内心深处一直都有种挫败感，她知道自己敌不过妹妹。这种放弃角逐的心态也是在周围人的认知影响下，她自己在不知不觉中养成的，而且也已经变得习以为常了。可能正是因为早就养成了这种心态，所以她在那个时候才没有真的去生纯子的气。

另外还有一个原因，那就是兰子明白一点，无论纯子和男人走得多近，她都没有从心里去爱过任何男人。无论是太平也好，浦部也好，甚至包括千田、田边在内，一概都是如此，所以村木肯定也不会例外。

她和村木之间的关系也只不过是她一时兴起、玩心大发而已。也许就是因为这样想,兰子才原谅了纯子吧。

不过尽管如此,接下来的那一个月的时间里,兰子所承受的痛苦还是刻骨铭心的。

姐姐和妹妹都和同一个男人发生着关系。而每次她们当中的一个和村木发生过关系之后,她们两个晚上肯定都会再次拥抱。如果说和村木之间的关系属于表面化的正常的男女关系的话,那么后面接下来的行为则是只属于她们二人的秘密进行的特殊仪式。她们俩相互闻着对方身体中同一个男人的味道,而后通过确认这一点而使激情燃烧,更用力地拥抱住对方。她们通过想象对方曾和男人之间做过什么样的事情而提高对对方的憎恨,最后再共同投入到只属于她们姐妹俩的特殊世界当中。

过了一个月之后,兰子才真正明白自己已经陷入无法自拔的泥沼之中了。现在别说写什么小说了,每天一到夜晚,她要么是和村木幽会,要么是和一群男人喝酒,喝到酩酊大醉。而纯子也同样,这段日子里根本就没有拿过画笔。尽管春季女画家美术展和北海道美术作品展已经迫在眉睫,她却好像根本无意作画。

"姐,我们一起去找那些看起来孤独难耐的男人好吗?"

纯子突发奇想,于是两个人便一起上街游荡。找到适当的目标,她们便一起上去打招呼,然后让对方请客喝酒。如果在一起聊天觉着没劲,她们就装作要去上厕所,溜之大吉。

"没劲"和"无聊"成了这一时期纯子的口头禅。

六

纯子升入了高中二年级。

夏天到了。暑假期间,纯子和浦部为了出去写生,一同到积丹去了一个星期。

纯子不在家的时候,兰子终于可以一个人独处,感觉大大地松了口气。可是这种轻松自在的感觉也只维持了两天而已。到了第三天,兰子便开始觉得没有纯子在身边的夜晚寂寞无聊了。

当第七天纯子回来的时候,她们两个疯狂地拥抱在一起。

她们并不需要刻意地去做什么。只是一味地拥抱在一起,疯狂地亲吻着对方。也没有什么固定的做法以及顺序,只是按照当时的心情、兴之所至,拥抱、贴靠在一起。使出全身的力气抱住对方,连手臂都麻了,呼吸都快停止了。她们就这样按照自己随心所欲、毫无程序的做法拥抱、亲吻着对方,直至最后筋疲力尽才罢手。

每次当兰子拥抱着纯子的时候,都会感觉到自己仿佛又渐渐回到了遭到父亲斥责后吓得和纯子拥抱在一起的儿时。她终于又找回了那种和纯子之间的一体感。找到了这种感觉后,兰子的情绪才会最终稳定下来。这一次也是如此,当情绪稳定下来之后,她们才终于分开身体。

"旅行玩儿得怎么样?"

兰子把热度仍旧未退的脚伸到被子外边去,问道。

"我一次都没答应他。"

"真的?"

"因为我一直没让他碰我,他的表情看上去痛苦极了。甚至跟我说什么'你知道结婚是怎么回事儿吗'。"

"他是想和阿纯结婚?"

"他说只要我真想和他结婚的话,他就可以和他老婆离婚。"

"没想到他还挺认真的。"

"你不知道,我在海边儿上和那些渔民挥了挥手,说了几句话,他就气得不行,啰唆地说个没完,简直烦死人了。"

"罗密欧和朱丽叶呢?"

"已经用过一次了,不就没用了嘛。"

"不过你倒真有办法让他忍着。"

"因为我实在嫌烦,所以每天晚上要不就说肚子疼,要不就说胸口不舒服,要不就干脆装作出去打开水的样子故意从楼梯上掉下去,让他一直忙着照看我来着。"

"真的没和他做过吗?"

"我真的没说谎。不信你闻闻,我身上没有味道吧?"

说着,纯子赤身裸体地坐在被子上,双臂伸展,做了个身体后仰的姿势。其丰硕的乳房、浑圆的腰线都说明她已经不再是小姑娘。兰子把鼻子像小狗一样凑过去闻着。

"好痒痒。"

"基本上像是真的。"

"姐,男人为什么那么想做啊?"

纯子再次贴近兰子的身体。

"姐姐的男朋友也是那样吗？"

"也许是因为男人不像女人那么能忍吧。"

"真不知道男人做那种事情，到底有什么好？"

"你不觉得好吗？"

"一点都不好。从下边看着男人那么拼命在做，简直可笑极了。"

难道纯子还不知道性交的快感吗？兰子突然为纯子稚嫩的身体感到心疼。

"没关系，说不定过些时候就会感觉到舒服了。"

"无所谓啦。我感觉不到也无所谓。"

纯子正色地转过头来看着她。

"如果我懂得了那种快感就没办法复仇了。"

"复仇？"

"对呀。我要让他们代替小白脸，向他们复仇。"

黑暗中，纯子的大眼睛瞪视着空中的一点。

兰子的心情往来于喜悦和忧郁之间。喜悦当然是在和村木见面并进一步确认两个人之间的爱意的时候。每逢这种时候，兰子的整个身体都会像鲜花绽放开来一样，充满了生机和绚烂的色彩。但是这种喜悦不过是暂时的，随后而来的却是和驹田之间那种令人心情抑郁不佳的交往。

如果只是单纯的恋人或情人关系的话，那么一旦爱意消失只要离开对方便是。哪怕那样做会暂时受到良心的谴责，但是却能够摆脱开抑郁的心境。可是在对待驹田的问题上,兰子感觉就没那么简单了。再怎么说自己和驹田的关系也不同一般,他既是自己的情人,也是自己的上司,而且说实话,他同时还是自己的经济来源。如果现在说和他之间的爱已经消失就离开他的话,那么也就意味着自己将失去工作,进而失去来自于他的经济支援。就算兰子再怎么为爱不顾一切,她也不想现在马上就抛弃这些有利条件。

北国的夏天脚步匆匆地走过,很快就到了秋天。

"姐,你在发愁?"

九月里的最后一个星期日,兰子正呆呆地站在那里望着窗外发愣,纯子悄悄地靠近她身边问道。

"你又在考虑是不是该和他彻底分手对吧?"

"没有,我不是在想这个。"

被纯子一针见血地戳到了痛处,兰子使劲儿摇头否定。

纯子幸灾乐祸似的看了兰子一眼,把椅子背朝前放好,跨坐在上面。

"我觉得你应该和他彻底分手才是。"

"为什么?"

嘴上表示否定,可兰子还是身不由己地被纯子卷入了这个话题。

"还有什么为什么不为什么的。他现在已经没用了呀。"

"反正你钱也拿了,爱也冷了,而且不是说他的公司现在经营状况很差吗?"

"你是听谁说的?"

"反正我就是知道。你根本就用不着为了那么个没用的老爷爷在这儿发愁。"

"阿纯……"

兰子慌忙拦住了她的话，但是纯子把下颏撑在椅背儿上只顾笑。

这段时间驹田的公司经营情况的确不好。他原本就是记者出身，根本就不懂得经营，只是阴差阳错地赶到那儿了，开了这家公司。在战争刚结束的混乱时期还勉强维持了下来，但是随着整个社会渐渐趋于稳定，公司的经营也就越来越难以为继了。就连纺织领域现在也是具有经济实力的大企业越来越强，中小企业已经渐渐地被他们吸收吞并了。

驹田这段日子里一直都在为筹措资金而奔波劳碌，每天都在为兑付支票而耗尽全力，已经没有余力像过去那样送给她额外的零花钱了。

"既然爱情已经降温，失去了热度，你还这么拖泥带水地和他纠缠个没完，这可太不像姐姐的为人了。"

"男女之间的关系可不像你说的那么简单。"

虽然她嘴上还试着反驳纯子的意见，不过她心里明白，纯子的话的确是一言中的。自己对驹田的爱已经褪色，他现在的确已经没有利用价值了。如果再继续和他交往下去的话，实际上就等于害了自己。话虽如此，可如果现在马上抛弃他还是会觉得自己太卑鄙了。纯子是站在第三者的角度上看问题，所以说起话来比较容易；可是对于兰子而言，他毕竟是自己曾经一度赌上了自己的青春年华爱过的人。从驹田的角度去看的话,肯定现在正是需要兰子的爱给予他精神支持的关键时期。

"你什么都不了解,所以才会说出这么没边儿的话。"

"姐,你真是太天真了。"

"别在我面前说大话。你还不是继续在和你并不怎么喜欢的浦部先生交往着。"

"啊,你是说他呀,他可是我的梯子。"

"梯子?"

"对呀。他是我继续成长、继续往上爬的梯子。"

纯子一边说着,一边用小刀削起颜料盒里的绘图笔来。

"至少今年一年我还不能放了他。"

"什么意思?"

"过一段时间他要为我搞一次个人画展,可能会是在冬天吧。租用展厅的具体谈判以及所有开销应该都是由他一个人承包。"

"你要搞个人画展?"

"对呀。厉害吧?"

纯子轻轻突出下颏,做出她得意时的习惯动作。

"我可做不出这种事情。"

兰子虽然非常不屑于纯子的这种工于心计、精于算计的做法,但是面对着借此不断成长起来的妹妹,她又不禁充满了嫉妒。

从夏季直至入秋,纯子一直把自己关在大门右手的那间改造成画室的六张榻榻米大的房间里,深居简出。兰子偶尔过去看她的时候,总会发现她身上穿着被油彩弄脏了的毛衣和牛仔裤,专心致志地对着画布在作画。

"你真够努力的。"

十月初,很久没有这么早回家的兰子再次走进画室,从背后招呼着纯子。

"啊,姐,现在真的很糟糕,这幅画还没画完呢。"

足有二十号大小的画布上,像棱柱体一样被隔开的空间里,看起来有些像玫瑰一样的花朵还没画完。既不抽象也不具象的那幅画整体色调用的是茜色玫瑰红,虽然有一些细小的改变,但是近十天来似乎并没有太大的进展。

"姐,你看这条线是不是不太合适?"

拿这种专业的问题问她,她也不知该如何回答才好。

"好像没什么进展嘛。"

"就是啊,怎么都画不好。"

纯子有些心烦意乱地用刀子拨拉了一会儿调色盘里的颜料,然后拿起扔在地板上的香烟叼在嘴上。这个房间至少已经有三天没打扫了,烟灰缸里插满了烟头。

"别着急,慢慢画好了。"

"不行啊。这张画如果画好了的话,我还想拿到东京的自由美术展上去呢。这可是动真格的时候。在那之后还有秋天的北海道美术展以及读卖新闻独立派沙龙展,而且还得准备个人画展,真是忙死了。"

"所以说你老是在这儿干着急也不是办法呀。"

"现在正好是个机会,现在必须一气呵成才行。"

"你现在一心只顾着画画,学校那边没事儿吗?"

这段日子以来,兰子早晨出门去上班那会儿,纯子基本上都是刚刚熬过夜,正睡得香甜着呢。有时候一直到她傍晚下班的时候纯子还在睡。

"所以我才尽量每天都去学校露个面。当然迟到、早退是无可避免的了。"

"现在你们男女共校,老师不是也都换了吗?"

"那倒没什么。我不去上课的原因一方面是为了追求艺术,另外还有肺痨嘛。"

"可是还有期末考试呀。现在男生也在一起的话,学习好的不少吧?"

"所以才要多请假才行。"

"那样一来,学习成绩不是更得拉开了吗?"

"其实情况正相反。就算成绩差点儿,那也是因为请假的缘故,这样才好说话。肺痨,再加上作画,成绩差点儿也在所难免嘛。而且我基本上已经在比较危险的地方铺好了防护网。"

"防护网?"

"是啊。比方说对英语的次郎啦物理的加藤啦他们,经常抛个媚眼,或者偶尔和他们出去约会约会,这样就算成绩差点儿,他们也应该不会不让我过关的。”

她所谓的“次郎”和“加藤”等等自然都是这些老师们的绰号。

“你还选修了物理？”

“女生当中选物理的只有头脑特别聪明的五六个人，够帅的吧？”

“帅归帅，考试的时候行吗？”

“所以我刚才不是说了吗？和他们约会。而且我这次还选修了法语。”

“你不是在闹着玩儿吧？”

“没办法。反正英语我是已经跟不上了，所以就记点儿谁都不懂的法语，考试的时候就凑合着胡乱写几笔。大家都吃惊得不得了。我的答案都在这儿呢。”

纯子做了个抛媚眼的动作，耸了耸肩膀。

“你那么做，不会招同学恨吗？”

“这个嘛，女孩子们对我都另眼相待，不过男生里倒是有比较不怕死的。上次那个姓田边的小子就对我说教了半天。”

“他说什么？”

“他说只有我一个人又是迟到又是早退的享受特殊待遇不公平，所以在班会上决定对我提出忠告。”

“那你怎么说？”

“我只是应付了事，根本就没当回事儿。他长得还挺有形的，而且学习也不错，就是老是故意装作看不见我。”

“说不定还是真的对你有意思呢。”

"那倒还真说不定。所以我打算如果他下次再找我的茬,我就主动去接近他看看。"

"还是别去惹他为妙。"

"姐对高中的男生不感兴趣?"

"你说得多恶心呀。"

"不过他们很纯情的,真的不错哦。"

兰子心想,她自己就是高中生,竟然说这种话,真是莫名其妙。可纯子却显得很一本正经的样子。

这期间,驹田的公司经营情况进一步陷入了困境。一直坚持到春天那会儿,还勉强维持着,可是现在却连支付员工的工资都成问题了。驹田现在为了躲避那些闻风而至的债主们整天东躲西藏的,看起来最后倒闭也只是个时间问题了。

随着公司经营情况恶化,驹田自身的人格魅力也迅速消失殆尽。过去他看上去还像是个上了点年纪的稳重而值得依靠的人,可是现在却只有衰老和优柔寡断显得格外突出。当爱情的热度锐减之后,在兰子的眼里他只不过是个忌妒心极强的爱吃醋的老人而已。

十一月末,纯子到东京去了一周回来。兰子享受着妹妹久违了的肌肤触觉,然后告诉纯子说:

"我到底还是和驹田分手了。"

"噢。"

纯子随意附和着。

"看样子好像我对他的期望值过高了，而且在外边玩儿得也有点儿过了。"

"已经真的决定了？"

"对呀。"

兰子很明确地点了点头。

"那我就实话告诉你吧，其实我一直都从他那儿拿着零花钱。"

"你？"

"你别怪我啊。去年秋天在酒吧，姐你不是给我介绍过他吗？后来有一次又偶然遇到他，他说请我去喝茶，最后临走的时候他给了我一千日元。从那以后我没钱花的时候就约他见见面，跟他要点儿钱。"

"那他给你吗？"

"很高兴地给我了呀。"

"阿纯，你不会是跟他……"

"没有。再怎么说我也不愿意和那种老爷爷在一起做那种事。不过他的确是个非常温柔、和蔼可亲的人。"

这件事在兰子听来简直就如同晴天霹雳。她根本没想到他们两个人会以那种形式接触。她当然并不认为他们见过面、有过接触就说明纯子曾经爱过驹田。因为和纯子一同生活过来的兰子比谁都清楚，纯子不是个为了爱情才去接近男人的女人。而且如果她真的和驹田睡过觉的话，从纯子身上的味道就可以觉察到。

问题还在于驹田那方面。

他嘴上一直那么强调他是多么爱她，可是背后却在给她妹妹递钱。就算他们之间不曾有过肉体接触，但是他那么做很难让人相信他只是出于善意。恐怕他在那方面还是有一定野心的。这样一想，兰子更加坚定了要和他分手的决心。

"我明白该怎么做了。"

"现在正好是个分手的机会。"

纯子面无表情地说道。她的口吻仿佛就跟要扔掉一只猫似的轻描淡写、一带而过。

"感觉东京怎么样？"

一旦下定了决心，兰子的心情反而轻松了。

"嗯，没劲。"

"你是不是和他之间也发生了矛盾？"

"我和他之间倒没什么。姐，我有时候觉得好像我并没有什么才能。"

"怎么可能……"

纯子说出这么没底气的话，实在少见。兰子惊慌地转过头去盯着纯子的脸。

"你是不是高水平的画看得太多了？"

"那倒也有可能……"

"你太急于求成了。"

"可是大家都在瞪着眼睛等着看呀，看时任纯子这一次又画了什么东西带来。我总不能辜负了他们对我的期待呀。"

"大家都承认你是天才少女呀，你怎么可能没才能呢。"

"天才少女……"

纯子望着屋顶,轻声嘀咕了一句。兰子从侧面看到她的脸上完全不见了往日的风采。

"姐姐我都下决心和驹田分手要从头开始了,你也别泄气,要继续加油、努力才是。"

看到妹妹竟意外地在自己面前袒露出怯懦的一面,兰子一方面感觉到她的可爱,不过看到妹妹这么缺乏信心的样子,她心里也委实觉得不好受。

七

兰子从纯子口中具体得知有关那个姓田边的少年的情况,是在这一年的秋季即将结束的时候。

"过生日的时候我请他,他还真的来了。他还真的很不开窍,我一直送他到他们家,临分手的时候,我握了一下他的手,他都直抖。"

第一次约会过后,纯子是这样描述她对那个少年的印象的。

"他既不会喝酒也不会抽烟,看起来今后还得好好教教他才行。"

纯子似乎有点儿母性作怪,把自己当成培养孩子的母亲了。

关于那位少年的事情,兰子还记得另外两三次她和纯子之间的谈话内容,其中之一就是她故意把田边写给她的情书掉在学校楼道里的那件事。

"你为什么要那么做?"

"因为他写得实在太好了，只有我一个人能看到不是太可惜了吗？"

"可如果被别人捡到了怎么办？"

"是他写给我的，这只能说明是他喜欢我，所以无所谓啦。而且他太优秀了，我就是想让他着点儿急。"

纯子向姐姐吐露着心声，感觉得出她是在享受着捉弄人的乐趣。

过了一个星期，纯子再次向姐姐汇报了事情的发展情况。

"那封信的确被别人捡到交给老师了，他因此被班主任老师叫去批评了一顿。据说老师还顺便帮他改了几个错别字，不过倒也夸奖了他，说他文章写得还不错。"

她就这样玩着残酷的游戏。兰子忽然觉得那个姓田边的男孩子挺可怜的。

兰子记得另外一次是在那年冬天二月初的时候。

晚上兰子回家一看，纯子已经换上睡衣钻进被窝里去了。

"怎么了？这么早就躺下了？"

"嘘！"听到兰子的问话，纯子赶紧把手指举起来，放在唇边。

"我现在应该是刚吐过血的。"

"吐血？"

"对呀。今天我在学校做雪雕的时候，装作吐血了。"

"你怎么做的？"

"我用水把颜料化开，装进小瓶子里在口袋里藏好，然后把水含在嘴里，再吐出来。红色的颜料水在雪白的雕像上散开，那才叫漂亮呢。"

纯子慢慢从床上坐起来,点燃了一支香烟。

"我早就想这么做了,今天倒挺成功的。是笹森老师慌慌张张地
把我背回家里来的,现在田边君应该后悔了。"

"这事和他有关?"

"那家伙故意装模作样的,做雪雕的时候也不来帮忙。我就是要
教训他一下。"

"那,妈呢?"

"我只告诉她说我有点儿咳嗽,咳出了一点带血的痰,结果她不
管三七二十一非让我躺下不可。这正是个好机会,我决定暂时先不
去上学了。"

看着身穿睡衣,一脸天真无邪的表情盘腿坐在床上的纯子,兰子
感到她简直不像是自己的妹妹,而是完全不同的、充满邪气、令人难
以捉摸的另一种存在。

纯子第二次寻求自杀就是在这次吐血事件过去几天之后。场所
就是家中的画室,吞下去的药物是高效安眠药。

自从在学校的雪雕上吐了假血回家休息之后,纯子就一直把自
己关在画室里。

那天晚上,兰子十一点钟回到家里以后,先到画室去看过她一
次,当时纯子正面对着跟她个头差不多高的画布,连头都没回。兰子
怕打扰到她,没跟她说什么就直接回到房间,躺在床上看书,看着看

着就迷迷糊糊地睡着了。

等她醒过来的时候已经是半夜两点了。她发现旁边的床上还空着,纯子还没过来睡觉。兰子以为她今天晚上又打算熬夜了,于是起身又到画室去推开门看了看。房间里取暖炉还燃着火苗,纯子则趴在画布架的支架那儿睡着了。

兰子一眼就看出她的睡相不正常。虽然同样是睡着,但是她现在的样子显得浑身瘫软、松松垮垮的。

"阿纯!"

抓住她的肩膀把她扳转过来想让她仰卧的时候,兰子看到她的胳膊底下滚落着一个装高效安眠药的瓶子。兰子使劲儿晃动她的肩膀、拍她的脸蛋,她依旧闭着眼睛没有任何反应。

"阿纯!"

兰子再次大声呼唤道。听到声音,父母和哥哥都马上起来了,然后就直接把纯子送进了协会医院。

到达医院的时候已经是三点半了。当时正值二月中旬,外边的空气还非常冷,兰子却只是在衬衫外边披了一件开衫毛衣便急急忙忙跟着到医院去了。

那天晚上在协会医院值班的是一位姓千田的医师。纯子立刻接受了洗胃处理,可是依然没有醒过来。后来又继续睡了大半天,直到傍晚的时候神志才终于恢复过来。兰子直到确定纯子没事儿了,她才在那个晚上约见了驹田,明确告诉他,她要和他分手。

兰子直到现在也不明白当时自己是怎样的心情。

她很早以前就一直想跟驹田谈这件事,可实际上在驹田面前却一直说不出口,无法做到直言相告。可是这一次,她却非常明确地说出来了。到底为什么唯独这一次能够把话说出来了呢？是因为目击了纯子自杀未遂的现场导致兰子情绪激动的缘故呢,还是通过这件事情使兰子终于意识到她需要纯子的程度远远超出了驹田呢？

　　兰子从那以后便一直请假没有去上班,白天则一直在病房里陪着纯子。

　　一个星期以后,也就是在二月末,驹田从 M 百货大楼的楼顶上跳下来自杀了。那件事情发生在一个从早到晚都不断下着雨夹雪的星期二的下午。

　　兰子从广播里听到这一消息后,马上赶到了事发现场。但是那里已经被警察用绳子围起来了,尸体也已经被运走了,兰子只看见积雪已经开始融化的人行道上还留有一些血迹。

　　兰子哭着回到了医院。现在能够跟她分担失去驹田的痛苦的人就只有纯子了。

　　"他死了,从 M 百货大楼的楼顶上跳下来……"

　　听到兰子这话,纯子一下子从病床上坐了起来,瞪大眼睛看着她,过了好一会儿好像才弄明白她说的话的意思,重新把头埋进枕头里。长时间的沉默过后,纯子才终于开口说话。

　　"这是早晚的事儿,他的工作已经彻底没希望了,除了死恐怕也没什么解脱的办法了。"

　　"话是这么说没错,可如果我不跟他说那种话……"

"姐,你觉得自己有责任?"

"那是当然了……"

兰子闭上眼睛,抱住了自己的脑袋。把驹田逼死的人正是自己。自己竟做出了如此可怕的事情。自己的罪孽实在无可饶恕。兰子不禁为自己竟然做出这种事情而对自己感到失望。

纯子望着窗外的雨,过了好一会儿才轻声说道:"会不会杀他杀得早了点儿呢?"

她说这话的时候态度非常平静,只不过由于高效安眠药的作用,她的血压降低了,脸色显得更加苍白了些。

"我真羡慕他。"

"你胡说什么呢。"

"你不觉得吗?人一旦死了,就不会变得更糟糕。如果在最巅峰的状态下死去的话,那就可以永远停留在巅峰状态了。"

"那你就是因为想就此结束生命才吃的药?"

"我吃药没什么特殊的理由,只是想吃就吃了。"

"可如果我发现得再晚一点儿的话,那你当时就真的死过去了呀。"

"真死了倒好了。"

"你说什么呢。"

"如果画不出画来,我可不想再活着了。"

"那你是因为画不出画来才吃药的?"

"如果死了就死了,如果死不成,我不是还可以借着自杀未遂这

345

股热乎劲儿,再多当几天天才少女嘛。"

兰子真不明白妹妹的脑子里到底在想些什么。

"寻死的人都是因为太把自己当回事儿了才去寻死的。"

纯子像唱歌似的说完,拿起小镜子照起自己长满了药疹的脸来。

八

驹田死后,兰子一直把自己关在家里。在妹妹面前她还硬逞强,装出一副冷漠的样子把驹田自杀这件事放在一边。可是等一个人静下来的时候,她总觉得是自己杀了他,令她无时无刻不在自责。即便不把话说得那么绝,总应该还有其他稍微和缓一些的分手方式的。为了不输给冷酷的妹妹,自己竟然也不自量力地装起冷酷来了。她对自己实在太失望了。

不过现在的实际问题是,她不可能就这样一直消沉下去。虽说早就有心理准备,但是由于驹田之死,使兰子再次清醒地认识到自己已经失去了工作场所。正因为有驹田在还一直勉强维持的公司,现在却由于他的死使公司振兴的希望更趋渺茫。

兰子想干脆趁这个机会到东京去。一直在这种地方待下去也不是办法。还是应该到东京去,接受一些适当的刺激,说不定还能开辟出一条新的人生道路来。

想归想,可是她现在又没有勇气彻底甩开村木,独自一人跑到人生地不熟的东京去闯荡。就在她犹犹豫豫的过程中,驹田的公司彻底垮了,兰子失业了,整日到处闲逛。

三月初,纯子重新开始到学校去上课。自杀未遂这件事只告诉了老师们,一般的学生们几乎都不知情,不过在那些经常出入酒吧、咖啡馆的画家以及地方上的文化界人士们当中,这件事情早已经传得沸沸扬扬的了。他们对于吐了血还作画,现在企图自杀又未遂的天才少女,又开始产生了新的好奇以及向往。

浦部在那之后经常到纯子家里来。可是也就是在这一时期,纯子经常是自己明明在却偏说不在家,冷淡地让家里人把他轰走。

"你住院的时候,他那么尽心竭力地照顾你,现在为什么不去见他呢?"

"那个时候我确实需要他,但是现在已经不需要了呀。"

"可你不是还需要他帮你搞个人画展以及做各种各样其他的事吗?"

"男人是不能惯的,一惯就会养成坏毛病,还是时不时就对他们冷淡一点儿好。姐,你也要注意噢。"

"你在说我吗?"

"村木先生的事情,还是算了吧。你说医院里的那个千田医生是不是很棒?"

"可能是穿白大褂的关系吧,看起来很清爽。"

"那个医生连白大褂袖口上的扣子都系得整整齐齐的,你说他是不是有点儿装腔作势。开口闭口的就是'所谓青春就是……',一本正经的老是说教。"

"喂，你这次又想和那个医生交往？"

"你别说得那么夸张好吗？我没和他交往，只不过偶尔趁夜深人静的时候，偷偷跑到他的办公室里去一趟而已。"

"他那么晚还在学习吗？"

"他可是个特别认真好学的人。就是因为他太爱学习了，所以我才要去给他捣乱的。上次在他房间里还顺便让他亲了亲我。"

"那个医生会做那种事吗？"

"是我主动扑到他怀里去的。他当时慌乱得不行，又开始对我进行说教，说什么'你必须要更加珍惜你自己才是'等等，因为他太爱说教了，所以我就给他起了个绰号，叫他'牧师'了。"

"那你干脆时常到他那里去忏悔一下好了。"

"我在给他写信呀，我想他每次接到信，肯定都会很认真去看的。"

纯子感兴趣的目标好像又再次转移了。兰子看到她转变得如此迅速，简直难以置信。同时对于被她抛弃的浦部又充满了同情。

三月中旬，兰子终于决定去东京。

她当时并没有什么明确的目标，有个原来在驹田公司里工作过的人现在已经在东京的某家出版社里就职了，那是她唯一可以依靠的人。总之她觉得，现在如果继续在札幌待下去的话，只会被卷入到纯子那种异常的生活节奏当中去。

"是吗？到底还是要去啊。"

当兰子告诉她自己的决定时,纯子一边往空中扔着铜板玩儿,一边小声嘀咕着。

　　"我要到东京去重新开始。"

　　"是觉得和我在一起会受影响吧?"

　　"倒也不是那么回事儿……"

　　"我明白。虽然我会很寂寞,但既然是为了姐姐好,也只好这样了。"

　　"不过我还不知道到了东京以后会怎么样呢。"

　　"真好,姐以后可以写小说,扬名立万,前途无量哦。"

　　"你说什么呢? 你现在不是已经取得了那么多的成果,奠定了坚实的基础。和我这个还不知道今后能不能成器的人完全不可同日而语嘛。"

　　"不知道的时候是最好的。"

　　纯子使劲儿盯着手中的铜板看着。

　　"我可能已经不行了。"

　　"别说傻话。你本来就有天赋,拿出点儿朝气来,还像以前那样继续画吧。我现在开始也认真写小说,将来一定要让大家都目瞪口呆。"

　　"嗯……"

　　纯子点了点头,再次把铜板抛向空中。

　　兰子从札幌出发的那天,从早晨开始天就阴起来了,到了下午开始下起了雨夹雪。她要乘坐的列车是傍晚五点钟发车,到函馆换联络船的时候应该已经是深夜了。

母亲和纯子以及朋友还有村木也都到车站为她送行。兰子看着村木，想到从今往后他就要被纯子独霸过去了，心中不禁生起一丝嫉妒之情。不过那种感觉也瞬间即逝了。发车的铃声响了，兰子再次从窗口向每个人挥手道别。

铃声过后，列车开动了。一起向她挥手的送行人群仿佛在渐渐向后方退去。

"再见！"

当兰子再次使劲儿探着身子向众人挥手的时候，她看见身穿红色大衣的纯子从送行的人群中飞奔而出。

"姐！姐！你别走！！！"

纯子舞动着头发，追赶着列车。

"姐，你走了，我就得死了。"

"多保重，我会给你写信的。"

月台上的人们还以为出了什么事儿了呢，全都把视线投注在这个边跑边喊的女孩身上。

"别追了，太危险了！再见！"

"姐！！！"。

纯子最后又拼命大喊了一声。她已经跑到月台的尽头了，再也追不过来了。

"再见！"

兰子冲着她再次大声呼喊着的时候，纯子已经在昏暗的月台尽头双手蒙面,蹲到了地上。

到了东京以后,兰子对纯子实际情况的了解就不那么直接了,只能凭借她偶然想起来似的寄来的信进行推测。

刚开始的时候,她在信中还偶尔会提到村木,不过很快村木的名字就消失不见了。取而代之的是关于她参加了《青铜文学》这本同仁杂志的创办活动啦以及那些伙伴儿们的一些情况。然后在九月份的时候,她向兰子汇报了她结识了一位姓殿村的医生的事情。当时兰子还只是以为纯子的老毛病又犯了,并没有对此感到惊讶。

十二月,她在信中写了因嫉妒而疯狂的浦部当街打了她一个耳光的那件事以及殿村其实并不是医生等情况。

一月十日,兰子接到了一张纯子寄给她的加急明信片。明信片上除了写有"恭贺新年"的字样外,只写了一行字:"姐姐,你快回来!"

兰子心想这恐怕又是纯子在任性,于是在五天后,写了一封大致内容为"到二月份我就没那么忙了,我想到时候也许能回去一趟"的信,投递了出去。

而纯子失踪就是在那三天之后的一月十八日。过了一个星期仍然没有找到纯子的行踪,兰子接到母亲的信后,赶紧在一月末匆匆赶回札幌。

画室里还像纯子在的时候一样,到处摆满了画框、画架,油彩颜料散落在各处,地上还扔着高效安眠药的小药瓶。兰子和家人一起重新把画室翻了个遍,也没有找到类似遗书之类的东西。

九

讲述完这些事情后,时任兰子哭了起来。大颗的泪珠顺着她圆圆的微微泛红的脸颊滚落下来。她抽噎着,然后用孩子气十足的动作擦着眼泪。我虽然没看见过纯子哭时什么样,不过看着眼前的兰子,令我不得不相信,纯子哭起来的时候肯定就是她现在这个样子。

"她到底是为什么死的呢?"

等兰子用手绢擦完眼泪,我才开口问道。

兰子稍微思考了一下才回答说:"如果不是纯子本人的话,谁也不知道这种问题的答案到底是什么。不过我觉得她可能根本就没有什么特殊的理由。"

"那么是属于突然的情绪发作?"

"如果一定要我给出个理由的话,我觉得恐怕只是因为她感到累了。"

"累了?"

"她呀,无论人们说她是天才少女也好,是漂亮的美女也好,或者是小恶魔也好,她都会尽力去满足他们的愿望,照着那个方向去努力。也许是因为这样,她才累得筋疲力尽了吧。"

兰子仿佛自己也累了似的长吁了一口气。

"最后我再问一个问题,她最喜欢的人到底是谁呢?"

"你说她喜欢的人吗?"

兰子顿了一下,然后才接着回答说:"恐怕还是安斋老师吧。"

"就是那个教理科的老师。"

"自从纯子在安斋老师那里失恋了以后,她接近所有的男人都只是为了向男人实施报复。"

"原来如此。"

"正因为那是她的初恋,所以创伤也特别深吧。不过她真正喜欢的人其实就只有她自己。"

"她自己……"

我也跟着重复了一遍同样的话。

"除了她自己之外,她没喜欢过任何人。"

兰子仿佛在自言自语似的点着头。

"不过好像和她交往过的每一个男人,都各自认为自己才是她的最爱。"

"男人就是那么奇怪。"

兰子脸上还带着泪花,第一次笑了。她一笑,眼角就出现了许多细小的皱纹,而她眯细着眼睛、嘴角微微上翘的笑容简直就跟纯子一模一样。在我看来,她那根本就不是由衷的笑,而是冷冷的苦笑。

"如果有机会的话,请您在冬天到阿纯死去的阿寒湖边儿上的山坳去看看吧。"

"冬天那里不通车吧?"

"坐马拉雪橇就可以进去了。在那里蜷缩在雪中看着湖,就可以多少感觉得到阿纯寻死的真正原因。"

我想象着无声的雪的世界。

"周围是一片洁白的世界。能够看到的就只有碧蓝的湖水和白色的积雪。如果在那种地方待着的话,无论是谁都会全心全意地渴望回归到那纯洁无瑕的世界当中去的。"

兰子唱歌似的说着。

"那个人她不属于任何人。那个人自己一个人脚步轻快地走到那个只有她自己一个人存在的世界中去了。"

说着,兰子仿佛又回忆起了埋在深深积雪中的山坳里的那片寂静。她那和纯子一模一样的冷冰冰的圆眼睛紧盯着正对面的暗色调的墙。

终
章

　　到现在为止，包括兰子在内，我已经见过了与纯子有密切关系的五个人。如果再把我自己也算进去的话，就相当于从六个角度重新审视过了纯子。

　　即便纯子是水晶一样的六面体结晶，那么也应该可以从各个角度彻底透视了一遍纯子这一实体。

　　由于每个人所处的位置以及所观察的角度不同，纯子这一六面体便呈现出六个不同的层面。

　　首先是我，当时还只是个十七岁的大男孩，虽说一心一意地迷恋着纯子，但毕竟还只是个连男女之间的实质接触都不懂的懵懂少年。

　　另外一个人，那就是浦部。他是纯子的绘画老师，同时也是一个有妻子儿女的中年男人，他所接触的纯子是有血有肉、生灵活现的，而他与纯子之间关系的密切程度也是我所无法比拟的。

　　还有一个人，那就是花花公子的单身汉村木，他基于同时又是兰子男友的立场，接触到的是纯子与浦部所见迥异的人性成熟的一面。

千田则是位医生,他以他那较为冷静的目光,看到了与其他男人眼中完全不同的纯子形象。

殿村出于党的活动家这一特殊立场,以他那充沛的活力与渊博的知识面吸引了纯子,成为纯子生前最后一位交往的男人。

兰子自不必说了,她是纯子的姐姐,同时也和纯子之间存在着类似同性恋性质的交集,是纯子最能够坦诚以待的至亲。

就是这六个人从各自完全不同的角度看到了纯子身上相应不同的层面。

而当我像看旋转舞台一样寻访过上述这些人之后,我仍然感到很不确定,对于纯子的真实面貌仍然无法做出肯定的结论。

纯子当初最爱的人是谁?她为什么会在十八岁这样的花季选择死亡?至少我最在意的这两个问题,在我心中尚存疑念,并没有得到彻底解决。

已经过去了二十个春夏秋冬,事到如今,我倒也不一定非要追根究底,非要把这些问题弄清楚不可。而且实际情况是,我已经寻访过了与她关系如此密切的人们却仍然找不到问题的答案,那么也就意味着,现在要把这些问题弄个水落石出几乎是不可能的事情。

无论你如何追寻,也无法找到已故之人的思想脉络。

尽管明知如此,我依然想找出一个相应的答案。真相不明归真相不明,但我还是希望能够得出诸如"大概应该是这样的吧"这种大致上的结论。

再怎么说,纯子与我之间的交往对于我来说毕竟属于可称之为初恋的经历,虽然时间短暂、结局悲惨,但与她之间的所有回忆在我心中却至今历历在目。它伴随着某种刻骨铭心的感受,影响着在那之后我的爱情轨迹。

说实在话,在与纯子分手之后,我有很长一段时间摸不透女人的心思,感觉女人就像是一种看不透的深邃、奇妙得不可思议的存在。

当然这也就是男人对女人、女人对男人都会存在的不解之处,同时也是烦恼之处。而这种相互不理解与人生经验以及双方相处的深浅程度都毫不相干。只要还活在世上,无论男女都将一直带着这一困惑直至永远。

尽管如此,当年那个年仅十七岁的纯情少年,因为与纯子这样的女性接触而产生的对女性的某种不信任感,对于他后来的人生都产生了不可忽视的影响。那毕竟是我难以忘怀的伤痛。

这二十年里,我偶尔会突然想起纯子,希望得知她原本的真面目,那不仅仅是出于对纯子的眷恋,同时也可能是想通过这种尝试,希望能够治愈由于纯子而受到的创伤。

当然无须赘言,每当想起和纯子之间的那段经历,我也会从中看到自己已逝的青春岁月。

对于我和纯子之间那段短暂而不确定的交往,或许有人会安慰我说那就是清纯而专一的初恋情愫。又或许有人会说,那是属于年少时笨拙而且毫不计较得失的真爱。

但是我却无法毫无芥蒂地为此而感到欣慰。

无论别人如何看待我和纯子之间的那段经历,对于我来说,那都不过是年幼无知、狂放任性的青春岁月。而且是作为一个男子汉大丈夫所无法引以为自豪的令人窘涩万分的青春岁月。

每当我想起和纯子的往事时，我总是不可避免地看到她身后存在着隐约可见的两三个人影。不管我多么不愿意想起他们，他们都是实实在在的存在，不可否认。

用比较极端一点的说法，或许我是被纯子玩弄、背叛了。就算其间也曾经认真对待过我，但是我们相恋的最初以及最后结局却都宣告着我的败北。

可尽管如此，我仍然无法彻底放弃"纯子过去最喜欢的人是我"这样一种盲目的执着。

虽然我自己也明白那是我一厢情愿、不切实际的幻想，但是却还是愿意抱住不放。

二十年过去了，我再次去札幌看到纯子的遗像，然后又情不自禁、被牵着往前走似的想要去挖掘纯子的过往，究其原因，亦不外乎期盼这种幻想得到证实罢了。

但结果却是一败涂地。

会有这种结果其实也是我寻访其他五个人之前就已经完全预料到的。我心里明白，十有八九会是这种结果。惴惴不安中，我还是想对纯子再次重新审视一番。

从浦部开始直到最后的兰子，我走访了五个人。而这一探寻纯子过往的旅途对于我本人来讲，无疑是一次施虐的过程，同时也是一次受虐的过程。

我之所以这么说，是因为通过这一过程，不仅揭露了隐藏在纯子这位女性身上的狡猾、叛逆、好色、自私自利以及其他种种罪恶的本性，而且在这一过程中无疑是我自身受到了最大的伤害。

每当我得知纯子和某个男人之间关系的密切程度时，我都会同时感觉到手执手术刀时外科医生般的紧张以及被手术刀切割肌肤时患者所感受到的痛楚。

我见到了与纯子关系密切的四个男人，听他们各自讲述与纯子关系之密切程度，但是渐渐的当我感觉到他们的内心深处也潜藏着与我相同的伤痛的那一刻，我也因此而一块石头落了地，进而开始对他们产生了某种亲切感。

照理说，他们都曾经是我的竞争对手，是我不共戴天的情敌，而我却和他们产生了共鸣，甚至有种想和他们握手言欢的冲动。

即便现在冷静下来再回过头去看，我仍然认为这些围绕在纯子身边的男人们都具有心地善良、感情真挚、自我感觉良好等共同特点。

如同我擅自断言"纯子最爱的人是我"一样，浦部、村木、千田以及殿村也都坚信纯子最爱的人是自己。尽管他们各自的表述方式多少有所不同。

浦部的根据是他与纯子共同走过的那段充满波折的路以及她出发去钏路之前的那个雪夜曾到他家告别的举动；村木依据的是最后那个夜晚纯子放到他家窗前雪山上的那支红色康乃馨；千田依据的是纯子给他的日记体的书信；而殿村依据的是纯子甚至亲自到钏路

为自己送保释金这一事实。

而我的依据则是那天夜里留在我窗下雪地里的足迹。

这其间的具体过程虽然不得而知,但是如果把最后那天晚上纯子的足迹画上一条线的话,她先从住在郊外的浦部家到我家,然后经过村木的公寓到车站,乘上去钏路的夜行列车,第二天一早再到殿村那里,那么她最后那天晚上的行动足迹就相当清晰可辨了。

纯子在最后那天晚上按顺序到每一个和她关系密切的男人那里转了一圈,在他们每个人那里留下自己的痕迹之后才出发去的阿寒,这一点是确定无疑的。

而其中纯子在钏路见过的殿村,因为是她生前见到的最后一个男人,因此对纯子似乎有格外不同的感受,但如果钏路只是纯子去雪中阿寒的旅途中一站的话,那也就不具备任何特殊意义了。

纯子的确连殿村的保释金都替他准备好了,但实际上对于即将赴死的纯子,或者可以说她本来就不再需要钱了。

正因为殿村是纯子生前见过的最后一个男人,因此给他留下的印象也就特别深。不过从另外一个角度去看的话,殿村对于纯子而言,其实也不过是已经过去了的男人。如果纯子再继续生存两三年的话,那么他也势必会像其他男人一样,成为纯子交往过的第四个或者是第五个男人。

当然这并不等于说在纯子心中所有这些男人都是等价的,但至少纯子在最后时刻平等地对待他们每一个人,到他们每个人那里都转了一下,这也是不争的事实。而将她的这一举动理解成为她"曾经爱过"他们每一个人倒也说得过去。

只不过在这里用"曾经爱过"一词都显得过于夸张。

说不定纯子压根儿就没爱过任何一个人。我怀疑她是不是一直都在渴望恋情、追求爱情，可实际上却根本就无法全身心地投入到爱情当中去。

听着他们的叙述，我渐渐产生这样一种新的疑问。

接着再往深处想，我想到了另外一个男人。那就是纯子上女子中学的时候教过她的那位理科老师——安斋老师。

不知为什么，我就是觉得纯子最爱的人应该是安斋老师。

在那之后，她开始接近各种各样的男人，然后又离他们而远去。她之所以这样做，会不会就是为了达到报复在安斋老师那里所受的屈辱而采取的行为呢？

这种想法突然间像一阵风掠过我的脑海，然后很快便在我的心里扎下了根，并且不断蔓延开来。

不过待事后冷静下来以后仔细琢磨，又觉得这种想法也有些不太合乎逻辑之处。

比如说，就算纯子在恋爱方面受到了重创，但当时她还对在女子中学任教的某位教师单相思，这种情绪怎么想也不可能持续那么长时间。

当然，在这个问题上也可以从另一个角度去看。因为纯子为了他曾经一度想自杀。虽说刚刚十四岁，但企图采取自杀的手段寻求解脱，这种心灵上的创伤也许远远超出我们这些人的想象。

这种伤痛变成了对男人的憎恨，从而使她走上了那条不归路，不断诱惑男人成为自己的俘虏，然后再无情地将他们抛弃。

左思右想，我的思绪不断变化，情绪摇摆不定。一种假设还没研究透，紧接着就冒出一个新的假设来。

最后终于从第一次寻死的痛苦经历中恢复过来，纯子会不会因此而学会了将自己紧紧封闭在自己的保护盔甲里，开始彻底奉行只顾自我的做人宗旨了呢？

"阿纯她其实根本就没爱过任何人。如果说她有爱过的话，那她爱的人只能是她自己。"

在昏暗的灯光下，兰子所说过的那句话又再次萦绕在我的耳畔。

确实，纯子说不定真的没爱过任何人。她所爱的说不定真的就是纯子这一存在本身。

这种推论令我既感到踏实又感到失望。

如果情况许可的话，我还是愿意坚信自己得到了纯子比对谁都深沉的爱。

这样坚持虽然也有我作为男性特有的虚荣心作怪的因素，但却绝对不仅限于此。实际上，事到如今，就算确认了事实就是如此，我自身也得不到任何益处。

我这不是在找什么借口，而是出于男人的本性，因为男人总是无法切实把握爱情存在的真实感。也许是因为男人不具备怀孕、生儿育女等生理功能的缘故，感情上缺少依托，这才更进一步增强了想要一探究竟的愿望吧。

纯子没爱过任何人。这一结论彻底打破了我的梦想。

不过,弄清楚纯子既不属于浦部,也不属于村木或殿村,这也令我感到莫大的安慰。

我安慰自己,无论纯子和他们之间存在什么样的肉体关系都无所谓,因为纯子的心并不在他们身上。

但是这种自我安慰的背后掩藏着失望。

可我还是不明白,纯子为什么要死?十八岁,还那么年轻,她为什么一定要特意赶到阿寒那么远的地方一个人赴死呢?

兰子说:"阿纯是因为太累了,对所有一切事情都感到厌倦了。"

这倒有可能是真的。说不定从她死的一年之前她就已经疲惫不堪了。

她每天晚上都随心所欲地到处胡混,说她疲惫可能有点儿不太合适,但在升入高三的时候,纯子的面孔确实显得很憔悴。现在回想起来,虽然说不清具体什么地方不对劲儿,但偶尔看到纯子的侧影,我会感觉出她的疲惫。

我当时只单纯地认为那是她工作以及夜晚胡混所致,但现在想起来,说不定那恰恰就缘自精神上的疲惫。

纯子在我的怀抱里确实曾经大声叫喊过:"我好怕!"

她当时一直很害怕似的缩在我的大衣里,把头埋在我的胸前,轻声说道:"晚上雪都会融化耶。"

十七岁时的我只感觉她说的话很怪异。而那个时候,说不定纯子已经看到了死神的幻影。

目前这种状态不会长久,终究有一天成人的世界将向她招手,青春不再,只靠她自由奔放的个性以及演技将再也无法继续蒙混过关。那天晚上,说不定纯子就是因为预感到这一点才心生怯意的吧。

又或者纯子早就决定了自己将在十八岁的时候死亡。就算没有确定下来,也可能已经隐约有种预感。反正是短暂的一生,还不如趁现在正值花季年华描图作画、谈情说爱、俘获男人、将其抛弃。正因为试图使自己短暂的一生抵得上别人漫长的一生,纯子才活得那么匆忙吧。

无论是谈恋爱还是最后自杀身亡,这一切的一切会不会都在纯子的计划之中呢? 会不会是因为她知道对她而言这才是一种最有效、最理想的活法呢?

这样仔细想来,我越发觉得纯子是个罕见的自私自利的个人主义者。

她自己装作得了结核病,装作咔血,然后再自杀,引诱我这个年少不更事的纯情少年,然后再弃之若敝屣;接着再横刀夺爱、强抢她姐姐的情人。她努力提高自身的魅力,而她所做的这一切,不外乎想用这种方式对自身魅力进行检测。

她第二次寻求自杀,给千田看她的部分日记,给村木送康乃馨等等,所有这些行为的最终目的也都只在于想引起大家对她的关注而已。

甚至她最后死在积雪深深的阿寒湖畔说不定也是她为了显示自

身美丽的谋略和手段。

想到这里,我好像终于揭示出了纯子的真面目。

她让大家误以为她爱上了各种各样的男人,而实际上,纯子所爱的只有她自己。

纯子不属于任何人。当然她不属于我,也不属于浦部,不属于村木,不属于千田,不属于殿村,甚至也不属于兰子。

纯子自始至终都只是纯子而已。

从六个角度透视纯子,越看越发觉得纯子这个结晶体是那么纯洁无瑕,越发觉得纯子就是纯子自己。

如果我把我寻访来的所有一切都讲出来的话,其他人肯定也会认同我的这一判断。

"纯子是不属于任何人的纯子。"

结束了这如同旋转舞台般的寻访过程,我现在觉得我可以很明确地得出这一结论。或者不如说我已经对这一结论坚信不疑。

时过二十年,我得到的这一结论却出乎预料地单纯而且平凡无奇。为了得到这么一个简单的结论,我竟然那么执着地孜孜以求,想起来真有些冥顽不化的感觉。

不过,通过这一过程,我终于可以把自己与纯子联系在一起的所有青春回忆都放进抽屉里去,收作珍藏。这样一来我就可以将其置于岁月之中,令其风化沉淀。

写完上述所有这些文字,我终于可以把纯子从我的自身中剥离出来,把纯子作为纯子自身进行客观的审视和判断。

但是，当别人问我：

"那么你和纯子之间的恋情就只是你一厢情愿的单相思吗？"

我会毫不犹豫地摇头否认。

然后，我肯定会和其他人一样，轻声低喃：

"我认为纯子最爱的人是我。难道不是吗？她在最后那个夜晚还踏着积雪到我的窗下来过呀。"

图书在版编目（CIP）数据

魂断阿寒湖 /（日）渡边淳一著；文洁若，芳子译
.—青岛：青岛出版社，2018.10
ISBN 978-7-5552-7663-0

Ⅰ.①魂… Ⅱ.①渡… ②文… ③芳…Ⅲ.①长篇小
说 – 日本 – 现代 Ⅳ.①I313.45

中国版本图书馆CIP数据核字（2018）第212048号

阿寒に果つ by 渡辺淳一
Copyrights：©1973 by 渡辺淳一
This edition arranged through OH INTERNATIONAL CO. LTD.
Simplified Chinese edition copyrights：©2018 by Qingdao
Publishing House Co.，Ltd.
All rights reserved .
简体中文版通过渡边淳一继承人经由OH INTERNATIONAL株式会社授权出版
山东省版权局著作权合同登记号　　图字：15-2017-237号

书　　名	**魂断阿寒湖**
著　　者	（日）渡边淳一
译　　者	文洁若　芳　子
出版发行	青岛出版社
社　　址	青岛市海尔路182号（266061）
本社网址	http://www.qdpub.com
邮购电话	13335059110 　（0532）68068026
策划编辑	刘　咏　杨成舜
责任编辑	霍芳芳
封面设计	末末美书
封面插图	画画的陶然
照　　排	青岛乐喜力科技发展有限公司
印　　刷	青岛双星华信印刷有限公司
出版日期	2018年10月第1版　2018年10月第1次印刷
开　　本	大32开（890mm×1240mm）
印　　张	11.75
字　　数	220 千
印　　数	1-10000
书　　号	ISBN 978-7-5552-7663-0
定　　价	45.00元

编校印装质量、盗版监督服务电话：4006532017　0532-68068638
本书建议陈列类别：日本·畅销·小说